纪念改革开放40年法律社会学研究丛书

法治思想在文学作品中的推进

—— 以改革开放40年小说等文学作品为视角

李瑜青 刘 捷 等著

上海大学出版社
·上海·

图书在版编目(CIP)数据

法治思想在文学作品中的推进：以改革开放 40 年小说等文学作品为视角 / 李瑜青等著. —上海：上海大学出版社，2019.5
（纪念改革开放 40 年法律社会学研究丛书）
ISBN 978-7-5671-3523-9

Ⅰ.①法… Ⅱ.①李… Ⅲ.①法制文学-文学研究-中国-当代 Ⅳ.①I206.7

中国版本图书馆 CIP 数据核字(2019)第 077045 号

责任编辑　傅玉芳　陈　强
封面设计　柯国富
技术编辑　金　鑫　钱宇坤

法治思想在文学作品中的推进
——以改革开放 40 年小说等文学作品为视角
李瑜青　刘　捷　等著
上海大学出版社出版发行
（上海市上大路 99 号　邮政编码 200444）
（http://www.shupress.cn　发行热线 021-66135112）
出版人　戴骏豪

*

南京展望文化发展有限公司排版
上海华教印务有限公司印刷　各地新华书店经销
开本 710mm×1010mm　1/16　印张 13.75　字数 225 千
2019 年 5 月第 1 版　2019 年 5 月第 1 次印刷
ISBN 978-7-5671-3523-9/I·542　定价 58.00 元

序 | Preface

作为本丛书的总序,这里试图只说明一个问题,即如何理解法律社会学在当代中国法治实践中特有的价值。当代中国法治实践是和中国现在正在进行着的改革开放事业紧密相联系的。现代化发展的深入,市场经济全方位的展开,高科技的进步把人们带进网络时代等,使得社会的治理方式必须做根本的調整,唯法治是对当代中国社会有效的治理方式。而法治总与民主相连,其要义在于使法律从作为国家或政府对社会控制的手段,转变为约束政府权力、有效治理社会的权威,国家的权力服从于社会公众的共同意志。这种社会治理方式的进步当然很明显,即摆脱了过去人们习惯的有血缘性、伦理性特征的人治治理方式。在社会治理中,人作为社会主体以一种全新的方式得到了表现。

但从当代中国改革开放的进步和法治的发展来看,人们对法治实践的研究方法而言,笔者认为先后经历有价值分析方法、规范分析方法分别占据主导地位的历史阶段。20世纪80年代到90年代的中期,可以认为价值分析方法占据着主导的位置。价值分析方法通过批判的逻辑与方法,摧枯拉朽地将与法治建设相抵牾的各种要素加以批判,最为重要的成果就是从"以阶级斗争为纲"的思维范式中走了出来,并迅速地倡导"权利本位"理论、法治现代化理论等。但解构有余建构不足则是价值分析方法最为学界所诟病的。20世纪90年代至2011年,以有中国特色社会主义法律体系完成为时段,可以说规范分析方法逐步占据法治实践研究的主导地位。规范分析方法通过对所谓国外先进制度的引进、移植或模仿,使得中国快速地建构起系统完备、结构合理的法律体系来,但至于正式的法律制度的法律设施效果如何则超越了规范分析方法的视域。上述两种法学研究方法对中国法治建设在不同的历史时段都发挥了重要功能,但所形成的"关于中国"而非"根据中国"的思考逻辑,则是这两种方法在面对法律有效实现的问题时自身系统存在理论上的困难。

"关于中国"可以说是鸦片战争以来所形成的一种思维框架或逻辑,其预设了这样的假设,即认为中国在政治、经济、社会和文化上都是一个应该被诊断的对象,它是一个"病人",为了拯救这个"病人"和治疗好它的"疾病",需要开设各种药方,而西方国家的现实实践和成功所形成的那种示范性,使得以为通过西方知识、制度等的引进,就能够实现药到病除之目的。但现实的法律实践,却使人们发现,一定的法律制度,不能只建立在逻辑体系和道德力量的基础上,以抽象的道德原则或是逻辑来推演,更重要的是要依据社会现实或发展的条件。当下中国法治实践的探索在实现自主性目的的过程中,既需要从批判的法学观过渡到理解的法学观,也需要从"关于中国"的研究路径过渡到"根据中国"的研究路径上来。

"根据中国"的研究进路,首要的则是需要对中国自身的政治、经济、社会与文化等构成要素进行实证探讨,从法与社会的关系中突出关注法律的有效实现问题。将"根据中国"的研究进路的内在精神,投射于法学研究方法上,则需要重视法律社会学的学术成就。当然,法律社会学本身既是一种法学思潮,同时更是一种法学研究方法。作为法学思潮的法律社会学,我们从中可以领略涂尔干、斯宾塞、韦伯、庞德、埃利希等经典思想,也可以发现弗里德曼、塞尔兹尼克等现代大家风范。当然,我们更要指出的是,马克思主义的法学,强调法律作为上层建筑要满足经济基础的要求,其内在精神与法律社会学思潮有共性之处。但仅仅是评介和研究各式法律社会学思想对"根据中国"学术思路的拓展、对法学学术自主性的推进,所具有的功效仅仅是表面的,更为重要的是需要对作为方法的法律社会学加以重视。当我们将法律社会学作为一种法学研究方法加以重视和予以接纳之时,就意味着,在研究各种法律现象、行为问题时,既不能停留在价值法学那种通过某种预设,如正义、秩序、平等等,来脱离实际地对法学问题加以批判;也不能停留在规范分析方法那种——对法律制度建构和法律内部的体系、语义等问题——脱离语境的分析(当然这不意味这两种方法不重要),我们更多的是需要首先对社会事实和社会经验进行实证研究和分析,进而在此基础之上来推进法律制度和法学理论的建构,也恰恰只有在此过程中才能体现法学的自主性,并有效地推进法治实践在中国的进步。经由对作为方法的法律社会学的重视,则可以进一步激活法律社会学内部的各种思想并将其逐步地转化为社会实证和经验调研的工具,如结构分析方法要求对研究对象进行整体把握和分析,功能分析方法要求对制度和结构的正负、显隐功能加以研究,冲突理论则要求对社会冲突的功能重新予以反思等等。同时,当我们将法律社会学作为一种方法之时,则可以进一步地推进法律社会学所具有的学术功能,如搜集资料为立法做准备、对司法过程进行分析、对执法的法律依据进行研究,等等。

总之,对作为方法的法律社会学的重视,既有助于我们看到一个有别于当下研究所呈现的法学知识格局,更有助于我们了解过去、剖析现在和展望未来,进而对有中国特色社会主义法治、法律制度、法学理论建设产生和发展起到不可估量的作用。当然,由于研究者身份的复杂,在实践中存在三种情况:一是由法学研究者所进行的,二是由感兴趣于法律问题的社会学研究者所进行的,三是兼顾法学和社会学的研究者所进行的。由于学科背景上的不同,第一类研究者的成果往往研究方法使用不够严谨,抑或鲜有使用而使其规范程度受到影响;第二类研究者往往停留于社会事实的呈现和分析,规范分析较少或专业性不强;第三类研究者将社会调查和分析与法律的规范分析方法有机结合,具有较强的代表性和理论价值。但我们有必要较宽泛地去看待这个问题,因为重要的是通过大家的努力可以提出新观点、新思想,有效推进法治理论、法治实践的进步。

本法律社会学研究丛书正是体现了这样思考的本意,就法治思想在文学作品中的推进、法治思想在影视作品中的推进、法学研究话语的历史性转化、法治第三方评估实践在中国的发展、人民调解制度的事业与中国的改革开放、当代中国法治建设的若干问题等做了具有抛砖引玉性的探索。本丛书的作者以此学术成果献礼于中华人民共和国建国 70 周年!

李瑜青

2019 年 5 月 1 日

目录 | Contents

前　言　为什么从当代中国法制文学入手 ································· 1
　　一、法制文学的概念与特征 ····································· 2
　　二、改革开放与中国法制文学的发展 ····························· 4
　　三、法制文学与法治思想的推进 ································· 8

第一篇　对法律意识与法治关系的思考
　　　　　——基于小说《万家诉讼》的讨论 ························· 11
　　一、作品梗概 ··· 11
　　二、作品中的法律问题 ······································· 13
　　三、评价 ··· 16

第二篇　刑法规避制度的思考
　　　　　——基于小说《河边的错误》的讨论 ······················· 18
　　一、作品梗概 ··· 18
　　二、作品中的法律问题 ······································· 20
　　三、评价 ··· 22

第三篇　法治政府何以可能
　　　　　——基于小说《大雪无痕》的讨论 ························· 25
　　一、作品梗概 ··· 25
　　二、作品中的法律问题 ······································· 27
　　三、评价 ··· 28

第四篇　"官本位"向"民本位"转换是法治进程必然路径
　　　　　——基于小说《人间正道》的讨论 ························· 33
　　一、作品梗概 ··· 33

二、作品中的法律问题 ························· 34
　　三、评价 ··································· 37

第五篇　我国妇女婚姻家庭权益保护问题的研究
　　　　——基于小说《奔跑的火光》的讨论 ············ 40
　　一、作品梗概 ······························· 40
　　二、作品中的法律问题 ························· 42
　　三、评价 ··································· 45

第六篇　反腐败实践的一个思考
　　　　——基于小说《城市迁徙》的讨论 ············· 47
　　一、作品梗概 ······························· 47
　　二、作品中的法律问题 ························· 50
　　三、评价 ··································· 55

第七篇　权力制衡的法治化路径探讨
　　　　——基于报告文学《落马高官》的讨论 ··········· 57
　　一、作品梗概 ······························· 57
　　二、作品中的法律问题 ························· 59
　　三、评价 ··································· 61

第八篇　遏制腐败要从生活的点滴入手
　　　　——基于小说《腐败分子潘长水》的讨论 ········· 66
　　一、作品梗概 ······························· 66
　　二、作品中的法律问题 ························· 68
　　三、评价 ··································· 71

第九篇　法治社会建设要重视新犯罪类型研究
　　　　——基于小说《网络陷阱》的讨论 ············· 73
　　一、作品梗概 ······························· 73
　　二、作品中的法律问题 ························· 76
　　三、评价 ··································· 79

目 录

第十篇　对警察职业保障制度的呼唤
　　——基于小说《寻枪记》的讨论 ……………………………… 81
　一、作品梗概 …………………………………………………… 81
　二、作品中的法律问题 ………………………………………… 83
　三、评价 ………………………………………………………… 87

第十一篇　基层民众上访的困境
　　——基于小说《我不是潘金莲》的讨论 ……………………… 89
　一、作品梗概 …………………………………………………… 89
　二、作品中的法律问题 ………………………………………… 91
　三、评价 ………………………………………………………… 94

第十二篇　抓住"关键少数",全面推进依法治国
　　——基于小说《绝对权力》的讨论 …………………………… 99
　一、作品梗概 …………………………………………………… 99
　二、作品中的法律问题 ………………………………………… 101
　三、评价 ………………………………………………………… 103

第十三篇　政府信息公开运行中的一个问题
　　——基于小说《新闻发言人》的讨论 ………………………… 106
　一、作品梗概 …………………………………………………… 106
　二、作品中的法律问题 ………………………………………… 110
　三、评价 ………………………………………………………… 115

第十四篇　中国律师执业的困境与出路
　　——基于小说《麦仁磨快的刀子》的讨论 …………………… 116
　一、作品梗概 …………………………………………………… 116
　二、作品中的法律问题 ………………………………………… 117
　三、评价 ………………………………………………………… 119

第十五篇　确立对法律敬畏的观念
　　——基于纪实小说《追问》的讨论 …………………………… 120
　一、作品梗概 …………………………………………………… 120

二、作品中的法律问题 ……………………………………………… 123
　　三、评价 …………………………………………………………… 125

第十六篇　从严治党是中国法治建设的基础
　　　　　　——基于小说《人民的名义》的讨论 ……………………… 130
　　一、作品梗概 ……………………………………………………… 130
　　二、作品中的法律问题 ……………………………………………… 132
　　三、评价 …………………………………………………………… 137

第十七篇　市场经济期盼法治
　　　　　　——基于法制报告文学精选之二《蜕变》的讨论 ………… 138
　　一、作品梗概 ……………………………………………………… 138
　　二、作品中的法律问题 ……………………………………………… 139
　　三、评价 …………………………………………………………… 145

第十八篇　重视基层体制机制的完善
　　　　　　——基于小说《天府之国魔与道》的讨论 ………………… 151
　　一、作品梗概 ……………………………………………………… 151
　　二、作品中的法律问题 ……………………………………………… 152
　　三、评价 …………………………………………………………… 155

第十九篇　以法治的方式解决宗教生活的问题
　　　　　　——基于报告文学《佛家第N条戒律》的讨论 …………… 159
　　一、作品梗概 ……………………………………………………… 159
　　二、作品中的法律问题 ……………………………………………… 160
　　三、评价 …………………………………………………………… 165

第二十篇　重视对犯罪心理的研究
　　　　　　——基于纪实作品《梦醒魂不归——深圳"7·11"大案探微》
　　　　　　的讨论 ………………………………………………………… 172
　　一、作品梗概 ……………………………………………………… 172
　　二、作品中的法律问题 ……………………………………………… 174
　　三、评价 …………………………………………………………… 176

第二十一篇　基层民主政治建设的新思考
　　——基于报告文学《让百姓做主——琴坛村罢免村主任纪事》的讨论 ………………………………………… 182
　一、作品梗概 …………………………………………………… 182
　二、作品中的法律问题 ………………………………………… 184
　三、评价 ………………………………………………………… 189

第二十二篇　法治社会离不开公正执法
　　——基于小说《漫天芦花》的讨论 ………………………… 194
　一、作品梗概 …………………………………………………… 194
　二、作品中的法律问题 ………………………………………… 196
　三、评价 ………………………………………………………… 201

后　记 …………………………………………………………… 203

前言　为什么从当代中国法制文学入手

本书通过对当代中国有影响的法制文学作品的研究，去发现中国法治实践遇到的挑战与问题，以及中国法治建设艰难的发展步伐和所取得的进步。当代中国法治建设的事业，必须与中国正在发生的变化相结合做出说明。当代中国正在发生的变化可以说极为深刻。有学者认为，中国的当代改革，使得这个国家经历了其他国家所经历的16世纪、17世纪、18世纪、19世纪、20世纪等，也就是这些世纪所有的一些社会特征，当代中国人只用了约40年的时间，就都有所感受了。当然，这样的话语有些夸张，因为中国的改革开放所带来的社会动荡或问题，是有中国特点及内容的，不是简单用其他国家经验就可以做出说明的。但我们一路走来，其中的逻辑应当十分清晰——改革中的这些变化所反映的，是中华民族自觉主动地把中国的历史汇入世界史的过程，是中国的发展汇入世界文明主潮流的过程。中华民族在汇入世界文明主潮流的过程，最初是跟随，逐渐开始了引领。这个主潮流就是大家都很熟悉的一个概念，即现代化的运动。

当代中国的法治建设在这样的背景下展开。而当代中国法制文学作品的作者，则以其特有的视角，记录并反思着这个过程。这涉及文学与法律的关系。历史上对两者的联系早有论证。《释名》曰：文者，"会集众彩，以成锦绣；会集众字，以成辞义，如文绣然也"[①]。文学不仅是作家思想感情的一种表达、对社会现实的一种反映，更是联结人与人心灵的桥梁。《管子·七臣七主》曰："夫法者，所以兴功惧暴也；律者，所以定分止争也；令者，所以令人知事也；法律政令者，吏民规矩绳墨也。"[②]法律不仅是由立法机关制定的、国家政权保证执行的行为规则，更是社会全体成员所认可的一种约束。可见，文学与法律都

[①] 刘熙：《释名》，中华书局1985年版，第51页。
[②] 房玄龄注：《管子》，上海古籍出版社1989年版，第161页。

法治思想在文学作品中的推进

需要族群的认同,都反映社会的需求,都寄托了人类对公平、正义、自由等理想的憧憬。而从法律社会学的视角,对法制文学作品的研究,我们可以直接地感受到,中国的法律是如何实现其立法的目的。当然这中间会充满矛盾、冲突,法律作为社会的一个要素与社会其他要素撞击时,它可能会遭遇种种状况,甚至本身发生了变形等。

文学往往蕴含着歌颂真、善、美的独特魅力,反映了社会生活中最受关切的问题,历来都为社会治理者所重视。《汉书·艺文志》有言:"《书》曰:'诗言志,歌咏言。'故哀乐之心感,而歌咏之声发。诵其言,谓之诗,咏其声,谓之歌。故古有采诗之官,王者所以观风俗,知得失,自考正也。"①古人尚且重视诗歌在社会、政治层面的价值,我们又如何能够忽视文学中所蕴含的法治思想呢?所以说,在改革开放40周年之际,我们有必要回顾这40年来小说、报告文学等形式的法制文学作品,通过整理与讨论,进而梳理出改革开放40年来法治思想在我国的推进历程。

一、法制文学的概念与特征

从古至今,中外各国,无数例子向我们证明,文学与法律无法分割。法令、合同、司法意见等各种法律文本,无论是石柱上所篆刻的《汉谟拉比法典》、摩西所颁布的《十诫》,还是春秋时代郑国大夫子产铸于铜鼎之上的《刑书》②,都需要语言文字的梳理、整合,从而达到文学性的表述效果。而在历代文学作品中,也总是渗透着法律的意象、法治的思想,例如古希腊剧作家索福克勒斯在悲剧《安提戈涅》中自然法(神法)与实证法的冲突,俄国大文豪陀思妥耶夫斯基在小说《卡拉马佐夫兄弟》中围绕宗教大法官展开的哲学思辨,乃至我国古代的《窦娥冤》《包公案》等文学作品中所体现的法治需求,都体现了不同时代、不同地域文学作品中法治思想的丰富。正因为文学作品中所涌现的法治思想越来越受到重视,故而学界兴起了"法制文学"的概念,展开了对法制文学之特征与价值的讨论。

围绕法制文学的概念,学者已经从不同角度展开过讨论。早在1981年北京法制文学研究会上就有学者提出,法制文学是以法治建设为题材,反映人民

---

① 班固:《汉书·艺文志》,商务印书馆1955年版,第7页。
② 班固:《汉书·刑法志》:"春秋之时,王道寖坏,教化不行,子产相郑而铸刑书。"(岳麓书社2008年版,第465页)

的法律生活,宣传推广法治观念的文学①。法制文学的形式不拘一格,可以包括小说、散文、戏剧、诗歌乃至相声、谚语等所有文学形式;而从题材内容来看,民众的生活从来离不开法律的约束,法制文学又涉及衣食住行的方方面面,这就使得"法制文学"乍一看是包罗万象,细究起来又模糊不清。其实,法制文学并不适用于传统的文学题材分类,在言情、历史、科幻甚至武侠题材的作品中,都可能涉及这样或那样的法律问题,都需要对社会法治的不同层面加以描写,都可能成为独具特色的法制文学。所以法制文学并不是一个从题材上与言情文学、神怪文学、科幻文学等并列的独立类别,而是一种在内容上有着鲜明标识的文学。

法制文学本身就是一种范围广泛的特殊类别,而其与众不同之处则是:它所反映的社会生活,是一般文学作品不曾涉及的关乎法律与犯罪的社会生活现象②;它所主要塑造的,也是与立法和执法、守法和违法等等有关的各种人物③。换言之,虽然《安提戈涅》中有关于俄狄浦斯的希腊神话、《包公案》中有关于北宋历史的传说积淀、《窦娥冤》和《卡拉马佐夫兄弟》等作品中还有家长里短的琐碎,但都不妨碍我们将其归类为法制文学,因为这些作品都能反映当时民众的法制观念、都蕴含着丰富的法治思想,其中人物的命运也都与法律息息相关。

那么是否所有包含犯罪、刑侦、诉讼等元素的作品都可以被称为法制文学呢?也不尽然。正如法律的诞生,并非仅仅源自"公"与"私"的权力博弈,还是源于人类在社会文化演进过程中对秩序、对正义、对真善美的不断追求;法制文学也有其利于社会的特征及功能,在此可以归纳为以下四个方面:

首先,法制文学有其事件的真实性。法制文学主要取材于公安、检察、法院等执法、司法领域所处理的真实案件,即便文学作品因艺术需要而有虚构、夸张的成分,但情节上所涉及的贪腐、凶杀、间谍、情感纠葛、道德冲突等桥段都超脱不出普通人可以接触或见闻的法律生活领域;如果脱离了社会现实、既有法律,那便是单纯的虚构或想象,失去了法制文学的价值。

其次,法制文学有其法制的准确性。无论是诗歌、散文还是小说、戏曲,法制文学都应该涉及法治制度的运行、法律监督、法制观念的普及等内容。无论

---

① 范本林:《论法制文学的概念与特征》,载《湖南省政法管理干部学院学报》2000年第6期。
② 魏军:《关于中国社会主义法制文学》,载《经济与社会发展研究》2013年第1期。
③ 肖牧樵:《对"法制文学"的一点思考》,载《当代文坛》1990年第1期。

作品中所涉及的罪案再扑朔迷离、人物再复杂可怜，法制文学都应该有着对法律条文的正确解读、对社会正义的合理宣扬。如果偏离了惩恶扬善、激浊扬清等正确的价值观，那么再精彩的悬疑或刑侦文学，也无法被称为法制文学。

第三，法制文学有其情节的特殊性。作者为了表达自身的思想情感、引发读者的阅读思考，往往会设计大量曲折离奇、新鲜刺激、引人入胜的情节。但法制文学有别于其他文学的特殊之处便在于，这些情节安排并非仅仅满足于故事的可读性，而应该有利于读者扩大知识面和提高法律、文化素养，有助于读者认识、反思作品中的法律问题。

第四，法制文学有其主旨的时代性。从古至今，无论是古代封建社会的官场黑暗、改革开放之初的法制不健全，还是当代世界格局与科技文化给法律生活带来的新影响，法制文学作品的情节设计、思想意图必定会留下不同的社会烙印，必定能折射出不同的时代色彩。

正是基于法制文学的以上特性，本书在对所收录的文学作品进行筛选与分析的过程中，最主要的衡量标准便是作品不但要反映改革开放以来中国社会的发展特征、代表改革开放以来中国法治的进步成果，还要具备直指人心的社会影响力、能够忠实反映改革开放以来法治思想在中国的推进过程。所以本书既包括《让百姓做主》《落马高官》这样基于真实事件或著名案例所创作的纪实文学作品，又有《心照日月》《新闻发言人》这样由具备司法、公安背景的作者所创作的文学作品；既包括《万家诉讼》《人民的名义》等曾经被成功地改编为电影、电视剧并获得多项大奖的优秀作品，又有由余华（《河边的错误》）、方方（《奔跑的火光》）这样的知名作家所创作的精彩小说。可以说，是从真实性、准确性、特殊性、时代性等不同方面体现出了改革开放以来法制文学与法治思想的发展。

二、改革开放与中国法制文学的发展

中国的法制文学有着悠久的发展历史，是中国法治思想发展的忠实见证者。例如在先秦时代口耳相传的《诗经》中，《魏风·硕鼠》的"硕鼠硕鼠，无食我黍。三岁贯女，莫我肯顾。逝将去女，适彼乐土。乐土乐土，爰得我所"，反映了普通民众反对官僚剥削、向往法治乐土的普遍心愿；《齐风·南山》的"取妻如之何？必告父母""取妻如之何？匪媒不得"，则反映了父母、媒妁在先秦婚姻法律制度中的重要地位，凡此种种，都说明《诗经》中蕴含着丰富的法治思想。又如在先秦诸子散文中,《墨子》以杜伯复仇周宣王、句芒赐寿秦穆公等传说来说明"天志""鬼神"的实有,强调政府官吏治理官府之事不能不廉洁,见善不敢不赏、见恶不敢不罚①;《韩非子》以尧舜禅让、奚仲造车等传说来论证法律对人类社会的重要性②,先秦诸子的法制文学创作由此可见一斑。

　　法制文学自先秦以后,一直在中国传统文化中延续、发展。如汉乐府《平陵东》中的"两走马,亦诚难,顾见追吏心中恻。心中恻,血出漉,归告我家卖黄犊"通过官吏敲诈无辜百姓、使其倾家荡产的描写,控诉了贪官暴吏残酷劫夺民财的恶行。唐朝诗人杜甫所作《新安吏》中的"客行新安道,喧呼闻点兵。借问新安吏,县小更无丁？府帖昨夜下,次选中男行。中男绝短小,何以守王城？"则反映了安史之乱时期抽签征选未成年人入伍的残酷兵役制度。南宋诗人陆游所作《秋怀·少时本愿守坟墓》中的"颔须白尽愈落莫,始读法律亲笞榜。讼氓满庭闹如市,吏胥围坐高于城"则又反映出古代律法的不近人情以及百姓对诉讼的厌恶与畏惧。还有元代剧作家关汉卿所创作的《窦娥冤》,在感天动地的悲剧中塑造了节妇窦娥、泼皮张驴儿、贪官桃杌等典型人物,控诉了高利贷的毒害、泼皮流氓的欺压、贪官污吏的毒刑,也宣扬了传统儒家思想影响下的道德观。发展至明清两朝,则又涌现了冤狱型、义侠型、清官型、复仇型和警世型等多种多样的小说戏剧,如歌颂历史上著名清官海瑞与包公的《海刚峰先生居官公案传》与《包孝肃公百家公案演义》,知名短篇小说集"三言两拍"中《十五贯戏言成巧祸》《蒋兴哥重会珍珠衫》《玉堂春落难逢夫》等脍炙人口的故事,还有清朝的《三侠五义》《施公案》等作品,都反映了普通民众对贪官污吏的控诉、对公平正义的渴望。

　　而从封建帝王所把持的古代中国,到中国共产党掀起新民主主义革命,法制文学的发展也发生了明显的变化,公案、冤狱类的传统作品逐渐被具有普法意义的革命文学、乡土文学所取代。如赵树理的《李有才板话》,以有说有唱、夹叙夹议的板话诗形式控诉了村干部贪污盗窃、营私舞弊、欺压群众、瞒骗上级的恶行,普及了共产党在敌后根据地所推行的《陕甘宁边区地权条例》等法律条例;而在赵树理的《小二黑结婚》中,男女主人公小二黑和小芹则是以维护

---

① 《墨子·明鬼》曰："若以为不然,是以吏治官府之不洁廉,男女之为无别者,鬼神见之;民之为淫暴寇乱盗贼,以兵刃毒药水火,退无罪人乎道路,夺人车马衣裘以自利者,有鬼神见之。是以吏治官府,不敢不洁廉,见善不敢不赏,见恶不敢不罚。"(中华书局1986年版,第220页)
② 《韩非子·用人》："释法术而心治,尧不能正一国。去规矩而妄意度,奚仲不能成一轮。"(中州古籍出版社2008年版,第204页)

自由恋爱、自主婚姻的民法条例为武器,战胜了代表封建家长的二诸葛、三仙姑以及村中的恶霸金旺兄弟;还有根据晋察冀边区白毛仙姑传说所创作的歌剧《白毛女》,记录了解放区民众控诉地主恶霸、开展阶级斗争的革命历史。而在中华人民共和国建立之后,肃反、反特题材的法制文学也曾一度风靡全国,例如根据作者曲波在东北雪原剿灭国民党残存土匪的真实经历所创作的长篇小说《林海雪原》以及《山间铃响马帮来》《冰山上的来客》《霓虹灯下的哨兵》等作品,都随着电影、戏剧的传播变得脍炙人口。

改革开放之后,中国法制文学更是迎来了别开生面的繁荣局面。党的工作重心转移到以经济建设为中心的社会主义现代化建设,人们的思想得到了进一步解放。一方面,随着经济体制改革的不断深化,文化市场日趋活跃,日本的推理小说、英美的侦探小说等文学作品纷纷被译介到中国,中国的作家和读者都为之耳目一新。另一方面,党的十一届三中全会以后,随着实践是检验真理唯一标准的大讨论,"法治"取代了"人治",法制建设成为当代社会政治文化的又一主流形态。于是在中国文坛,催生了如大墙文学、公安小说、侦破小说、犯罪小说、反腐小说等种类繁多的法制文学新作品。而改革开放后法制文学的发展轨迹,大致可分为以下三个阶段:

一是20世纪80—90年代的法制文学。改革开放之初,在"摸着石头过河"的过程中,经济的发展也催生了法制建设新问题,有些新形式的罪案、新背景的罪犯成为民众瞩目的焦点。所以在这一阶段,以现实案件为原型改编的报告文学、纪实文学逐渐兴起,如本书所涉及的法制报告文学精选之二《蜕变》、法制报告文学集《佛家第N条戒律》《梦醒魂不归:深圳"7·11"大案探微》等,都是这一时期法制文学的代表性作品。

二是20世纪90年代至21世纪初的法制文学。随着电视的普及,大量被改编为电影、电视剧的纪实文学持续火热,刑侦、反腐题材仍旧是其中主流,如本书所涉及的《天府之国魔与道》(改编有电视连续剧《刑警本色》)、《大雪无痕》(改编有同名电视连续剧)、《绝对权力》(改编有同名电视连续剧)等,皆是这一类的代表。不过与此同时,关注现实法制的中短篇小说作品中也有不少反映社会人性的佳作,如本书所涉及的《万家诉讼》(改编有电影《秋菊打官司》)和《漫天芦花》《腐败分子潘长水》《寻枪记》《奔跑的火光》等,都在不同的法制案件中塑造了丰满而复杂的主人公形象。

三是2005年以后的法制文学。在当时国家广电总局的治理与引导之下,反腐、涉案剧逐渐退出了各大电视台的黄金档,法制文学的影响力虽然有所减弱,但主题不断丰富,展现新时代执法队伍在抗震救灾、舆情监控、海外维和等更多领域的作品不断出现;更可贵的是,有许多作者都在更深的层面展开了对行政与司法体制的反思,使得法治思想进一步深入人心;本书所涉及的《人民的名义》《新闻发言人》《我不是潘金莲》《让百姓做主——琴坛村罢免村主任纪事》《心照日月》等,都代表了法制文学的最新发展动向,反映了党的十八大以来法治思想的进步。

与法制文学作品的创作相同步,改革开放后,法制文学的理论研究也在中国逐渐得到重视。首先,自1980年开始,全国便涌现出一批法制文学刊物,如《蓝盾》《啄木鸟》《剑与盾》《水晶石》《案与法》《中国法制文学》和《法制文学选刊》等,还有《民主与法制》《法律与生活》等综合性法制刊物。这些销量数以百万计的刊物,在刊载法制文学作品的同时,有意识地开展了对中国法制文学的引导与评论,在公安部门以及社会各界培养了一批法制文学的创作与评论人才。其次,法制文学的相关研究机构(组织)也在改革开放后应运而生,在1981年的北京文艺学会常务理事会上,魏军等人倡议确立"中国社会主义法制文学"这一新的概念和学科,后在北京文艺学会的支持下,北京法制文学研究会于1982年率先成立,成为我国第一个专门从事法制文学研究的学术机构,随后全国各地都陆续设立了法制文学的研究机构;发展至2008年,中国法学会正式下文批准同意成立"中国法学会法制文学研究会",中国政法大学等高校又率先将法制文学作为交叉学科列在法理学方向中,开始招收"法制文学"的硕士研究生,标志着"法制文学"的研究真正融入了我国高等教育的人才培养机制之中。另外,20世纪70年代起于美国兴起的"法律与文学运动"也在改革开放后逐渐影响到中国,美国法学教授怀特的《法律的想象》、美国法学家波斯纳法官的《法律与文学》等作品逐渐引起中国学者的关注。冯象的《木腿正义:关于法律与文学》、朱苏力的《法律与文学:以中国传统戏剧为材料》、徐忠明的《法学与文学之间》、刘星的《古律寻义——中国法律文化漫笔》、梁治平的《法意与人情》等专著,都在勾勒法律与文学之关系的同时,从中国悠久历史中的不同时代语境出发,重新发掘了中国法制文学的历史渊源、形式特点、思想内涵,更多地从法学层面关照到了原本为文学评论家所关注的法制文学。

以"改革开放"为时间节点,我们可以清晰地发现:不仅是当代中国法制文学的创作主题、创作形式得到了极大的丰富,中国古代法制文学的悠久历史

法治思想在文学作品中的推进

也得到了深度的发掘与梳理；不仅是中国特色的法制文学理论研究方兴未艾，法制文学作品中所反映的社会问题更是通过电影、电视、网络等渠道从象牙塔走进了千家万户，不断产生着广泛的社会影响。

三、法制文学与法治思想的推进

法制文学是一种雅俗共赏的文学，在内容上描绘了人世间的罪与罚，在主题上又反映了人性中的真善美。从社会读者欣赏、阐释的角度出发，我们可以在法制文学作品的不同阅读层次上，收获各不相同的阅读快感与思维体验；可以在扑朔迷离的案情中，感受犯罪与反犯罪的尖锐冲突；可以在触目惊心的灵魂剖析中，反思失足者的心理结构与成长经历；可以在个人命运的考验与国家利益的威胁中，探寻社会秩序、人类文化的未来走向……而本书的创作主旨便是：挑选出这40年以来具有不同代表性的法制文学作品，通过对作品主要内容的介绍、对作品中所反映的主要法律问题的评论，展开对改革开放以来法治思想的一连串思考——中国的法治建设取得了哪些进步？当代的法治社会还面临哪些问题？文学在法治建设中应该发挥怎样的作用？但更为重要的是，法制文学以文学特有的方式，实现了法律社会学的学科品行，把直面的法转化为生活实践的法的过程，并将其撕开了让我们可以分析、可以感受进而去探析当代中国法治发展的逻辑。

改革开放40年来，通过法制文学我们可以看到，法制观念从专业到大众、从城市到农村的全面普及。例如在余华的小说《河边的错误》中，作者在对一连串扑朔迷离的连环凶杀案进行层层推进的描写叙述过程中，把为什么不能将"疯子"绳之以法以及成为"疯子"以逃避法律制裁等问题抛给了广大读者，通过主人公刑警马哲那制裁疯子、成为疯子的经历，对法律制度的漏洞进行了无情的嘲讽，又能引发大众展开如何预防刑法规避、维护法制统一与法律权威的思考。又如在陈源斌的小说《万家诉讼》中，通过农村妇女何碧秋因丈夫万善庆被村长王长柱殴打而四处奔走"讨说法"的一系列过程，以《行政诉讼法》的颁布实施为背景，反映了我国（特别是农村地区）普遍存在着的本土伦理思维与法治现代化之间的冲突，让更多普通民众知道应该用法律武器捍卫自己的权利、监督行政机关依法行使职权，体现了法律制度增进人们整体福利的智慧。

改革开放40年来，通过法制文学我们还可以看到，人民日益增长的美好生活需要对国家法律制度的建设提出了更多、更具体的要求。例如在尤凤伟的小说《原始卷宗》中,一桩伤人案件因上级领导以及政治力量的隐形压力而错判,能作为新证据推翻原有判决"原始卷宗"浮出水面,但又面临着成为个人升迁工具的下场;作者通过主人公曲和法官及其老同学柳项木的冲突,体现了司法腐败现象的存在以及司法公正被破坏的不良后果,反映了基层法院的法官在审理案件的过程中司法自由裁量权被场外的一些人情世故以及司法腐败行为所干扰的社会问题,也反映了广大普通民众对司法公正的深情呼唤。又如在朱晓军、李英所创作的报告文学《让百姓做主——琴坛村罢免村主任纪事》中,作者以擅自将龙潭溪承包出去的村主任邓士明与廖祥海、张明华等在外谋生的年轻人之间的对立为主线,通过偏僻贫穷的琴坛村所发生的罢免村主任事件,展示了我国农村村民在处理人情世故、公共利益、民主选举等问题过程中的人物群像,揭露了留在村中的村民民主意识不强、村级民主管理和民主监督未能真正落到实处等问题,从新闻故事中提炼出了民众对基层民主政治的需求。

改革开放 40 年来,通过法制文学我们又可以看到,法治国家、法治政府、法治社会的建设需要在不断变化的新形势下面对新的任务、新的挑战。例如刘震云的小说《我不是潘金莲》叙述了普通农村妇女李雪莲连续上访 20 年的经历,从"假离婚"的争议、到"潘金莲"的羞辱,李雪莲的"无理取闹"却暴露了县里的法官、法院院长、法院专委乃至县长、市长、省长的官僚与冷漠,更暴露了我国上访制度所存在的巨大问题,对我国今后的法治建设提供了很多可供借鉴的经验和教训。又如吴亚频法官所创作的小说《心照日月》,根据作者自己从事民事及行政审判 30 多年的经验,书写了女法官何丽娜在高负荷工作的同时,如何面对被当事人攻击骚扰、被恶势力恶意诬陷的艰难困苦,始终不忘初心、不畏强权、坚守在司法工作一线的经历;并通过何丽娜与脱离法院系统的汪琳、崩溃自杀的邹晓义之间的对比,暴露了司法改革过程中法官职业保障机制建设过程中的诸多不足。

《荀子·大略》曰:"人之于文学也,犹玉之于琢磨也。……和之璧,井里之厥也,玉人琢之,为天子宝。子赣季路故鄙人也,被文学,服礼义,为天下列士。"就像对玉石的雕琢打磨一样,每一次对文学作品的创作、阅读与理解,就是对人生的一次感悟、对思想的一次提升。改革开放 40 年来,法制文学的发展、提升与丰富,能够折射出中国改革开放以来法治建设的一系列成果。从党的十一届三中全会上所提出的"有法可依、有法必依、执法必严、违法必究",到党的十八大报告中所提出的"科学立法、严格执法、公正司法、全民守法",中国特色社会主义法律体系不断得到完善,依法治国的理念不断深入人心,法制宣传与教育得到全面推进,人民有序参与立法及监督的民主权利日益得到重视。正是因为有了这样一种从健全社会主义法制到全面依法治国的发展,所以在中国的法制文学中我们才可以看到20世纪八九十年代以犯罪案件、法律漏洞为主要题材的作品,逐渐被后来越来越多反映法治建设过程中新问题、新需求的作品所取代。从"秋菊打官司"到"我不是潘金莲",反映出中国普通农村妇女的维权意识、法律意识在不断进步,全民法治观念明显增强,法治社会建设得到不断深化;从"绝对权力"到"让人民做主",反映出中国在依法保障社会主义民主上所取得的进步,法治政府建设成效显著,行政权力得到有效规范。文学作品反映百姓的心声,给法学研究注入了活泼的因素,也给党和政府在立法、执法过程中提供了可以借鉴和反思的案例。而随着全面依法治国的推进,法治思想的发展与普及,也帮助文学创作者们创作出越来越多形象生动的法制作品。在文学与法律的相辅相成中,以宪法为核心的中国特色社会主义法律体系必将得到不断完善,中国的法治建设必将进一步深化和提速。

第一篇　对法律意识与法治关系的思考
——基于小说《万家诉讼》的讨论

一、作品梗概

《万家诉讼》是陈源斌在1991年创作并发表的一部作品,根据该作品改编创作的电影《秋菊打官司》得到了海内外广泛的赞誉①。作品主要讲述了20世纪80年代末,一位农村妇女何碧秋因丈夫万善庆被村长王长柱殴打一事,通过法律途径"讨要说法"的故事。

村长王长柱打万善庆的原因在于上面布置农田里成片栽油菜,村里各户人家都按照要求改栽了油菜,但万善庆心疼自己家的已经种下的小麦便没有改栽油菜。村子里百十亩的油菜地中间就夹万善庆家的一块小麦地,王长柱形容这场景"看着像头上的疤癞"。验收组下来验收,看见这种场景,把分扣了,打个不及格,并要求限期改进。于是村长要万善庆补栽油菜,说了一遍、两遍、三遍,万善庆仍然不听,村长一气之下便踢了万善庆两脚。而这两脚,一脚踢在了万善庆胸口,一脚踢在了万善庆下身。何碧秋听到这一消息后,带着丈夫去了外省的医院做检查,医生做出了"属于轻微伤害"的诊断证明。何碧秋随后找到村长,要向他讨个"说法",即要求村长赔礼、认错。但村长认为"打人又不为私事,政府不帮我,下次谁吆喝这村的事"而拒不认错。何碧秋便来到

---

① 电影《秋菊打官司》是1992年由张艺谋执导,巩俐、雷恪生、刘佩琦等主演的一部剧情片。该片荣获第四十九届威尼斯电影节最高荣誉金狮奖、最佳女主角奖(巩俐),第十六届百花奖最佳故事片奖,金鸡奖最佳故事片、最佳女主角,第十二届香港电影金像奖最佳华语片奖等奖项。电影在抓住原著的精神内核的基础上做了一些改动:在故事背景方面,将原著中安徽省改为陕西省。故事情节方面,将村长打人的原因由小麦改种油菜改为建房批地,将女主角何碧秋的身体状况改为了怀孕。在人物姓名方面,将原著中村长由王长柱改为王善堂,丈夫由万善庆改为万庆来,而女主人公由何碧秋改为秋菊。需要说明的是,为了将作品的情节真实地反映出来,在本文第一部分中,笔者仍然以"何碧秋"进行叙述,而在第二和第三部分中,为了学术讨论的方便,采用了在学界更为通用和流行的"秋菊"来叙述。

乡里找到李公安员告状，经李公安调解，由村里和村长支付万善庆医药费、调养费和误工补贴。可到给钱的时候，村长随手一扬，将票子撒落到地上，说道："我仍是村长，仍管着这块地皮上的三长两短，仍不免要憋住气作践你万家。地上的票子一共三十张，你捡一张低一次头，算总共朝我低头认错三十下，一切恩怨都免了。"村长的这个态度和处理方式，显然不是何碧秋所要的"说法"。于是何碧秋又到县公安局告状，在路上因为听人说控告别人需要一个诉状，特意花了35元钱用来写诉状。到了县公安局，经过处理后，县公安局做出了处罚裁定。裁定的内容仍是承担医药费、调养费和误工补贴三项，数字跟李公安所调解的不相上下。何碧秋对这个结果仍然是不满意，县公安局的人告诉她如果对裁决不服，可以提请上面复议。何碧秋回家便将家里的猪拉到江苏地面集上卖了钱，作为进城向市公安局提起复议的花费。

不久后市公安局复议决定也下来了，市公安局复议决定维持了县公安局的行政处罚决定。复议决定书阴差阳错地却转由村长代为送达，何碧秋一是觉得送达方式不妥，另外也觉得县公安局的复议决定依旧不是自己想要的"说法"，于是再次来到市公安局。找到市公安局局长说明情况，局长听闻后告诉她，如果对复议决定不服，可以向法院提起诉讼，这是法律赋予她的权利。于是，她便向县法院递了诉状。

此时，正值我国《行政诉讼法》颁布，因不服市公安局局判决而向法院递交诉状，何碧秋原本只是想要找打丈夫的村长要个"说法"这件事突然地就变成了一件"民告官"的行政诉讼案。由于这件案子是新的《行政诉讼法》颁布后当地受理的第一起行政诉讼案，因此受到当地各界人士关注。当地人士都猜测，法院会判市公安局败诉，从而起到一个良好的法律宣传效果。开庭时，何碧秋看到被告是市公安局严局长，便说法院搞错了，自己告的应该是打人的村长，经过法院的解释，何碧秋才明白事情原来已经绕了一大圈，性质也都发生了变化。但法院经过审理后，认为村长打人只是造成了"轻微伤害"，县公安局的行政处罚决定以及市公安机关的复议维持决定都没有问题，于是判决驳回了何碧秋的起诉。对于这一结果，何碧秋当然不满意，听审判人员说明不服这一判决还可以上诉，何碧秋当庭表示上诉。案子便又进入了市中级人民法院的管辖之下。

由于案情影响较大，市中级人民法院安排了两名审判人员到村子里来调查，并找来何碧秋询问情况。事后，又带着万善庆去县里的医院做了检查，检查结果表明万善庆胸部肋骨骨折。村长对万善庆殴打已经造成"轻伤害"。如此一来,案件的处理结果便发生了变化。由原本的行政案件变为一起刑事案件①,不久后,村长王长柱便被公安局铐上手铐带走了。何碧秋听闻此事后,困惑道:"我上告他,不过想扳平个理(讨个说法),并没要送他去坐牢呀!"而此时,何碧秋家里的麦子遭了黑穗病,乡里的农技员下来看到何碧秋家的遭病的麦田,解释了当初要求集中种油菜就是为了避免油菜和麦子相互影响,防止患病减产。何碧秋这才明白村长当初要求集中改栽油菜的原因。也正是因为村长没有把其中的道理讲清楚,所以才起了冲突,才有了后面一系列"讨说法"的事。作品到此止笔,留下的问题却是较为深刻的。

二、作品中的法律问题

学界围绕根据《万家诉讼》改编的《秋菊打官司》已经进行了诸多的讨论,由于作品和电影基本保持了一致,因此,学界对于电影《秋菊打官司》的分析和讨论基本也适用于对作品的分析。二十多年前,苏力《秋菊的困惑和山杠爷的悲剧》一文首先对电影《秋菊打官司》进行了分析,由此奠定了中国"法律与文学"研究的学术范式②。苏力文中所谈论的"秋菊的困惑"更是成为一个极富价值的学术话题。围绕着这一学术话题,学者们选取了不同的角度展开了分析。笔者在此,首先对学界所提出的问题进行梳理。

在苏力看来,"秋菊的困惑"正是法治的中国问题的表达,暗含着中国的法治会面临着区别于西方普适的法治经验的独特问题,也就意味着中国法治需要对"法律移植"保持一定的距离,必须要认真理解和对待法治的"本土资源"。苏力对《秋菊打官司》的解读无疑是极为宏大和深刻的,有学者在此基础上,进一步细化并提出了"村长的困惑"。不同于秋菊的困惑,村长的困惑展现的是基层的普通官员在政府治理模式转向法治过程中的困惑与选择,进而作者提出如何理解中国现实政治中政府和官员行为的特有逻辑正是"村长的困惑"所涉及的实质问题③。冯象则更加关注国家正式法律在实际运作中跟民间法

---

① 电影中对这起案件的处理仍然是按照违反《治安管理处罚法》给予行政拘留,但严格来说如果造成"轻伤害",应当属于刑事案件。这一小瑕疵并不影响整个故事的发展。在村里人看来,无论是"行政拘留"还是"刑事拘留",把人关了,两家的恩怨基本就不可能一笔勾销了。
② 参见苏力:《秋菊的困惑和山杠爷的悲剧》,载苏力《法治及其本土资源》,北京大学出版社2015年版,第25—43页。
③ 参见凌斌:《村长的困惑:〈秋菊打官司〉再思考》,载《政治与法律评论》2011年第1期。

等传统规范之间的关系,这种关系(冲突关系)对中国的法治有何意义?他认为秋菊的困惑正是法治现代化的前提条件,因为法治现代化作为主导的意识形态,可以将不认可它的秋菊们排除在"权利意识"以外①。也有学者并不认同苏力所提出的关于"法律移植"的质疑,认为即便是由中国本土所创造的法律制度也会存在国家法律制度与社会现实之间的张力。法律的形式合理性决定了法律不能屈从于当事人的意志,法律必须以相对固定的规则来应对现实世界的无限多样性、无限复杂性和无限可变性,这是规则与事实之间的永恒紧张,也是社会选择服从规则治理的法治模式所必须付出的代价。所谓"秋菊的困惑"乃是中国法学界用来反思或质疑法律移植的一个著名隐喻②。王利明认为秋菊的"讨说法"体现的正是现代法治所提倡的"为权利而斗争"的理念,虽然最后按照国家正式法律制度的处理结果,并不是秋菊所想要的那个"说法",但不能因此否认在传统社会中适用国家法律制度的价值,因为正式的法律制度蕴含了更科学的增进人们整体福利的智慧,在讨论法律制度设计时,不能仅限于实际发生的个案,而应当关注特定规则对潜在行为人的行为诱导功能,即该规则对人们产生的整体效果。只有当权利人积极地主张自己的权利,才能够让那些潜在的损害行为人意识到损害他人的后果,进而更好地发挥法律的预防作用,以实现长久而稳定的和谐③。有学者则认为秋菊不断要求"讨个说法"的行为并不是在法治秩序下为了自己的权利而奋斗。因为乡村生活并不是法治秩序下的生活,而是礼治下具有伦理性、互助性和互惠性的生活,秋菊并没有现代化的权利观念,所以她并不是为了权利而斗争④。她的这种行为只是遵循了乡村生活所自发形成的"面子"规则的指引,"讨说法"究其根本在于争回"面子"。同样的,村长无论如何不甘心道歉也是为了保全"面子"。也有学者认为,"讨说法"带给秋菊的困惑,并不能归结于村民对权利的理解在法律本土资源与法治现代化之间冲突所带来的后果,秋菊的困惑源于她率先打破传统的礼治秩序、寻求法治秩序这一过程中必然会出现的陌生与不习惯,而这种陌生和困惑最终会在更为合理的秩序中释然,新的秩序和规制正是基于这种

---

① 参见冯象:《秋菊的困惑》,载《读书》1997年第11期。
② 参见桑本谦:《"秋菊的困惑":一个巧妙的修辞》,载《博览群书》2005年第12期。
③ 参见王利明:《"讨说法":从秋菊打官司说起》,载《当代贵州》2015年第18期。
④ 参见陈柏峰:《秋菊的"气"与村长的"面子"——〈秋菊打官司〉再解读》,载《山东大学学报(哲学社会科学版)》2010年第3期。

"有破有立"得以建立①。

应当说,学者们的观点在法治的本土化与法治的普适性和现代化之间表现出来的分歧以及具体到对在乡土社会中民间法与国家法律更应当坚持何种规范而产生的分歧,无疑是巨大甚至是对立的。但在这些看似分歧的观点上,实际上都包含着对法治的坚持。这种对法治的坚持正是来源于法律人对于法律的信仰。美国学者伯尔曼教授在《法律与宗教》中说,法律必须被信仰,否则它将形同虚设。更进一步讲,无论是秋菊自身的困惑,还是学界对"秋菊的困惑"的分析,都是人们法律意识的表现。因此,从法律意识这一角度来分析和把握"秋菊的困惑"以及围绕"秋菊的困惑"所引发的讨论能够弥合法治建设进程中参与主体在意识层面上的分歧。

意识,从哲学上来说,是人对自身所处的客观环境和自身现实的本体状态反映的结果和产物。法律意识是属于社会意识的一种形式,是人们关于法和法律现象的思想、观点、心理和知识的总称。主要包括:人们对法的产生、本质和作用以及发展的看法,对现行法律的理解、解释、态度和情绪,对自己和他人权利、义务的认识,对人们行为合法性的评价以及人们关于法律的知识和修养②。法律意识可以分为法律心理、法律观念和法律理论三个层次。法律心理是人们在日常生活中对法律现象表面的、直观的、感性的认识和情绪③。法律观念是指人们在对法的理解的基础上形成的意向和决策思想,是一种比较稳定的法律意识走势④。法律理论是人们对于法律现象具有系统性、理论化的认识,表现为理论化的法律思想、观点和学说⑤。以这种分析思路来看,秋菊在一次又一次为丈夫"讨说法"的过程中,从最初的完全不懂法到慢慢接触国家法律再到在作品中的李公安、公安局长等人的引导下,不断选择和相信法律这一过程也反映了其法律心理的不断变化过程。可以说秋菊法律心理的形成来源于民警、律师、法官等人的普法教育,这场普法教育和当时的社会背景相关。20世纪80年代,我国进入了一个大规模的立法时代,大量的民事、刑事以及行政法律在这一时期内确立并开始实施。为了与国家层面上大规模的立法相配

---

① 参见江帆:《法治的本土化与现代化之间——也说秋菊的困惑》,载《比较法研究》1998年第2期。
② 刘洪旺:《法律意识论》,法律出版社2001年版,第49页。
③ 张文显:《马克思主义法理学——理论与方法论》,吉林大学出版社1993年版,第289页。
④ 吕世伦、公丕祥:《现代理论法学原理》,安徽大学出版社1997年版,第315页。
⑤ 李瑜青、苗金春:《法理学》,科学出版社2008年版,第205页。

法治思想在文学作品中的推进

合,1985年11月全国人民代表大会常务委员会通过了《关于在公民中基本普及法律常识的决议》,由此在中华大地上掀起了一场声势浩大的普法宣传运动。这场大范围的普法运动的目标首先在于让老百姓知道中国当前有多少成文法,进而鼓励公民积极运用法律保护自身的权利。在这种背景下,几乎当时所有的公检法系统都承担着普法宣传的义务,但这种普法运动仅仅是一种大规模地向老百姓们普及法律条文本身的普法教育,一种生硬地将法律术语套入老百姓日常生活中的运动。如此一种流于形式的普法教育活动,也就无法帮助老百姓真正理解法律。严局长告诉秋菊,《行政诉讼法》规定了她享有对公安局所做决定不满提起行政诉讼的权利,县法院的法官也告诉她,不满法院的判决她还享有上诉的权利。可是他们都没能理解秋菊一直要的"说法"是什么,他们无法告诉秋菊,法律规定的权利对她和她所想要解决的问题来讲意味着什么。因此,在秋菊按照法律规定行使了自己的权利之后,法律做出了处理,但这种处理显然不是她最初所想要的"说法",由此产生了对于国家法律的困惑。她没能理解权利对于她来讲意味着什么,她对法律的直接心理反应和感受进一步演变为法律观念上的困惑。从秋菊的角度来说,她的法律意识在经过这一轮来自实践的普法教育后,并没有得到提高。

在声势浩大的普法运动中,法律被宣传为维护个人权利的利剑,有困难找法律,法律可以为弱者提供应有的救济。秋菊作为一个农村妇女在接受了普法教育后,也选择了诉诸法律来维护自身的权利,可诉诸法律最后的结果反而没有实现她最开始的目的。"秋菊的困惑"从她自身来说,是对国家法律的一种困惑。学者们为了解释"秋菊的困惑"所进行的讨论,可以说是对法治建设中产生的一种困惑。当然学者的使命不仅在于发现问题,还在于解答或者说是解释问题。解决问题则是一种从法律理论的高度对法治建设所进行的反思。学者只有先思考清楚了法治的困惑之后,才能进一步回应"秋菊的困惑",从而提高"秋菊们"的法律意识,进而形成关于中国法治建设的科学理论。

三、评价

从上述的分析,笔者认为从法律意识的角度来思考《万家诉讼》中法治思想的表达,无论是对当时法制建设和完善,还是对于我们今天法治中国的建设都具有重要意义。

首先,就作品当时的意义来看,90年代,法制建设在完成一项基础性工作,即进行大规模的国家立法活动。在当时的传播媒介并不发达的条件下,立法活动基本由法律精英主导并完成,由于条件的限制,普通民众无法参与到这样的立法活动中,这就导致了法律在被颁布并施行后,必然需要对老百姓进行普法的宣传,通过各种途径的普法宣传,使他们了解相关法律的内容、所反映的观点、运用该法律的程序等。"秋菊的困惑"虽然是对法律的困惑,但至少秋菊可以有选择诉诸法律来维护自己的权利。在国家法律未普及到乡村之前,当民众自身权益受到侵害时,依法维权应如何进行可能就变得十分陌生。当然,普法是一个过程,人的法律意识的提高也需要一个过程,但不经过这个过程,所谓完善社会主义法制可能只是一句政治口号。因此,在当时而言,作品所蕴含的普法、知法、用法的思想具有积极的意义。

其次,在当前全面推进依法治国、建设社会主义法治国家的背景下来看,《万家诉讼》也能够给我们留下一些启示。但我们有必要思考如何使普法宣传不仅仅停留在表面上,普法教育要从法制教育向法治教育进行转变,使普法真正满足法治的实质要求。这就要求在培养人民群众的法治意识的过程中,既要特别注意提高人民群众的权利意识,更要让人民群众从根本上理解法律规定的权利对自己意味着什么。在鼓励人民群众积极运用法律武器积极维护自身合法权益的同时,也要强调在一个乡村或地方的治理,应建立有效的制度规范,要有民主的决策程序,建立起有效的多元化纠纷解决机制。

第二篇 刑法规避制度的思考
——基于小说《河边的错误》的讨论

一、作品梗概

《河边的错误》是余华在 1992 年所发表的一部现实主义中篇作品,作品主要讲述了警方对"疯子"连环杀人案的侦破和后续处理的故事。

作品的故事发生在一个小镇上,涉及的主要人物有民警马哲、小李,凶手"疯子",犯罪嫌疑人许亮,被害人幺四婆婆、小男孩、工厂工人。第一个被害人是抚养"疯子"的幺四婆婆。她的头颅在河边首先被小男孩发现,小男孩回家告诉了自己的父亲,但父亲不相信他,还打了他一巴掌,并且告诫他以后不要去河边。小男孩把自己看到的景象向同伴讲述后,经由其他人向公安局报了案。负责侦查此案的是民警马哲和小李。幺四婆婆早年丧夫,后来收留了"疯子"并且养育他。在生前,"疯子"也经常打她,但她并没有因此将"疯子"赶走,仍然悉心照顾他。幺四婆婆多年来靠着养鹅,攒下了一大笔钱,并且一直藏在自己的胸口。但发现幺四婆婆的尸体时,胸口的钱却不见了。这个线索让民警马哲怀疑此案是一起故意"抢劫杀人案",通过多方的调查,马哲认为"疯子"和许亮具有重大作案嫌疑。通过对许亮的讯问,马哲也更加偏向认为许亮是凶手。但此时,对"疯子"的调查又有了突破性的进展。尸检报告显示,幺四婆婆死于柴刀的砍杀,而又有目击证人看到了"疯子"在案发当天提着形似柴刀的物品回家。通过对"疯子"房间的搜查,马哲找到了杀死幺四婆婆的那把柴刀,上面沾满了血迹,化验结果证明血迹来源于幺四婆婆。综合这些证据,基本可以断定杀害幺四婆婆的凶手就是"疯子"。但因为精神病人的特殊身份,当时的法律无法制裁"疯子",因此,第二起命案又发生了。这次的受害人是一个 30 多岁的工人,有一个正怀有身孕的妻子。工人的死法和幺四婆婆完全一样,连犯罪现场都基本一致,线索当然地指向了"疯子",综合了证据之后,凶手确实还是"疯子"。同样的,法律仍然没法对"疯子"进行制裁。而紧接着,之前发现幺四婆婆尸体的小男孩也被残忍地杀害了,依旧是同样的杀人现场、同样的死法,毫无疑问,凶手还是"疯子"。

除了三位被"疯子"杀死的被害人以外,作品中还死了一个人——许亮。许亮的角色是一个害怕法律制裁的恐慌者。许亮的恐慌来源于三起凶杀案,他正好都在犯罪现场①。从马哲第一次过来调查他时,他的内心就感到不安,孤僻内向的性格使他对自己产生了怀疑,这种怀疑使他陷入了无尽的自责,也导致他内心极度的矛盾。在第二个人被杀后,这种矛盾和痛苦愈发严重,引发了他通过服药自杀的行为(未遂)。而在第三个人被杀后,这种恐惧几乎完全摧毁了他的意志,使其最终选择了自杀以结束精神上的折磨。与许亮类似的是女孩,这个女孩子是警方找到的另一位案发时出现在河边的人她的发夹留在了第一次的犯罪现场,对法律制裁的恐惧也使得她在面对马哲的讯问时,显得意识模糊、言语不清。两个人都非常清楚自己没有犯罪,但即使如此,两人依旧担心被冤枉,非常害怕因此遭到法律制裁。

在第三个人被杀后,"疯子"被送进了精神病院,在经过了一段时间的治疗后,由于镇里的财政经费有限,精神病院将"疯子"送了回来。镇上的人们听闻"疯子"回来的消息后,都十分紧张。这个消息也传到了民警马哲那里,马哲知道,法律已经无法制裁"疯子",为了维护小镇的安宁和秩序,他选择了用自己的方式来结束这一切。马哲来到最初案发的河边,他预料到"疯子"从精神病院回来后,一定会来到河边。他也确实在河边见到了"疯子",然后微笑地面对着"疯子",拿出配枪扣动了扳机。

杀完"疯子"之后,马哲回到了公安局,和局长说明了这一切。局长听完后满是忧虑和同情,马哲妻子倒是显得十分镇静。因为只有妻子知道,马哲在这一连串由"疯子"所引发的案件中遭受了多么大的精神痛苦。为了帮助马哲逃避法律的制裁,局长和马哲妻子联系了精神病院的医生对马哲的精神状况进行评估,但马哲在多次的评估过程中都非常不配合,完全没有想要逃避法律制裁的想法。在一次又一次的评估中,马哲最终还是选择了妥协,任由医生将自己认定为"精神病"。

---

① 余华在作品中对此处的描写比较隐晦,三次凶杀案,许亮究竟是真实的到过犯罪现场还是由于精神压力,自己臆想后两次到过犯罪现场,结论是开放的。但笔者认为,将后两次到过犯罪现场理解为许亮臆想更符合作品的荒诞主题。

作品的最后，马哲大笑着说出一句"这有意思呵"，留下了对法律制度无尽的嘲讽。

二、作品中的法律问题

从法律角度分析《河边的错误》可以有多个视角，既可以从部门法的角度探寻对精神病人暴力犯罪的刑法规制问题，也可以从理论法的高度分析在法律惩罚缺位时，如何维护法律的秩序价值问题。但笔者更加关注的是，刑事法律被规避的问题。

法律规避原本是国际私法领域的一个专有术语，指的是"当事人为了自己的利益，有计划地利用某国的国际私法规则，企图使其事实符合于该规则所定的联结依据，借以适用该规则应适用的法律，而规避原应适用于其法律关系而对他不利的强行法规"①。后经苏力的演绎，逐渐成为法律社会学所关注的一个重点②。从法律社会学的角度来看，法律规避是指行为人为了自己的利益，通过相互间的协议而不是根据法律的规定按正常的司法程序来解决他们之间纠纷的一种现象，俗称为"私了"现象③。也有学者认为，法律规避是指行为人通过借助本不应适用的另一项法律依据，构建形式合法的行为方式来掩盖其真实行为目的，进而绕开某一项强制性法律规范的规制，从事法律本应禁止的行为，或者逃避本应承担的法律义务或责任，或者取得法律本不予授予的资格或利益的行为。即民众所称的"钻法律的空子"④。应当说后一种定义，所涵盖的涉及法律规避的行为范围更为广泛，按照这一定义，法律规避作为一种社会现象可以说普遍存在于社会生活之中，特别是在乡村社会中，法律规避的行为更是广泛存在。《河边的错误》中的小镇也属于比较典型的乡村社会⑤。结合本篇所讨论的刑法被规避的问题，本篇以后一种定义作为法律规避的概念对

---

① 《中国大百科全书·法学》，中国大百科全书出版社 1998 年版，第 224 页。
② 参见苏力：《法律规避和法律多元》，载《中外法学》1993 年第 6 期；苏力：《再论法律规避》，载《中外法学》1996 年第 4 期。
③ 喻名峰、蒋梅：《法律规避的社会历史成因及其对策》，载《政法论坛》1998 年第 3 期。
④ 董淳锷：《法律为何被规避》，载《人民法治》2018 年第 2 期。
⑤ 在学界，乡村、农村、乡村社会、乡土社会这几个概念时常混淆在一起使用。而所谓"乡村"意指城市以外的广大区域，与"农村"不作严格区分。需要说明的是，随着我国农村经济的发展，农村产业结构和劳动力结构趋向多元化，农村不仅只有农业而且同时存在工业、建筑业、运输业、商业等非农产业，所以使用"乡村"这一概念更为准确。而"乡土社会"这一概念，主要意指与费孝通的"乡土性"论断相对应的、具有乡土特色的中国传统乡村社会。参见王露璐：《伦理视角下乡村社会的"礼"与"法"》，载《中国社会科学》2015 年第 7 期。

刑法规避这一问题进行分析。如此,在各个部门法里都存在着法律规避,其中主要包括民事法律规避、刑事法律规避、行政法律规避、商事法律规避等。刑事法律规避包括刑法规避和刑事诉讼规避,本篇主要探讨刑法规避这一问题。有学者结合法律规避的概念和刑法的特点,认为刑法规避是指有关刑事关联人员故意制造一些与无罪、轻罪、不处刑、处轻刑的联结因素,以避开刑法对犯罪嫌疑人、被告人定罪甚至定重罪、处刑甚至处重刑的行为;或者故意制造一些与有罪、重罪、应处刑、处重刑的联结因素,以避开刑法对犯罪嫌疑人、被告人无罪、轻罪、不应处刑、处轻刑的行为。其中"有关刑事关联人员"包括两类:一是犯罪嫌疑人、被告人及其亲友,二是与犯罪嫌疑人、被告人及其亲友无关的有关侦查、审查起诉和审判、监管的司法人员[①]。对刑法规避的分析主要涉及三个问题:第一个问题是行为人为什么要规避刑法?第二个问题是刑法为什么会被规避?第三个问题是刑法被规避后会带来哪些后果?

第一,行为人为什么要规避刑法?如前所言,行为人规避法律主要规避的是强制性法律规范。强制法规范设定的权利和义务刚性程度较强,不允许任意变更,大多数义务性规范,即指示行为主体必须为或不为一定行为的规范,都属于强制性规范[②]。违反强制性规范通常会面临相应的法律制裁,规避法律就是在规避本应承担的法律义务或责任。而刑法作为国家法律中强制性规范最多的部门法之一,涉及大量对违反强制性规范(不仅仅是刑事强制性规范)所进行的制裁措施。因此,行为人规避刑法的实际目的就在于逃避法律制裁,特别是逃避刑事制裁。那么,行为人为什么会选择逃避刑事制裁呢?首先的一个解释就是人性论的观点。何为人性?中国古代主张"性本恶"的思想家荀子曾说:"生之所以然者谓之性","不事而自然谓之性","性者,天之就也;情者,性之质也"(《荀子·性恶篇》)。同样,西方人性论者也有主张人的本性当中就包含有自私、自利这些在社会一般人看来应当谴责的要素,意大利著名犯罪学家龙勃罗梭就曾提出"生来犯罪人"和"犯罪遗传"的观点[③]。大多数的人都暗含着趋利避害的本能,犯罪之后自然会选择采取各种行为来逃避刑法制裁。以人性论作为行为选择法律规避原因的解释依据有一定合理性。

[①] 张慧芳:《刑法规避探析》,载《时代法学》2013年第5期。
[②] 李瑜青、苗金春主编:《法理学》,科学出版社2008年版,第41—42页。
[③] 转引自何家弘:《中国腐败犯罪的原因分析》,载《法学评论》2015年第1期。原引自龙勃罗梭:《犯罪人论》,黄风译,北京大学出版社2011年版,第7—11页。

第二，刑法为什么会被规避？关于刑法被规避的一方面的原因在于刑法以及刑事诉讼法规定自身的不足和缺陷。所有的法律都具有概括性和普遍性的特点，刑事法律也不例外。立法语言的抽象性和晦涩性导致了刑事法律在适用上存在着漏洞。我国的刑事立法在这一问题上表现得尤为明显，刑事法律整体上的逻辑不够严密，体系不够完整，法条之间、法条与刑事司法解释之间存在着不一致，法条和司法解释的条文之间存在较大的弹性解释空间。这就给了行为人规避刑法的可乘之机，并且进一步引导了行为人选择规避刑法的心理和行为的产生。另一方面在于行为人自身道德落后和法治意识缺乏。如前所言，荀子主张"人性本恶"，但同时他更主张必须对人性之恶加以限制，以免其发展成真正的恶行。德化教育和法律制裁正是限制人性之恶的主要手段，德化教育和法治教育的不足就导致行为人自身道德落后和法律意识淡薄，因而助长了其规避刑法的行为。

第三，刑法被规避后会带来哪些后果？我国《刑法》第二条规定，中华人民共和国刑法的任务，是用刑罚同一切犯罪行为作斗争，以保卫国家安全，保卫人民民主专政的政权和社会主义制度，保护国有财产和劳动群众集体所有的财产，保护公民私人所有的财产，保护公民的人身权利、民主权利和其他权利，维护社会秩序、经济秩序，保障社会主义建设事业的顺利进行。而对刑法的规避的一个最直接的后果就是，犯罪分子得不到惩罚，导致相关法益面临受侵害的危险。虽然规避刑法的行为不同于直接侵犯相关刑法条文所保护的法益，其危害性小于直接犯罪行为，但规避法律是一种脱法行为，其目的在于追求个人私利，从广义上说可以归属到违法乃至犯罪行为的行列①。刑法被规避的危害性还表现在行为人通过逃脱法律制裁导致罪刑法定原则、适用刑法人人平等原则以及罪刑相适应原则等基本原则无法实现，损害了刑法的尊严。刑法无法实现所带来的更严重的后果在于破坏了国家法制的统一，损害了法律的权威性，导致法律无法实施。"法律的生命在于实施，法律的权威也在于实施"，国家制定法如果无法保证有效实施，制定法就形同虚设。

三、评价

《河边的错误》反映了在乡村社会刑法被规避这一社会现象，由这一问题

---

① 秦仁旺：《法律规避的经济分析》，载《桂林市教育学院学报》2000年第2期。

引发的思考却是极为深刻的,特别是从我们今天法治中国建设的角度来看,该作品具有重要价值。

首先笔者应当肯定影片对这一问题进行思考,是法治思想的一种进步。笔者分析两点:其一,作品中的故事发生于20世纪80年代。中国的法制事业乘着十一届三中全会做出改革开放决定的东风,开始恢复和重建,并逐渐呈现出蓬勃发展的态势。在当时的时代背景下,"法制"成为社会上的流行话语,"有法可依、有法必依、执法必严、违法必究"这十六字方针成为80、90年代法制建设的指导方针。在这一方针的指导下,我国进入了一个大规模的立法时代,大量的民事、刑事以及行政法律在这一时期内确立并开始实施。为了与国家层面上大规模的立法相配合,1985年11月全国人民代表大会常务委员会通过了《关于在公民中基本普及法律常识的决议》,由此在中华大地上掀起了一场声势浩大的普法宣传运动。大范围的普法工作逐渐使国家法律为乡村社会中广大普通老百姓所熟悉。按照当时法制建设的思路来说,无论是学界还是实务界大多都认为,在中国推进法制主要就是靠立法,法制建设问题就是立法层面的问题,只要国家法律足够全面,我国法制状况很快就会迎来春天。但《中华人民共和国刑法》《中华人民共和国宪法》《中华人民共和国民法通则》《劳动和社会保障法》等法律在颁布并实行后,人们发现仅仅立法只是法制建设的一个方面,法律的有效实施也同样重要,并且在实现难度上远远大于立法。特别是在乡村社会中,虽然大规模的普法宣传活动使人民群众了解到国家法律,但广大人民群众对于国家法律保持着一种"敬而远之"的态度,传统的"法即刑"的文化观念造就了民众在内心情感上自发地排斥法律,谈到法律,想到的是犯罪与惩罚,想到的是严厉的制裁。正如作品中,许亮和小女孩即使知道自己不是真正的杀人凶手,但就因为在"疯子"杀人的时间段内出现在了犯罪现场,在面对民警马哲的询问时,显得十分慌张和害怕。因此,在面对国家法律时,许多普通民众纷纷选择规避国家正式法律。从这一角度而言,作品在当时正是暗含着"法律的生命在于实施,法律的权威也在于实施"的这样一种法治思想。

其二,作品中反映的法治思想的进步还表现在,由于80年代大规模的立法建设的影响,社会上出现了一种"法律万能论"的论调,即几乎一切的社会问题都可以用法律来解决,这种论调过分夸大了法律的作用,忽视了法律只是调整人们行为的一种社会规范,并且这种社会规范本身也具有一定的局限性。

作品中，面对"疯子"杀人所带来的严重影响小镇人民的安全和对小镇安宁秩序的破坏，此时的法律显得苍白无力。民警马哲迫于无奈只能选择通过杀死"疯子"这种违反法律的方式来维护法律所具有的安全和秩序价值。从这一角度看，作品正是对"法律万能论"的一种反思，体现出法治思想的进步。

从作品对当前推进法治中国建设的启示来看，存在一些不足。比如作品中，马哲虽然是为了全镇百姓的安全开枪杀死了"疯子"，但在法律面前人人平等，所有人的生命法益都值得法律保护，以杀死一人换取多数人的安全虽然从"功利主义"的视角来看具有一定合理性，但不符合中国特色社会主义法治理念的要求。另外马哲杀了"疯子"之后，他的同事、领导等设法串通精神病医生伪造精神鉴定意见，以帮助马哲逃避法律制裁的行为也与法治中国的要求不相符。这是影片所存在的时代局限。

第三篇　法治政府何以可能

——基于小说《大雪无痕》的讨论

一、作品梗概

市公安局负责刑侦工作的副局长马凤山傍晚得到报告，来凤山庄发生了枪杀案，由他负责带队侦破。他立即把因受处分调到交警队的破案高手方雨林要了回来，让其参与此案的侦破工作。被害人是市政府秘书处的张秘书，他虽说才三十出头，但在市政府秘书处已经是工作的中坚、年轻的"老干家"了。他为人机巧而沉稳，处事面热而不失方寸。特别难得的是，他对省市那些主要领导的脾气爱好、工作特点和政治关系掌握得一清二楚。更为难得的是，他本人没有什么政治野心，非常满足于在秘书这个岗位上为领导服务，而且决不掺入个人色彩。只要是领导交办的，绝对能克服一切阻力，想尽一切办法办好，而不管自己对这件事有何种看法。

第二天下午，对作案现场进行一番侦查后，马副局长同公安部派来的专家组驱车赶往省纪委，省纪委孙书记有个跟张秘书被杀相关的重要背景情况要通报给大家。孙书记说：20天前，有人写信给省反腐领导小组，揭发说我省闻名全国的特大型国有企业——东方钢铁公司曾拿出30万份内部职工股向省市某些领导行贿。省委章书记非常重视此事，经省反腐领导小组研究决定，将此事交省反贪局立案侦查。专案组到达东钢的第二天，东钢的三位主要领导到招待所找专案组组长，交代了此事的原委。他们说东钢在改制过程中遇到了巨大困难，他们想争取得到省市有关领导某种额外的支持，集体决定给部分省市领导"意思意思"。他们都知道这件事万一败露，对他们个人、对这些省市领导都将意味着什么，所以必须做得十分保密。于是决定把此事交给一位副总裁具体操作，别人不要过问，也不得过问。所以，这些原始股后来到底送出了多少，到底送给了哪些省市领导，这些领导人中,谁收了,谁拒收,班子中的其他人一概不知。这位副总裁叫熊复平,是东钢领导班子中唯一从工人身份一步步提拔起来的公司一级领导。专案组到达东钢的那一天,他不在东钢,因为犯心脏疾病,住在省第一人民医院治疗。他透露了这么一个情况,他在接受送股票的任务后,心里也特别害怕,担心如果这30万份内部股完全通过他一个人的手送到那些省市领导手中,日后万一出了事,那些拿了股票的领导翻脸不认账,他熊复平就是浑身上下都长满了嘴也说不清。另一方面,他为人本分老实,平时跟省市领导走动得不是太多,对他们并不是太熟。给领导送股票,虽然不能说是一件特别复杂的事,但也不算简单。"谁是什么脾气、家里经常有什么人在、夫人的脾气怎么样、这股票怎么个送法才能让领导安安心心地收下,这些都要摸得特别准才行,一点都含糊不得。"所以他找了一个人跟他一起来做这件事,这个人就是张秘书。后来,这30万份内部股票实际上是通过这位张秘书的手送到那些领导手上的。这时,专案组来电话说,熊复平心脏病突发,已停止了呼吸。就这样,最后一条破案线索中断了①。

方雨林经过初步研究,认为周密可能跟这起谋杀案有关联。方雨林的女同学、在市电视台任新闻部主任的丁洁近一段与周密接触较多,于是,方雨林就向丁洁了解周密的有关情况。大案的侦破陷入了僵局,虽然从案情的分析上看,此案周密周副市长脱不了干系,但是,没有省委顾副书记的批准,市公安局还是不敢轻举妄动,不敢对周密采取任何行动,他们绝对得服从党的领导,何况顾副书记此前曾严厉批评过市公安局"不打招呼"就对市政府秘书处的人进行调查。方雨林从丁洁那里得到消息:周密后天上午要去意大利了。市公安局的两位局长坐不住了,又找到了顾副书记,希望他能制止周密出国。顾副书记对此表现得非常淡漠,没给他们任何答复。第三天上午,就在市公安局束手无策、周密已登上飞机、马上就要飞往罗马之际,警方在周密的家里发现了前去取周密作案证据却被周密绑在椅子上的丁洁。这样,在飞机将要起飞的那一刻,警方才下令拘捕周密。负责监控的公安战士救出丁洁。周密罪行败露,经省委批准,公安干警在飞机起飞前逮捕了周密。周密交代了大案的杀人动机和全部过程。一年后,周密被判处死刑,并被剥夺政治权利终身。

---

① 陆天明、信鸽:《大雪无痕(长篇作品缩写)》,载《领导科学》2001年第8期。

二、作品中的法律问题

（一）作品讨论的法律问题

《大雪无痕》是作家陆天明继《苍天在上》之后推出的又一部反腐作品。作品生动描写了一位刚升职的副市长为满足自己毫无止境的权欲收受贿赂，最终暴露而锒铛入狱，受到法律的制裁。最后作品还暗示了一位更大的幕后黑手在后操纵。该作品暗合了我国现阶段反腐现状，强调法律公正严明，对腐败分子决不容情，但反腐斗争依然是一个长期艰巨的任务。"历史拭目以待，大雪必将无痕。"

这部作品入木三分地剖析了权欲与私欲极度膨胀后，人性畸变的痛苦而又丑陋的历程，并声声泣血地呼唤着社会的正义和良心，让人看后感触颇深。时下反腐倡廉是我国社会主义法治建设的一个重点，其政治意义不言而喻，《大雪无痕》真实地再现了反腐斗争中的某些现实，读者在欣赏这部打击腐败势力的作品时，宣泄、释放了现实生活中受到压抑或无从抒发的种种情绪，因而感到痛快淋漓。作品剖析了权欲私欲膨胀后，人性畸变的痛苦而又丑陋的历程，并声声泣血地呼唤着社会的正义和良心。作品保持了作者创作同类作品时一贯运用的独特风格：笔锋犀利，悬念迭起，激情澎湃，正气浩然。把反腐败这一严肃而又沉重的主题与侦破作品的写法有机地结合在一起，读来令人兴味盎然，耳目一新。作品讨论的主要法律问题也尤为突出，那就是权力腐败与权力制约问题。作品使观众对法制不健全、官员腐败的群体化等问题产生思虑，进而探寻与现行体制弊端有关的问题，并感悟到根除腐败必须深化体制改革，加强法治政府建设的重要意义。

（二）学术界关于法治政府建设问题的讨论

有学者认为，优化我国政治生态环境需要法治化的保障，良好的政治生态，离不开健全的法治体系。这涉及两个方面：其一，在党内需要加强党章党规的建设和完善；其二，在党外需要国家加强法律法规的建设，两者共同用力，达到净化党内政治生态环境的目的[1]。

有学者认为，党的十九大强调继续实施区域协调发展战略，对解决我国新

---

[1] 张琴：《我国优化政治生态环境的法治逻辑与路径》，《政治与法律》2018年第12期。

时代社会主要矛盾具有十分重大而深远的意义。区域协调发展通常表现为以政府合作为基础的若干行政区的整体可持续发展,政府合作机制对区域协调发展具有基础性和保障性作用。借鉴西方特别区治理模式,在分析区域政府基本特征、我国设立区域政府的必要性和可行性的基础上,从立法、执法和司法三个维度探索区域政府的法治化构建,旨在完善地方政府合作机制,服务区域协调发展战略向纵深推进①。

有学者认为,政府作为社会的核心治理者,其自身性质、价值取向、职能配置和组织结构对经济发展和社会进步起着决定性作用。以法治思维全面构建服务型政府,是落实"四个全面"战略布局的具体行动,是印证中国共产党执政合法性的实践,是立党为公、执政为民的具体举措,更是践行"全心全意为人民服务"执政理念的必然要求。充分认识法治思维与服务型政府的关系,系统分析当前以法治思维构建服务型政府存在的现实困境,并提出未来以法治思维构建服务型政府的总体思路和对策建议,为打造"四个强省",建设"三区一群",为促进经济社会健康发展提供有效保障②。

有学者从责任清单制度的角度出发,认为政府责任清单制度的推行,对于明晰政府责任边界、约束政府公权力、建设法治政府具有重要意义。然而在具体的制度构建过程中,却面临纵横联动不强、配套法规滞后、动态管理缺失、社会监督不够、政府监管乏力的困境。建设法治政府,推动政府治理能力现代化建设,必须以法治原则为导向,从加强中央统筹、完善法律法规、建立动态机制、扩大公众参与、提升监管能力等方面着力落实责任清单制度③。

可见,学术界在权力腐败这一大背景下对于法治政府的构建以及行政体制改革这一系列的问题展开了广泛的讨论,显而易见的是,权力腐败现象和法治政府的构建对我国法治道路的发展具有决定性作用,需要引起高度重视。

三、评价

(一)作品对法律问题的讨论对当时社会的价值

《大雪无痕》创作时期,我国正处于社会主义建设的关键时期,为了保障中国特色社会主义事业的发展,用法治方式治理腐败问题,不断促进党和国家各

---

① 王建新:《区域协调发展与政府法治化构建》,《云南大学学报(社会科学版)》2018年第5期。
② 丁同民:《以法治思维构建河南省服务型政府》,载《行政科学论坛》2017年第6期。
③ 盛明科:《政府责任清单制度的法治逻辑与实践路径》,载《湖南社会科学》2016年第5期。

项事业的蓬勃发展是时代的需求。作品对权力腐败的问题进行了深入的揭露和讨论,直面生活,针砭时弊,为社会伸张正义,替老百姓呐喊,《大雪无痕》从出版问世的那天起,便以此主题紧紧吸引了读者的视线,犹如一场兆丰年的"瑞雪",为人们带来了早春。

法律是社会一切人的行为准则,任何人的行为都必须受到法律的制裁和约束。我国宪法明确规定,任何组织或者个人都不得有超越宪法和法律的特权。而"我们中国共产党党员永远是劳动人民的普通一员"也是党章的明确规定。除法定的职权和利益外,任何共产党员均无自己的私利和特权,必须在宪法和法律规定的范围内活动,不得有超越法律的行为。各级领导干部都是人民群众的公仆,应全心全意为人民群众服务,保障人民群众最根本的利益,因而更应模范地遵纪守法。以法治方式治理腐败,就一定要做到反腐无禁区、腐败"零容忍",绝无任何特例存在。要真正做到权力不被滥用,仅靠自律是远远不够的,还必须运用法律的手段进行强制性约束。邓小平曾提到,制度的好坏关系到人是否做好事,这表明法律制度建设对于确保权力不被滥用有着至关重要的作用。因此,要确保权力的正确运行,就应当把权力的行使置于法律的监督之下,从而减少权力运行过程中权权交易、权钱交易、权色交易等腐败行为的产生。

改革开放40年,我国经济取得了举世瞩目的发展,相当一部分居民的生活得到不同程度的改善。但与此同时也有一些新的社会问题出现,作者陆天明的锐利目光,正是向着这一热点聚焦。《大雪无痕》入木三分地剖析了权欲私欲膨胀后人性畸变的痛苦而又丑陋的历程,同时又深刻地指出:"腐败绝不仅仅是个人品质的问题,而是与体制、思想伦理道德、深化经济改革等一系列问题紧密相连。"[①]在我国,经历了改革开放巨变的人民大众,对改革道路上所出现的各类腐败现象深恶痛绝。作者的顺民心、合民意、贴近现实、紧扣时代脉搏的作品,自然会收到广泛的回应、产生强烈的共鸣。时代呼唤英雄,我国法治事业的建设需要有千千万万像方雨林、廖红宇、马局长、郭队长等人那样的有主人翁责任感的反腐尖兵、社会中坚。读者从这些时代英雄、正义之士的身上看到了光明和希望,正因如此,《大雪无痕》所塑造的反腐英雄及众多栩栩如生的人物形象,才深受广大读者的喜爱。

---

① 陈志昂:《〈大雪无痕〉的"五个一"》,载《文艺理论与批评》2001年第2期。

(二) 作品对法律问题的讨论对当代中国法治建设的价值

经过40年来的努力,我国的行政体制不断优化,法治政府建设取得了长足进展。依法行政制度体系更加完备,行政决策的科学化、民主化和法治化程度日益提高,行政执法体制向着权责统一、权威高效的方向持续迈进,对行政权运行的监督制约机制更加有效,各级行政机关及其工作人员的依法行政水平和观念有了很大提高。尽管我国行政体制改革和法治政府建设的成绩辉煌、成就巨大,但我们也应清醒地认识到,与新时代全面推进依法治国、实现国家治理体系和治理能力现代化的任务相比,我国的行政体制和法治政府建设还存在不少问题和差距。

改进我国现行行政体制和法治政府建设中的不足,要转变政府职能,深化简政放权,创新监管方式,增强政府公信力和执行力,建设人民满意的服务型政府。

1. 要加快政府职能转变

要把加快政府职能转变作为行政体制改革的重点。党的十八大明确,创造良好发展环境、提供优质公共服务、维护社会公平正义是转变政府职能的总方向。要按照这个总方向,科学界定政府职能范围,优化各级政府组织结构,理顺政府职责分工,突出强化责任,确保权责一致。结合新时代社会主要矛盾的变化,从统筹推进"五位一体"总体布局出发,切实转变政府职能,依法全面履行经济调节、市场监管、社会管理、公共服务、环境保护等职责。要完善行政组织和行政程序法律制度,推进机构、职能、权限、程序、责任法定化。以建立权责统一、权威高效的行政执法体制为目标,不断深化行政执法体制改革。纵向上,适当减少执法层级,合理配置执法力量,推进执法重心向市县两级政府下移,加强重点领域基层执法力量。横向上,整合执法主体,精简执法机构,相对集中行政执法权,深入推进综合执法,实现行政执法和刑事司法有效衔接。推行权力清单和责任清单,将政府职能、法律依据、实施主体、职责权限、管理流程、监督方式等事项以权力清单的形式向社会公开,逐一厘清与行政权力相对应的责任事项、责任主体、责任方式。

2. 要深化简政放权

简政放权是依法全面履行政府职能的重要内容,也是提升政府公信力和执行力的有效保障。十八大以来,党中央、国务院将简政放权作为全面深化改革的"先手棋"和"当头炮"强力推进,取得了明显成效,行政审批制度改革进一步深化,政府对微观事务的干预大幅降低,市场机制在分配资源中的决定性作用得到更加充分的发挥,为政府公信力的提升筑牢了基础。但简政放权在实践中也暴露出一些问题,突出表现在放权不到位、放权有水分、放权不稳定、"放管服"未能有效结合,等等。要进一步花大力气实现权力"瘦身"、职能"健身",同时要注意全面准确理解简政放权。简政放权的目的是使政府更好地履行职责,而不是做"甩手掌柜",放弃必要的监管与服务。因此,要将简政放权置于政府全面正确履行职责的大背景中,坚持简政放权、放管结合、优化服务"三管齐下"。既要解决"越权、越位"的问题,又要解决"缺位、不到位"的问题,坚持有效监管,优化公共服务。

3. 要强化对行政权的监督和对公民权利的救济

要从党的监督、人大监督、行政监督、司法监督、民主监督、审计监督、社会监督、舆论监督等方面,构建全面覆盖、权威高效的监督体系,使行政权力得到有效的监督制约,损害公民、法人和其他组织合法权益的违法行政行为得到及时纠正,违法行政责任人依法依纪受到严肃追究。贯彻《监督法》,把事关改革发展稳定大局的重大问题和人民群众普遍关注的突出问题,作为监督工作的重点,坚决纠正人大监督工作中的"粗、宽、松、软"等问题,使人大监督更有力度、更有权威。贯彻《监察法》和《审计法》,深化监察审计体制机制改革,加强国家监察和审计监督。完善纠错问责机制,规范问责程序,推进问责法治化。高度重视舆论和网络监督,加强新闻舆论监督平台建设,支持新闻媒体对违法不当行政行为进行曝光。修改完善《行政复议法》,积极探索提高行政复议工作质量的新方式、新举措。改革完善行政审判体制机制,切实保证行政审判的独立性、公正性和权威性。完善国家赔偿补偿制度,增强救济实效。

4. 要不断改进和创新法治政府建设的领导和推进机制

要大力提升行政机关工作人员的依法行政意识和水平。切实加强各级党委对法治政府建设的领导,充分发挥各级党委的领导核心作用,把法治政府建设真正摆在全局工作的突出位置,切实贯彻《法治政府建设实施纲要(2015—2020年)》。强化党政主要负责人作为推进法治建设第一责任人的责任,党政主要负责人统一领导、定期部署本地区、本部门推进法治政府工作,及时解决法治政府建设中存在的突出问题;加大对法治政府建设工作的考核力度,将主观指标和客观指标、内部评审和外部评审有机结合,制定科学的法治政府建设考核指标体系。健全法治政府培训、考核机制、制度,使行政机关工作人员特别是领导干部提升法治政府的意识和水平,带头学法、尊法、守法、用法,自觉养成依法行政和依法办事的习惯,增强运用法治思维和法治方式深化改革、推动发展、化解矛盾、维护稳定的能力①。

(三) 作品中存在的不足

《大雪无痕》真实地再现了当前反腐斗争中的某些现实,直面生活、针砭时弊、为社会伸张正义、替老百姓呐喊,作品中蕴含的法律问题也为当代法治政府的建设提供了思考。但是,美中不足的是,作品中不免向我们阐述了这么一个道理:最后推翻错案、伸张正义的总是一个书记或者一个领导,这显然是和法治精神相违背的。但作者写的是现实题材,而且是中国的现实题材,作者不能回避中国的现实,中国的大案子往往就得由更高一级的领导下决心才能解决,这是国情,如果作者不这么写才是不负责任,而作者的任务就是将这些问题展现出来。这些问题不仅是作者作品的缺憾,更是中国现实的缺憾,这一问题怎么解决亟待理论界和现实大众一起来思考。

---

① 李洪雷:《行政体制改革与法治政府建设四十年(1978—2018)》,载《法治现代化研究》2018 年第 5 期。

第四篇 "官本位"向"民本位"转换是法治进程必然路径

——基于小说《人间正道》的讨论

一、作品梗概

平川市市委书记郭怀秋在检查工作时突发心脏病。省委经过慎重研究，决定由市委副书记吴明雄接任。对此决定，吴明雄本人感到很意外。"二梯队"的肖道清对省委起用吴明雄的决定，感到十分沮丧，他暗暗提醒自己，一定要学会忍耐。只要稳稳当当不犯错误，平川一把手的位置迟早是他的。

恰逢旱季，日本大正财团到平川改革开放的主要窗口国际工业园考察。因为城市严重缺水，致使期望已久的国际招商宣告失败，投入的3亿元资金回收无期。这两件事促使吴明雄下决心立即要从根本上解决水的问题。于是，送退了日本客人，吴明雄就带了肖道清以及水利局、农业局、财政局的负责人和一大批工程技术人员，沿着大漠河一直走到大泽湖搞调查，准备拿出南水北调工程的具体方案，交市委常委讨论拍板。吴明雄亲自挂帅，让需要在第一线锻炼的肖道清当总指挥，全面负责这个历史性工程。趁着上下一心的有利时机，吴明雄找市长束华如商量，把规划中要修建的环城路提前上马，平川的道路确实也到了非全面整修不可的时候了。只有肖道清一直保持着沉默。为了今后工作的顺利开展，吴明雄对肖道清的分工范围做了调整，让他负责政法口，而把南水北调工程交给老水利陈忠阳。

按市委的要求，三天后大漠河就要全线开工，而下泉旺村村委会还在讨论村子的整体迁移。接下来是集资和组织民工。吴明雄为了挽回影响和今后顺利开展工作，决定撤了尚德全的职。吴明雄身先士卒，拼命工作。年龄最大的工程总指挥陈忠阳，坐着一辆满是泥水的旧吉普，日夜颠簸在六百里工地上，指挥调度全线工作，及时处理可能发生和已经发生的问题。经过两年艰苦卓绝的奋斗，具有深远影响的南水北调工程终于全面完工。吴明雄不满足已取得的成绩，为了争取早日解决一百万贫困人口的脱贫问题，还将继续深化改革的试验。位于民郊县的国营胜利煤矿，是在只算政治账、不算经济账的年代搞起来的。由于长期以来全民所有制把一切都包下来的政策以及国营企业管理上的漏洞，造成国有资产和资源的严重流失，现已几近绝产。吴明雄认为把一个县团级的煤矿划给县里，实施和乡镇企业的联合，触及了原有体制，触及了煤矿干部群众的切身利益，风险很大，要慎而又慎，建议多听听各方面意见。两年来对任何事情不表态的肖道清，敏锐地感到此方案风险极大，却表示了毫无保留的支持态度，并说胜利煤矿除了进行这种断绝后路的彻底改革，别无出路。他还说吴明雄的担心是多余的，由于吴明雄的坚持，第一次常委会没有就此方案形成任何决议，但最终还是在第二次常委扩大会上通过了。由于个别对矿党委心怀不满的干部的反对，还由于宣传教育工作没有跟上，矿工仍错误地理解为煤矿从市里划归县里后，县团级的国营煤矿工人就要去当农民，因而极力抵制；更由于村东金龙集团总裁田大道感到煤矿与村西万山集团搞全面联产，将影响到他们的经济利益，就不顾法纪地跑到矿上煽动工人闹事，酿发了震惊全国的"12·12"事件。矿党委书记兼矿长肖跃进被煽动起来的矿工打得头颅碎裂，危在旦夕；原矿党委书记、老矿长曹心立因阻拦人流，被无数双脚踩倒，再也没有爬起来；万山集团总经理庄群义在矿工们敌视的目光下，被迫退出与矿方的联产合作，而已近衰竭的胜利煤矿的经济危机再度来临。市委书记吴明雄心情沉重地主动向省委承担全部责任，并递交了辞职报告。

　　肖道清被省委调离平川，他蓄意谋求当平川一把手的梦想最终落空。省委书记钱向辉在平川市委新老班子交接的全体干部大会上，充分肯定了平川市近年来的建设成就和深化改革取得的丰硕成果，高度评价了以吴明雄为班长的这届市委领导班子带领一千万平川人民艰苦奋斗、不惧风险、负重前进的可贵精神和成功实践，特别赞扬了吴明雄干事业押上身家性命的道德勇气。作品就此打住，但留下诸多问题引人思考。

二、作品中的法律问题

（一）作品讨论的法律问题

　　在《人间正道》中，周梅森总是用平实的笔法去观照那些在历史变革中被权力和金钱扭曲的人性和他们的可悲下场,把笔触深入到了人物的内心世界,用冷峻的思考去建构人物的灵魂框架。相对于吴明雄、束华如、陈忠阳这些新时代的清官形象来说,肖道清绝对不能简单定义为贪官,在他的灵魂深处,中国传统的"官本位"文化已经根深蒂固,最后把他扭曲成人性恶的典范。当听到郭怀秋死亡的消息时,他流下了眼泪,可在通往人民医院的警车里他的哀伤便一点点逝去。束华如在电话里传达的省委书记"共同负责"的话使他感到无限的欣喜,涌往心头的竟是压抑不住的豪情。从这时开始肖道清就彻底地做了权力的俘虏。他先是扔下束华如一个人"负责",打着汇报工作的幌子连夜驱车九百里到省里跑官,跑官时就让秘书把办公桌抬进了市委书记的办公室。他官迷心窍昏了头,表现得极不合情理。跑官不成,他暗暗地忍了下来,接着就是他的谋官行动。对待吴明雄委以重任全面负责大漠河水利工程,他误解为"阴谋","把他这个前程远大的市委副书记推到第一线","他将为此付出沉重的代价"。他承认吴明雄作为政治家的个人魅力,却认定"构成个人魅力的基础不是别的,而是权力"。"魅力就是权力。"为了争夺权力,他已经陷入了"官本位"文化的夹缝里,去拼命夺取那利己主义的"一线天"。

吴明雄是"民本位"思想的代表,他的主观意愿就是在自己有限的政治生命里为平川一千万人民做点实事。吴明雄不怕丢官,为民造福,深化改革,团结同志,敢做敢当。尽管困难重重,他还是上了南水北调工程,修了世界一流的环城路。纺织机械集团、康康豆奶集团、国际工业园、亚太民营企业等这些企业的成功,都是深化改革的突出反映,他怀有要带领一千万人民使平川全面起飞的大志向……他确实做到了:"把全部精力用到工作上;决不以权谋私,决不拉帮结派,决不对自己的同志要政治手腕。"他的所作所为符合历史发展的必然要求,以一个前行者的姿态,站在历史和现实的交叉地带,要补上过去超出现在。

肖道清是"官本位"思想的代表,他自始至终被传统的"官本位"文化束缚着,争夺权力是"官本位"文化的核心内容,明哲保身是具体表现。他虽然认识到吴明雄们的所做的是符合历史发展的必然要求的,但他的主观意愿和思想行为却与这种要求是格格不入的,终因身受"官本位"文化的毒害太深,以致在历史的车轮下撞得头破血流,还不能幡然醒悟。小说中吴明雄和肖道清的冲突实际上就是在法治推进过程中"官本位"思想和"民本位"思想的冲突,因此我们可以用"官本位"思想和"民本位"思想的冲突与平衡来进行研究①。

(二) 学术界关于"官本位"思想与"民本位"思想的讨论

学术界对于"官本位"思想与"民本位"思想的矛盾与冲突这个问题展开了激烈讨论。

有学者认为:"官本位"体现着人治社会专制集权的制度安排,体现着等级特权观念和"以官为本"的单一价值取向。而"民本位"则体现着法治社会民主法治的政治安排,体现着人人平等的价值理念以及"以民为本"和"法律至上"的价值规范。从"官本位"到"民本位"是人治社会向法治社会转型的必然选择。只有扫除专制体制残余,完善民主法治制度,打破特权等级观念,构建自由平等理念,破除"官本位"的传统文化残余,达成以"民本位"的现代价值共识,才能从根本上破除"官本位"的人治社会传统,建立起"民本位"的现代法治社会②。

有学者认为:"官本位"作为一种政治和文化现象,反映出官权大于一切的政治文化病症。"官本位"思想在现当代的中国存在,有着极其深刻的历史文化源头和现实背景,仔细分析我国"官本位"思想的原因、现实的表现及其产生的危害,可为官本位思想的消除提供可能的解决思路与对策:在精神层面上,要努力加强思想上的教育;在制度层面上,要不断完善现有的体制机制;在经济层面上,则要努力提高经济发展水平。对于我们现在正在进行的社会主义法制建设和"以人为本"的社会主义和谐社会的构建而言,"官本位"思想的治理都有着非常重要的现实意义③。

有学者认为:今日之中国社会,价值观多元化(不依赖于对于官的信仰),建设的是民主法治国家,而"官本位"的回潮之势,更多的是利益关系的扭曲。见不得光的利益,与权力运行的封闭存在着相互强化的效应,酿成比传统社会官本位更劣质的政治文化。今日之"官本位",已无传统社会的责任内涵以及与民众的道德契约,实则是权力不受约束下形成的利益"城堡"。在"城堡"外面,是拼命想进入的汹汹人潮④。

---

① 牛殿庆:《艰难跋涉中的恢弘画卷——评周梅森的〈人间正道〉》,载《当代文坛》1997年第8期。
② 任中平、邵清攀:《从"官本位"到"民本位":人治社会向法治社会转型的必然选择》,载《求实》2015年第7期。
③ 张马玲:《略论官本位思想》,载《理论观察》2014年第12期。
④ 赵义:《官本位酿造劣质的政治文化》,载《领导科学》2016年第36期。

有学者指出：中国历史上"官本位"思想与"民本位"思想的发展历程有五个阶段，指出"官本位"思想长期居于统治地位，对中国传统文化和民众心理的消极影响根深蒂固，铲除"官本位"，树立执政为民思想是当前中国体制改革的一项极其重要且艰巨的任务①。

有学者指出："官工""官农""官商"体制的改革，意味着民众在经济上取得了一定的经济权利；以权利制约权力的法律体制的形成，意味着民众取得了一定的政治权利。这一切标志着过去官本位体制已逐渐被民本位体制所代替。法律从根本上来说要促进社会生产力的发展。从目前改革的要求出发，法律担当着解放生产力的任务，首先是解放生产力中的关键要素——劳动者。传统的"官本位"体制压抑了劳动者的创造性，束缚了生产力的进步。因此，中国改革开放以来社会变迁、法律演进的主旋律，就是从"官本位"到"民本位"，其实质是要让人民成为经济舞台、政治舞台的真正主人或主要角色。显而易见，这场变革是名副其实的"第二次革命"②。

三、评价

（一）作品对法律问题的讨论对当时社会的价值

作为一种传统的政治制度安排和政治文化，"官本位"是封建专制社会所表现出来的特有现象。作品中肖道清的很多做法和思想就体现出了浓重的"官本位"思想。然而，尽管我国建立起了以"民本位"为核心的制度和理念，但由于人治传统的影响，在我国当前政治和社会的各个层面，仍旧存在着大量以"官本位"为特征的价值偏好和制度残余，并给我国的政治稳定和经济发展带来了极大的危害。因此，通过"民本位"破除"官本位"的制度和文化残余，树立"民本位"的现代价值共识，对于构建民主法治的现代政治文化、推进我国的政治文明建设无疑具有重要意义。如果说"官本位"体现着政治系统对社会系统的捕获和消融，体现着政治与社会的同构性质，那么"民本位"则体现着社会系统对政治系统的逆向影响。在"民本位"的影响下，社会系统在不断重塑自身的结构和行为模式，表现出与人治社会截然不同的形态。与此同时，社会系统也试图重构和取代政治系统的官本位色彩，以体现民本位的制度安排和价值

---

① 宋立民、曹福敬、刘辉：《官本位思想与执政为民研究》，载《社会科学战线》2004年第3期。
② 郝铁川：《法治思想的一个重大转变——学习邓小平关于变官本位为民本位的论述》，载《中国法学》1996年第3期。

理念。从官本位向民本位的转变是人治社会向法治社会转型的内在要求。民本位既是实现我国政治现代化的应有之义,又是实现国家长治久安的必然选择。因此,作品以吴明雄领导国企改革的一个个鲜活的事例向当时的人们宣扬"以人为本"的思想,引导当时的政治风气由"官本位"向"民本位"转变。

(二)作品对法律问题的讨论对当代中国法治建设的价值

这部作品以及我们的历史经验表明,只有通过从"官本位"向"民本位"的转变,才能逐步破除"官本位"在政治、社会、文化等各个层面的影响,才能建构起以民本位为核心价值的民主法治社会。

1. 在政治层面,要扫除"官本位"的专制体制残余,完善"民本位"的民主法治制度

一方面,要不断推进民主建设。进一步推进民主选举,扩大民主选举的方式,将民主选举真正落到实处;不断探索民主管理和民主决策的有效实现形式,提高政府民主决策和民主管理的能力;完善国家监督、党内监督和人民监督三位一体的民主监督机制,使权力的运行接受各个层面的监督。另一方面,要切实加强法治建设。要依法规范权力的授予,控制权力的来源,明确权力的归属,杜绝权力之间出现不正当的干预和控制;要依法明确权力的边界,规范权力的运行,优化权力的效力;建立健全法律监督体系;依法加强对权力主体的监督,以惩治权力的滥用。只有不断加强民主和法治建设,才能从根源上破除"官本位"的制度残余,建立"民本位"的制度规范。

2. 在社会层面,要打破"官本位"的特权等级观念,构建"民本位"的自由平等理念

一方面,要打击特权群体的非法利益,根除"官本位"得以滋生的社会根基。进一步推进社会主义市场经济的改革,破除特权群体对各种资源的垄断,建立健全公平合理的资源分配机制。推进法治反腐,破除特权群体的利益关系网络。另一方面,要依法保障公民个人的合法权利,培育"民本位"得以树立的社会环境。要保持经济的平稳快速发展,不断提高人民群众的物质生活水平,为人民群众维护自身权利提供坚实的物质保障;要不断加强对公民的思想文化教育,培养公民的民主法治精神和自由平等理念,不断提高公民的权利意识,为"民本位"观念的树立提供坚实的思想基础;要不断培育社会自治组织,提高公民的组织化水平和组织能力,为民本位理念的传播提供坚实的组织

基础。

3. 在文化层面,要破除"官本位"的传统文化残余,达成"民本位"的现代价值共识

一是要破除"权力本位"的价值评价体系,建立起多元的价值评价标准。要为人民群众创造更多的价值选择,通过价值引导,不断鼓励和弘扬人民群众多元化的价值追求,提高权力之外财富、技术、知识、道德等标准在价值评价体系中的权重,建构多元化的价值评价体系。二是要形成"以民为本"的现代价值共识。进一步巩固人民在国家政治生活中的主体地位,不断提高人民群众的主人翁意识和责任意识,将"以民为本"的理念落实到国家政策的各个层面,将尊重人民的选择,保障人民的权利和实现人民的利益作为一切工作的核心。三是要树立起"法律至上"的现代公民理念,提高公民的规则意识,建立和完善法律运行机制的规则共识,倡导法治精神,树立法律的权威,弘扬公平正义的法治文化。

总之,只有在政治层面扫除"官本位"的专制体制残余,完善以"民本位"的民主法治制度,在社会层面打破"官本位"的特权等级观念,构建"民本位"的自由平等理念,并在文化层面破除"官本位"的传统文化残余,达成"民本位"的现代价值共识,才能从根本上破除"官本位"的影响,并建立起"民本位"的现代法治社会。

(三) 作品中存在的不足

《人间正道》是写改革深入进行到 90 年代的中期,作家尊重故事时间性的进行和现实的一维性次序,按时间顺序写到 1996 年,短短三年一个城市在改革大潮中的巨大变化。当我们走进这坚挺而实在的历史框架之中,立即被一种悲壮昂扬的正义之声所震撼。正是这种客观实在的时代精神,催动着历史前行的脚步,令人无时不在地感受到了改革大潮的澎湃之声。历史在匆匆迈进,改革还在深入进行。《人间正道》警示我们:在这个伟大的时代里,做父母官的应该如何率领大家奔上一条繁荣、昌盛、富裕的人间正道。这部作品给我们提出了法治进程中需要解决的一个问题即如何实现"官本位"思想的转换,但没有给我们提出解决问题的方案,亟待我们学者对这一问题进行更加深入的研究和讨论。

第五篇 我国妇女婚姻家庭权益保护问题的研究
——基于小说《奔跑的火光》的讨论

一、作品梗概

方方的《奔跑的火光》创作于 2001 年,小说中的女主人公名叫英芝,是一个普通的乡下姑娘。高中毕业的她因家境不错而无须外出打工,留在家乡就近就业。因为偶然的机会,她接受好友三伙的邀请,加入村子上的唱班,在其中担任歌手。生性开朗的英芝本就相貌不赖,再加上娘胎里带来的一副异于常人的好嗓门,唱班的表演大获好评。英芝作为这支唱班的主唱,随后成为村内外人们热议的对象。贵清是邻村的一个青年,他第一次看见台上的英芝,心底里的爱慕之情就如同村外那条淙淙流淌的小溪,日日夜夜不能停歇。这时候的英芝初尝成名的滋味,本就青春自信的她更是多了一分骄傲。对于贵清的追求她飘飘然间失去了控制力。直到某天,她发现自己竟然怀孕了。虽然她从心底里对贵清没有几分真感情,但是面对未婚先孕这一事实,她别无选择,不得不嫁到贵清家。在当时的农村地区,谁家的姑娘没有正式过门就怀上了孩子,这对女性的声誉而言是致命的打击,往往会被扣上不守妇道的帽子,倘若能结婚还好,否则一辈子都甭想再嫁。无奈之下,英芝带着孩子嫁入贵清家。彩礼当然是少得可怜,但是事已至此,英芝别无选择。

因为未婚先孕,婆婆并不把这个新进门的小媳妇放在眼里。婆婆认为这个儿媳妇是主动送上门的,生性放纵,必须严加管教。加之多年的媳妇熬成婆,她在英芝面前终于算是翻了身,也期望享受作为婆婆被成天孝顺的待遇。可英芝并不这么想,嫁入贵清家本就是她迫不得已的选择。娘家家庭条件不差的她,又得了一副好嗓子,虽然结了婚,但仍旧希望在舞台上展示自己,继续做风光无限的歌手。忙于东奔西跑演出的英芝,自然在照顾婆婆方面就怠慢了。一来二去，婆媳之间的相处出现了裂痕。婆婆常常唆使自己的儿子贵清，给英芝点"颜色"瞧瞧。婚后的贵清仍旧没有正经工作，早出晚归忙于喝酒与赌博，两人结婚前的感情很快冷却。婆婆溺爱自己的儿子，反倒认为儿子本该浪荡潇洒，是儿媳没有尽到做妻子的责任，成天外出表演，没有笼络住丈夫的心，才使得贵清走上歪门邪道。就这样，英芝遭受着来自婆婆与丈夫的双重打击。起初两人只是拌嘴吵架，贵清事后认错道歉，英芝为了家庭着想，轻易就原谅了丈夫。事态愈演愈烈，丈夫的屡教不改，加上受尽来自婆婆的怨气，在某天丈夫又一次喝醉晚归后，两人间终于爆发激烈的口角，而后英芝遭到丈夫的毒打，英芝一气之下跑回娘家。

过几天，贵清拉下脸面跑来英芝娘家求和，英芝只得作罢。暴风雨虽然暂时平息，婆媳、夫妻矛盾的根源隐患没有彻底铲除。婆婆依旧吹毛求疵，贵清依旧伸手向英芝要钱赌博，只不过讨钱的时候多了几句英芝爱听的俏皮话。生活还是要向前看，英芝心想只要她继续出去多表演几场，多赚些钱，多过丈夫花费的部分，自己就还能留下一些。至于婆婆每天给她脸色看，她也有打算，她要自己攒钱，盖一栋房子，搬出婆家的房子，这样就不必继续受气。这种想法使得英芝承担起赚钱养家的重担。她不辞辛劳地奔波各地，在婚礼、葬礼上尽情高歌，甚至为求高额收入不顾颜面地在表演中脱衣。接着而来的是更严重的家暴。她屡屡遭受公婆和丈夫的双重欺凌，但在乡村的环境中，英芝是既无外援、也无内助。孝顺公婆，天经地义，哪个媳妇和公婆对骂，就是这个媳妇无理。丈夫对妻子家暴，是教育妻子的手段，妻子的一切都是丈夫的，妻子就该乖乖听丈夫的话。就连英芝母亲对无故被丈夫痛打的英芝也这样劝说："要认命，你是个女人，要记得，做女人的命就是伺候好男人，莫要跟他斗，你斗不赢的。"

但是时代的变化注定英芝不会选择母亲逆来顺受的生存方式，她要抗争："凭么事这就是我的命，我的命未必就不能由得我自己去变，我要离婚。"可是只要贵清做几件好事，嘴上答应和她一起造房子，英芝很快就会原谅他。一方面，受过教育的英芝具有男女平等的性别意识，甚至初步具有女性独立意识，如对于物质的欲望，并非依赖男性，而是抱着"用我女人的力量和本事来养活我自己"的想法。另一方面，因为生活阅历所限，她缺乏鉴别男性与应对现实处境的能力，尤其是精神上的独立性。英芝已经具有了经济上的独立性，但是在精神上却没有彻底解放，仍然接受男权文化的贞操观念，所以只要有机会，英芝便会继续过这样被丈夫主宰的生活。

很快,英芝自己的房子已经盖好了一层,周围的乡亲都评价说:"从来没有见过像英芝这样强的女子,自己挣下钱来盖新房。整个老庙村,但凡男人无能的,女人也就只能跟着住破屋。只有英芝不同,男人不行自己行,真是为女人挣了一口气。"就在这时,盖房子的钱却被丈夫贵清拿去赌博全部输光,英芝历尽艰辛和屈辱终于接近的梦想惨遭夭折。英芝没有别的办法,只能自己努力赚钱。之前的戏班子因为涉及黄色表演,被写信举报,无法继续表演了。英芝只能找到有妇之夫文堂,用出卖身体的方式求他帮忙筹钱。英芝与文堂苟合的事猛然被公公撞见,贵清得知后扬言要她的命。黑暗中,英芝跑出了家。她不知道自己命运的前方是什么,但依然不择手段地反抗。这期间,她不惜以出卖自己为谋生手段。最终她在娘家与贵清相遇,宁可烧死贵清,也要保护家人不受伤害。

二、作品中的法律问题

小说以英芝的婚姻悲剧为主线,以一起恶意杀人案件为结局,反映出社会转型时期,与男子的相比,妇女仍然处于劣势地位,所享有的权利也与男子存在着一定的差异。小说中尤其表现出女性群体的婚姻家庭权益易被侵害的事实。我们不禁要问妇女的婚姻家庭权益究竟该如何保障?

妇女作为家庭的重要成员,其婚姻家庭权利包括婚姻自主权,结婚、离婚自由不受干涉的权利,夫妻之间平等享有共有财产权等①。首先,妇女享有婚姻自主权。所谓自主就是必须经过女方的完全同意,任何人不得干涉女方的结婚自主权,这是妇女享有与男子平等的婚姻家庭权利的具体体现。同时,结婚后妇女在家庭中必须享有与男子平等的权利,包括受尊重的权利和免受家庭暴力的权利。对于夫妻感情破裂的,妇女与男子同样享有选择离婚的自由。其次,在一个家庭中,妇女与男子享有平等的财产权。作为一个家庭,要维持共同的生活,需要有共同的财产,而且夫妻所享有的财产权是平等的,是不受双方收入状况影响的。财产权包括资金、房产、田产及其他财物和所使用的工具,包括生产工具、交通工具等。小说中,集中反映了女性在婚姻生活中合法

---

① 孙颖慧:《婚姻家庭视域下妇女权利保障》,载《郑州大学学报(哲学社会科学版)》2012年第9期。

权益遭受侵害的严重状况。首先,由于传统的社会观念,英芝并不具备完全的婚姻自主权。与贵清的结合是意外怀孕后的一种迫不得已的选择,倘若不这样做,她将面对的是整个社会对她的唾弃。其次,婚姻生活中,她与丈夫处于明显不对等的地位,不具有平等的财产权,丈夫可以随意挥霍夫妻共同财产而无须经其同意。更加显著的不平等地位的体现,是丈夫对其施加的家庭暴力。遭受家庭暴力的英芝一方面无司法救济途径,另一方面公众社会都认为这是天经地义的现象。这反映出当时我国家庭暴力防范工作至少面对两大难题:一是无法可依,针对妇女权益的法规处于极度缺乏状态;二是社会整体缺乏法治观念,男女不平等的思想意识根深蒂固。

  这部作品的出现,引发了社会公众对于妇女权益保护的思考。关于妇女的婚姻家庭权益如何改善这个问题,学界有过许多探讨。有学者认为,要突破女性在家庭中的维权困境,就要针对女性在家庭中权益受侵害的特点完善现行权益保护机制。首先,从多角度多方位提高女性的自我保护意识。可以设立结婚登记前的考核机制,考察新婚夫妇对婚姻家庭法中权利义务规定的了解。其次,建立家庭财产的确权制度,提高女性的自我保护能力。允许受侵害方在婚姻关系存续期间提起分割财产诉讼,同时,对控制财产的一方课以如实说明财产状况的义务,对"隐藏、转移、变卖、毁损夫妻共同财产,或伪造债务企图侵占另一方财产"的行为应采取切实可行的处罚措施。再次,确认家庭内部的侵权诉讼,切实维护女性在家庭中的基本权利。还有学者提出确认家庭内部的侵权诉讼,来维护女性在家庭中的基本权利[①]。我国《婚姻法》中缺少对夫妻的权利义务关系的规定,因此导致婚内侵权损害赔偿缺乏前提条件。因此需要在《婚姻法》中明确规定配偶权及其所衍生的身份权,以此来为制度的设立提供相应的法律基础。有学者希望通过提高农民个体权利意识、完善社会保障体系、全面的司法救助等各种努力,利用社会合力预防和制止家庭暴力的发生,让矛盾纠纷对社会家庭关系的伤害降到最低[②]。要加大对贫困妇女的法律援助,法律援助和司法救助制度是有利于农村妇女的,但其实施却不太理想。司法机关要发挥职能作用,促进这一制度的落实,切实保障农村妇女的应有权益。要强化农村妇女权益保障部门的联动机制。农村妇女权益的保障不

[①] 曾二秀:《女性在家庭中的权益保护机制研究》,载《华南师范大学学报(哲学社会科学版)》2008年第6期。
[②] 孙菊芳:《农村家庭暴力侵害法律问题研究》,载《河北法学》2016年第8期。

仅需要各行政执法机关及其职能部门的合力支持,而且也需要人大、政协、政府、妇联和民间妇女组织的大力合作,因此全面促进各部门的沟通与合作,形成农村妇女权益保障的联动机制是维权取得实效的不可或缺的条件①。

学界对妇女权益保护这一问题的讨论,极大地推动了妇女权益保护相关立法的完善。2001年修改后的《婚姻法》中,在总则部分明确规定了禁止家庭暴力、禁止家庭成员间的虐待和遗弃,并在第三十二、四十三、四十五、四十六条中明确规定了有关家庭暴力或虐待、遗弃家庭成员的救助措施和法律责任,为妇女婚姻家庭权益提供了法律保障。同年12月,最高人民法院出台《婚姻法司法解释(一)》,在该份司法解释中,对家庭暴力的概念进一步做出界定。1992年制定、2005年修改的《妇女权益保障法》则在第四十六条规定,禁止对妇女实施家庭暴力,国家和基层组织应预防和制止家庭暴力并提供救援。2008年3月,最高人民法院发布《涉及家庭暴力案件审理指南》,共22条,从司法角度对防治家庭暴力问题做出了较全面的规划。2008年7月,全国妇联、中宣部、最高人民检察院及公安、民政、司法和卫生部联合发布《关于预防和制止家庭暴力的若干意见》,这份文件共13条,对七部委预防和制止家庭暴力的职责作出全面的规定。2015年《反家庭暴力法》出台,至此,我国妇女婚姻家庭权益保护呈现出较为系统的局面。《宪法》第三十三条规定的"中华人民共和国公民在法律面前一律平等,国家尊重和保障人权",第四十八条规定的"中华人民共和国妇女在政治的、经济的、文化的、社会的和家庭的生活等各方面享有同男子平等的权利,国家保护妇女的权利和利益",第四十九条规定的"婚姻、家庭、母亲和儿童受国家的保护,禁止破坏婚姻自由,禁止虐待老人、妇女和儿童"等,是"反家暴"立法的宪法依据和最根本的原则。《刑法》第四章第二百三十二条至二百四十二条中涉及侵犯公民人身权利、民主权利罪的各种罪名之具体规定,有不少是对严重家暴行为的规制。比如《刑法》第二百六十条明确规定:"虐待家庭成员,情节恶劣的,处二年以下有期徒刑、拘役或者管制。犯前款罪,致使被害人重伤、死亡的,处二年以上七年以下有期徒刑。第一款罪,告诉的才处理。"第二百六十一条明确规定:"对于年老、年幼、患病或者其他没有独立生活能力的人,负有扶养义务而拒绝扶养,情节恶劣的,处五年以下有期徒刑、拘役或

---

① 欧仁山、李艳梅:《运用法治手段促进和保障农村妇女的发展》,载《社会科学家》2017年第12期。

者管制。"而对于一些没有达到《刑法》规定程度的家暴行为,则可以为其他的法律法规所规制,如《治安管理处罚法》《侵权责任法》《未成年人保护法》等。以《治安管理处罚法》为例,第四十、四十三、四十四、四十五条就是直接与家暴相关的法律条文,如第四十五条规定:"有下列行为之一的,处五日以下拘留或者警告:(一)虐待家庭成员,被虐待人要求处理的;(二)遗弃没有独立生活能力的被扶养人。"即使家暴未达到应受拘留处罚的程度,仍然有《侵权责任法》《婚姻法》《未成年人保护法》《妇女权益保障法》等相应法律规范来规制。

三、评价

(一)目前妇女婚姻家庭权益保护仍旧存在问题

《反家暴法》自 2016 年 3 月 1 日施行以来,已初显成效:公众对家暴的认识普遍提高,人们的依法维权意识有所增进,传统观念有所改变,对施暴者的心理威慑与干预有效地预防和避免了家庭暴力的发生和升级等。不可否认,中国出台反家庭暴力法具有里程碑意义,对创建和谐家庭与和谐社会确有积极作用。但相较立法前的"刻不容缓",立法后实施并没有取得预期的社会效应,与人们的理想预期有着不小的落差。《反家暴法》立法前,中国妇联的一项抽样调查表明,家庭暴力现象在我国具有相当的普遍性,它不仅发生在夫妻之间,还多发于父母与未成年子女、成年子女与年迈父母之间。据统计,在全国 2.7 亿个家庭中,遭受过家庭暴力的妇女已高达 30%,其中,施暴者九成是男性;每年有近 10 万个家庭因家庭暴力而解体。然而实践表明,如此严重的家庭暴力现象,在《反家暴法》实施一年多以后并未根本改观[①]。媒体所报道的"家事纠纷鲜有引用反家暴法"等诸多客观事实,至少说明并不鲜见的家庭暴力未被纳入《反家暴法》的规范内而得以解决。原因并不仅仅是"家事纠纷当事人对《反家庭暴力法》的了解和运用还很少"那么简单。广泛存在的家庭暴力现象与遭遇家暴的人们很少依据《反家暴法》维护自己合法权利之间的问题,需要我们理性的反思与考量。

(二)保障妇女婚姻家庭权益的法治路径

我们在法治建设过程中应把宪法中的性别平等保护原则变成有效的具体

---

① 卢勇:《〈反家暴法〉施行境遇的理性反思》,载《西部学刊》2017 年第 10 期。

机制,将妇女易受侵害的环节作为重点,与国际妇女人权发展的趋势保持一致,使所有社会成员能够共享改革开放的成果。

1. 整合完善现有的妇女保护立法体系

目前,我国反对家庭暴力的相关法规,数量繁多,但相关概念的界定仍存在模糊不清的问题。司法实践中,对于家庭暴力的认知主要停留在殴打、捆绑、残害等造成身体损伤的形式上,对于精神暴力、经济控制、威胁恐吓等暴力行为的规制,仍处于含糊笼统的状态。规制家庭暴力的法规仍然较为分散,存在重实体、轻程序法的问题。例如:家庭暴力剧增但举证难问题是当今难以惩治施暴者的重要原因之一。六成以上的案件因无法提供有效证据而无法证明家庭暴力的发生[①];受"清官难断家务事"等传统思想的影响,许多受害人在遭受家庭暴力后虽及时向有关部门提出请求,但有的部门却往往以家庭纠纷不属其工作管辖范围为由不予处理,即使处理也只是口头批评教育了事,没有制作相应的笔录形成证据,公安机关也很少立案侦查;一些家庭暴力行为的目击者、亲戚邻居们出于种种原因不愿出庭作证,不愿过多干涉家庭内部事务;当事人法律意识、证据意识不强。许多当事人在遭受家庭暴力之后,没有报案或去医院开具诊断证明,以至于案件诉至法院,需要举证证明暴力行为的存在时,因时过境迁而无法举证。当前关于妇女免受家庭暴力危害的立法工作,应以整合现有法律体系为重点,对于程序法上的缺漏,在实践中逐步形成有效的应对之策。

2. 保障妇女婚姻家庭权益,需要强化社会救济

要在社会生活的各个领域建立保障性别平等的机制,政府应当采取有效的执法措施来制止和加以防范。但我国家庭暴力现象严重的一个重要原因是,我国传统文化中男尊女卑的思想观念深入人心。中国经历了漫长的封建社会,根深蒂固的传统的男尊女卑思想,使得男性长期以来产生一种有恃无恐的心理,家庭暴力似乎变得顺理成章。新社会制度建立后,人们的风俗习惯、观念、思想意识并未完全适应社会经济的发展。中国的人文精神并未像西方人文精神那样促成现代法治的诞生,相反却构成了人治的温床。因此,家庭暴力的治理是一个社会综合治理问题。各级基层政法机关、街道的人民调解委员会、村委会、居委会,一方面要及时调处家庭婚姻矛盾、防止矛盾激化,另一方面要加强社区普法宣传、提高社会整体法治认知水平。

---

① 汪明卓、陈强:《家庭暴力举证难亟待重视》,载《人民法院报》2012年12月3日。

第六篇　反腐败实践的一个思考
——基于小说《城市迁徙》的讨论

一、作品梗概

《城市迁徙》是谈歌在2004年创作的一部现实主义中篇小说。作品的主线是地级市政府的两位领导为了带动下属老区贫困县的发展，把市政府办公地点搬迁到下属贫困县内，希望借此使老区人民摆脱贫困。作品重点讲述了市政府搬迁过程中所发生的修路、反腐、裁撤冗员等故事。通过对这些故事的描写，重点批判了在某些地方存在的官商勾结、权钱交易等现象，表现了作者对改革开放以来，政府官员的腐败异化的深深忧虑。

主导市政府搬迁计划的是春江市的市委书记杨海民及常务副市长方与林。方与林的想法源于其从国家级贫困县——完山县调研过程中，调研回来后形成的一份调研报告，建议市委常委会把市委市政府办公地点搬迁到完山县，以缓解春江市的管理压力，同时带动完山县以及周边的几个贫困县的发展。这一想法得到了市委书记杨海民支持，并且在市委常委会上以多数通过了这个报告。随后，这份报告上报了省委省政府。

虽然市政府迁址的报告尚未正式获批，但消息却已在春江市公务员系统中引起了不小震动。完山县是国家级的贫困县，交通不便，发展水平落后，一旦搬过去无论是在工作还是生活上都会变得比现在艰苦，习惯了在市政府大院里悠闲生活的干部们自然都不愿搬迁，一些干部们私下议论时，把这件事归结于杨海民和方与林的好大喜功。不过这些议论没有影响这份报告的通过。国务院和省政府关于同意春江市政府搬迁的文件很快发下来，文件明确，春江市政府搬迁至完山县，成立完山市，将完山市改建制为地厅级，春江市由地级市降为县级市，隶属完山市领导，原属春江市管辖的县（市）、区同时划归完山市管辖。

杨海民和方与林计划在一个月内搬迁完毕,但市政府机关的大多数干部都不愿意去完山,为了安顿人心,杨海民主持召开了市委市政府的干部大会。在会上,杨海民率先表示自己已经将户口迁往完山,并且向省委提出将在完山市市委书记这一岗位上干到退休。杨海民的这一表态安抚了一部分干部的心,但对于市长罗大年和市政府秘书长刘树宏而言,他们早已暗地里向省长袁霁申请调动。而方与林则受到了来自妻子的阻力,妻子赵燕宁愿离婚也不愿意随着他去完山。但方与林态度非常坚定,他想要真正在完山县立功立德,真正为完山县的人民群众谋福利。

搬迁这天,方与林先和搬迁车队到达完山县,市委市政府将完山中学的几排老教室收拾了一下作为办公楼,市委市政府各机关也按照之前的安排分别安顿了下来。杨海民在方与林到完山县后的第二天也搬迁了过来,杨海民搬迁过来后,整个搬迁工作也就基本结束了。但杨海民和方与林都知道,搬迁只不过是手段,要实现带动发展这一目的,还有很多事情要做。

一份举报信在搬迁工作结束后不久被寄到了杨海民的办公桌上,举报信的内容是有关完山县的领导干部拜把子称兄道弟、拉帮结派的事情。过去,在春江市的官场上就流传着所谓"十八罗汉"之说。这"十八罗汉"涉及完山县县委副书记张记,另一名县委常委和副县长、组织部、检察院、财政局、税务局、电视台等岗位上的领导以及本地的企业家张旺才等。这"十八罗汉"不仅大搞拉帮结派,更恶劣的是这些人下边一些小兄弟居然在村子里组织"防暴队",仅上半年以来,就打伤、打残村民十多人。杨海民感到问题的严峻性,于是找来方与林商量,要求他在市委常委会上重点谈一下这个问题。随后的市委常委会通报了"十八罗汉"的事情,但由于涉及面广,常委会没有直接做出处理意见。而杨海民心里清楚,这"十八罗汉"中的张旺才虽然只是一个商人,但他才是这个小团伙的核心。因此,杨海民打算先从张旺才这里突破,彻底整顿一下完山市的干部队伍。

张旺才是县造纸厂厂长、旺才公司的老总,旺才公司经营着当地的几家小煤矿,张旺才几年前曾经被评为全市的劳模,后来还当过省党代会代表。但他的造纸厂和小煤矿严重污染了附近村庄的水源,前任市政府虽然曾经也责令其限期关闭,但张旺才凭借着自己积累的官场关系,完全无视政府的行政命令,照旧开工。杨海民和方与林决定这次亲自带队下去执法。当杨海民到达执法现场后,几位完山县的老领导正在等着杨海民,其中有原县委书记贺东林和原县长李武胜。他们是来为张旺才和他的小煤矿、造纸厂来求情的。其理由主要是造纸厂的经济效益、张旺才对完山县所作的贡献。杨海民心里非常明白,这几位领导是收了张旺才的好处,特意过来做说客的。想到这些官员们的腐败,杨海民心里非常难受,虽然他知道完山县甚至春江市的干部中存在一些腐败分子,但没有想到的是,腐败的干部数量竟有如此之多,腐败程度如此之严重,部分干部在收受了像张旺才这样的商人的好处后,甚至已经完全沦为了这些商人赚钱的工具。

处理了张旺才的小煤矿和造纸厂问题后,杨海民和方与林召开了完山市市委常委会扩大会议,主要就是研究如何处理"十八罗汉"问题。扩大会议开得不是很顺利,对"十八罗汉"的处理意见不是很一致。杨海民很清楚,会场上的这些干部都和这"十八罗汉"有瓜葛,也都或多或少地收受过张旺才的好处,于是借势将问题延伸到干部腐败的问题上。杨海民质问在会场的这些干部:哪一位敢站起来保证自己以及自己的亲属跟"十八罗汉"没有一分钱的经济来往?会场上的气氛一下子变得紧张起来,许多干部低下了头,甚至不自然地咳嗽起来。只有县长乔岂凡站起来了,杨海民相信乔岂凡是没有收过张旺才的好处,因为他们家的条件实在是破败。但杨海民却对乔岂凡没有任何好感,虽然他没有贪污腐败,但作为完山县政府的"当家人",他没有管好完山县政府这个家,完山县目前的腐败现状一定程度上和他这个"好人"县长的不作为有关。为了形成对"十八罗汉"严肃的处理意见,杨海民请了市检察院的人员到会场上宣布调查结果,其中有些人涉及与完山县黑势力勾结的情况。据此,会议宣布了对"十八罗汉"的处理意见:对张旺才、林正人等7人由检察院实施批捕,对其余11人分别处以撤职等处分。

解决完"十八罗汉"的问题后,杨海民和方与林开始着手推进完山县到春江市的修路项目。方与林明白搬迁市政府地址只是政策层面的利好,要真正带动完山县及周边贫困县的发展,必须修好完山县到市里的公路,交通不便,投资、贸易等有力拉动地区经济发展的项目就根本无法落实。前任政府的领导们也多次为修路这件事上下奔走,但结果都是用于活动关系的钱花了许多,修路始终没有获批。在杨海民和方与林的努力下,修路终于得到批准,但在项目的建设过程中,却发生了意外。在项目的几个关键涵洞建设过程中,天降暴雨导致了塌方,将在工程现场指挥的交通局局长赵建发和书记刘绍南以及施工队共9人埋在了其中。遗体被抬出来的时候,杨海民和方与林感到了深深的痛苦,甚至产生了放弃的念头。为了平息这场意外引发的争议,进一步稳住全市干部的心,方与林主动找到杨海民请求辞去职务,离开干部队伍,踏实地在完山县做一些实业。

在离开之前,方与林还向杨海民提出,最后帮杨海民做些真正得罪人的事情——裁减市属各县委县政府的冗员。政府的冗员问题一直是杨海民想要下决心解决的问题,在全市下辖的县区的县委县政府之中,平均每个县都配有十多位副县长、副书记,其他领导班子的情况也类似,副职干部严重超额,人浮于事、相互推诿现象严重阻碍了经济的发展。这种现状源于"买官卖官"的行为,一届又一届政府不断积累导致了政府机构中的冗官冗员。这些靠买官上来的官员,势必会进行权力寻租,贪污受贿以补偿自己的支出,由此形成一个极为恶劣的干部系统。在方与林提出他要把有问题的干部统统拿下来,把全市县的干部免掉三分之二,彻底解决冗员问题时,杨海民犹豫了。因为他非常清楚解决这个问题的困难远远超出此前的"十八罗汉"和修路问题,其触动的利益群体太过广泛,实施这项改革必将遭到巨大的阻力,这已经远远超出他这个市委书记的权力范围。

作品在此止笔,但由此引发的问题却是极为深刻的。

二、作品中的法律问题

(一)问题意识——对制度反腐的关注

《城市迁徙》所蕴含的法律问题是十分明确的,即中国在改革开放过程中社会正义与腐败现象的斗争。腐败问题历来是影响政治稳定的"定时炸弹",对待腐败,我们必须深入分析其发生的不同表现。就作品而言,故事设定在了完山县和春江市两级地方政府上,从故事的情节来看,腐败问题也主要是在这两级政府中发生。作者没有将腐败问题延伸到这两级政府之上的省级政府乃至中央政府层面。在中国政治结构中,县、市两级政府都是属于政府的基层组织系统,而基层组织系统是工作在经济、社会、文化等建设的第一线,也直接面临着各种复杂而严峻的问题的挑战。实践中,作为工作在第一线的领导干部如何坚持正义、打击腐败势力、积极为广大民众谋利益,是中国法治建设上很值得研究的一个问题。

但必须说明的是,腐败绝不是转型时期中国社会所独有的现象,不仅在历史上普遍存在,在当今的世界各国也依然广泛存在,只是腐败的严重程度有所不同。同时要说明的是,在转型时期的中国政治生态中,腐败也不仅仅只存在于地方政府之中,中央政府中存在的腐败现象和程度也令人忧虑,但地方政府的腐败能够直接为人民群众所感知,因此更加为人民群众所厌恶。作者以春江市和完山县两级地方政府中的腐败现象为背景,揭露了转型时期中国社会腐败现象的严峻现实,对于以杨海民为代表的地方领导官员治理腐败的实践进行了反思。作者用了大量的篇幅描写了杨海民在治理腐败过程中所表现出来的政治担当,杨海民的做法确实极大地震慑了腐败分子,取得了不错的进展。但当杨海民准备着手解决腐败带来的"冗官冗员"时,他意识到自己能力的不足,表现出了犹豫态度。杨海民的犹豫也正是作者借以表达的其对反腐败实践的思考:治理腐败不能仅仅靠个别政治人物的努力,治理腐败从根本上来说必须依靠制度,形成制度反腐的治理腐败模式。

(二)学术界对制度反腐的讨论

学术界对制度反腐的讨论,首先从当前地方政府的腐败现象进行分析。我们通常说的腐败,是对于一种社会现象的描述,从学界,特别是从政治学的角度来看,腐败指的就是公职人员利用公共权力以谋取私利的行为。而地方政府在中国一般指的是相对于中央人民政府(国务院)而言的,管理某一地区行政事务的各级人民政府。

1. 腐败的类型

针对我国目前地方政府的腐败现象,为了全面分析和比较腐败在政治生态中的存在形式,学界总结了几种主要的类型,并对其原因进行了探究。学界对于腐败类型的划分通常从腐败的程度、腐败的行为主体、腐败行为的发生领域等角度展开。

根据腐败的程度,可分为白色腐败、灰色腐败和黑色腐败三种。白色腐败是轻微的腐败,其主要特征在于违章而不违法。白色腐败对政治生态的威胁较小,通常能够为政府和公民所接受,因为其危害较小,国家对白色腐败一般不加严厉惩罚,主要以批评教育为主。灰色腐败是一般的腐败,其主要的特征在于违法而不犯罪。灰色腐败对政治生态构成相当危害,并且对社会经济生活产生了一定危害,为知识分子和具有政治热情的公民所难以接受。由于灰色腐败已经对社会生活产生了危害,国家一般会对其进行轻微的处罚,以行政处罚(处分)为主。黑色腐败是严重的腐败,其主要特征在于严重违法构成犯罪。黑色腐败会对社会造成特别重大的危害，甚至危及政权的稳定性，为统治阶级和普通公民所难以接受。黑色腐败极大地影响了正常的社会生活，对统治阶级的统治基础产生了严重的威胁，国家对其往往处以严重的法律制裁，主要以刑事处罚为主。

根据腐败行为主体的数量和性质，可以将腐败区分为个体腐败和群体腐败。个体腐败是指某个国家公职人员利用公权力谋取私利的个体腐败行为；群体腐败是指某个或某些单位的国家公职人员大规模地或集体性地实施腐败活动的行为①。"窝案""串案""塌方式腐败"等都是群体腐败的典型。

根据腐败行为发生的领域或部门，可以将腐败区分为政治和行政领域的腐败、经济领域的腐败和社会领域的腐败。党的十一届三中全会做出改革开放的决定，我国社会开始进入转型时期。随着经济的高速发展，腐败现象高发的领域也从传统的政治领域延伸到经济领域以及社会领域内。80年代中后期到90年代中后期，腐败行为主要发生在党政领导机关、行政执法机关、司法机关和经济管理部门。90年代中后期，干部任用和司法领域的腐败成为腐败的重灾区。21世纪以来，腐败现象扩展至社会领域，新闻腐败和学术腐败屡见不鲜。

2. 对转型时期地方政府腐败的原因分析

"每个有权力的人都趋于滥用权力，而且还趋于把权力用至极限，这是一条万古不易的经验。"启蒙思想家孟德斯鸠认为，滥用权力乃人性使然，权力滥用所带来的直接后果就是滋生腐败。而所谓人性就是人与生俱来的原始质朴的自然属性，不是后天修学而成的习性。如果以"人性本恶"来解释所有腐败产生的根源，虽有一定说服力，但却不能用以解释为什么转型时期中国社会会出现如此严重的腐败问题。因此需要从中国的现实国情出发，来分析转型时期腐败高发的原因。

从中国社会的文化观念来说，中国社会历来是熟人社会，熟人社会下，中国人普遍重人情、轻规则，"有人好办事"的观念深深扎根于中国人的思想之中。在地方政府层面，这一观念更加明显。由于地方小，官员之间联系十分紧密，这种观念自然反映在政治生活上，找人找关系便成为官场的潜规则，甚至

---

① 何增科：《中国转型期政治腐败的类型、程度和发展演变趋势》，载《北京行政学院学报》2000年第2期。

有"成事靠人脉，晋升靠关系"一说。在这种官场氛围的影响下，官员之间会结成各种小团体，形成派系，同一个圈子内的官员自然官官相护，进而滋生腐败。《城市迁徙》中的"十八罗汉"就是官员拉帮结派的典型。

从经济原因上来，改革开放以来，中国的经济体制由计划经济向市场经济过渡，市场经济的高速发展使得腐败行为的存在空间得到扩展。其原因在于市场强调私人所有和个人利益高于社会和集体的利益，主张把财富集中到善于得到这些利益的人手中；而且因为市场经济强调物质和人类交往的短期行为，把越来越多的社会交往变成以金钱为主的交换。市场的这些特点对社会发展具有两重性：一方面，它可以推动市场运行，代表着活力、生产力和适应力；另一方面，它推翻了人类良好的社会生活中所需要的那些共同价值观念①。但把腐败完全归因于市场经济的作用却是不可取的。市场经济的发展带来了腐败的高发是社会现实，但其背后的原因在于，转型时期的地方政府尚未形成完善的市场经济规则，缺乏市场经济所要求的法治意识。

3. 制度反腐——治理腐败的"治本之策"

分析腐败现象的类型和原因是为了更好地杜绝腐败现象，找到治理腐败的治本之策。古往今来，治理国家的方式无非是"人治"和"法治"两种方式。对腐败现象的治理是治理国家上的重要环节，同样存在着"人治"和"法治"两种方式。"人治"反腐主要取决于统治者个人对腐败现象的容忍程度，往往由在政治上占优势地位的主导者从政治系统内部自上而下地强力推进，对腐败分子予以从快从严的惩罚，以形成强大的震慑效应。"人治"反腐在中国历史上最典型的表现是明太祖朱元璋对明初贪官污吏的整治。"人治"反腐能够在一定时期内迅速震慑腐败分子，达到净化政治生态的目的，但由于其严重依赖反腐主导者的个人意志，无法建立起长期有效的反腐机制。地方政府在治理腐败时，同样面临着这种困境，《城市迁徙》中的杨海民和方与林两位领导在反腐过程中发挥了重要作用，是一种运动式的反腐行为，偏向人治反腐的模式。地方政府通过政治上的强势人物治理腐败在短期内确实能够迅速遏制住腐败蔓延的势头，但强势的政治人物一旦失去政治上的强势之后，腐败现象会迅速卷土重来，腐败治理的效果不能够长久保存。此外，地方政府在治理腐败时，主导反腐的强势人物常常会面临着"心有余而力不足"的局面，其原因在于，政

---

① ［美］迈克尔·约翰斯顿：《腐败、市场与改革》，何增科编译，载《新视野》1996年第1期。

治人物的政治优势和权力范围所及囿于本地区之内,在他的政治优势之上有着更加强势的政治力量,一定程度上制约了其治理腐败的深度和广度。

此外,地方政府在治理腐败时,还受制于地区经济发展的限制。如前所言,改革开放的初期,由于市场经济尚未得到充分发展,资源的自由流通便难以实现。而地方经济的发展又依靠地方资源和外部资源的充分交换和流通。因此,在地方政府层面,要推动地区经济的发展,地方企业和企业家的作用不容忽视。政府官员需要依靠企业和企业家来推动经济发展,展现良好政绩从而进一步升迁。在缺乏良好制度监督和制约的条件下,官商勾结这种腐败现象便大量存在。而一旦开始治理腐败时,势必要切断企业家和政府官员的这种非正当联系。于是,在新的良性的政商关系尚未建立之前,原有的推动经济发展的动力便会减弱,从而影响到地区经济的发展。经济发展受到影响,政治上的治理腐败便会受到更大的阻力,以致陷入停滞的困境。

而相对于人治反腐这种治理腐败的模式而言,在转型时期的中国社会,治理腐败需要从制度上根本杜绝腐败现象,而制度治理腐败的根本方式就在于厉行法治,建设一套高效的反腐败体制。根据我国《宪法》规定:人民代表大会制度是我国的根本政治制度,在运行上实行民主集中制。但由于缺乏具体制度的监督和保障,在实践中,常常表现为"重集中轻民主",政府"一把手"的权力过于集中,在重要问题上实行"一言堂"。"权力导致腐败,绝对的权力导致绝对的腐败",权力的过于集中势必会导致腐败行为的产生。权力过于集中所导致腐败行为的主要表现就是干部任用上的腐败,"任人唯亲""买官卖官""书提拔"等现象被大量曝光。作品中,完山县干部队伍中"副职"的严重过剩,冗官冗员正是"买官卖官"这一典型腐败行为所导致。

习近平总书记在党的十八届中央纪委第二次全会上提出:要善于用法治思维和法治方式反对腐败,加强反腐败国家立法,加强反腐倡廉党内法规制度建设,让法律制度刚性运行。这一要求明确了我国未来治理腐败的方向和路径,有学者将其称之为"法治反腐",并提出法治反腐是通过制定和实施法律,限制和规范公权力行使的范围、方式、手段、条件与程序,为公权力执掌者创设公开、透明和保障公正、公平的运作机制,以达成使公权力执掌者不能腐败、不敢腐败,从而逐步减少和消除腐败的目标[①]。法治反腐包括法治惩腐与法治防

---

① 姜明安:《论法治反腐》,载《行政法学研究》2016年第2期。

腐两大方面。法治惩腐指通过法治惩治各种形式的腐败。法治防腐包括通过以法治的理念和措施推进反腐倡廉教育、制度建设、纠风等各项举措落实到位,以达到预防腐败的目的①。在法治反腐这一路径下,2016年11月,中共中央办公厅印发了《关于在北京市、山西省、浙江省开展国家监察体制改革试点方案》,来开了国家监察体制改革的序幕。国家监察体制改革目的在于整合当前反腐败的各种力量,推动反腐由"分散模式"向"统一高效权威模式"的转变。2018年3月,十三届全国人民代表大会一次会议通过了《中华人民共和国监察法》,组建了国家监察委员会作为最高监察机关,为法治反腐和制度反腐提供保障。所以,从一定意义上来看,《城市迁徙》中地方政府的腐败及其治理困境的这一法律问题,在随着我国法治建设不断完善的环境下,正在得到有效解决。

三、评价

《城市迁徙》聚焦于20世纪90年代后期和21世纪初期中国地方政府的腐败状况。在这一时期内,金融、证券、房地产、土地出租和建筑工程承包等重点行业、重点领域成为腐败行为的高发领域,干部任用和司法领域的腐败成为腐败的"重灾区"。在1997年的中纪委八次全会上,江泽民同志提出用人问题上的腐败和司法腐败是最大的腐败。这一论断表明了干部任用上的腐败对整个政治生态的危害极大。作品中,完山县干部队伍中"副职"的严重过剩,冗官冗员的产生正是由于在干部任用上出现了严重的"买官卖官"的腐败行为。应当说作品关注到转型时期中国地方政府腐败的这一问题,并且意识到了制度在治理腐败中的作用,这在法治建设过程是具有重要意义的。

首先就作品在当时对于法治及法治思想的推进而言,笔者认为有以下几点意义:第一,作品关注到腐败在转型时期中国地方政府的蔓延态势,其严重程度已经威胁到统治基础,不解决腐败问题,法治建设的基础根本无从谈起。腐败问题从法律上来说,就是官员不按法律的要求办事,是违法的作为和不作为。法治建设的重要环节在于依法行政,依法行政的关键在于控制公权力,保障私权利。腐败问题恰恰是官员滥用公权力的表现,小说作者意识到腐败的根源在于权力不受监督和控制,从这个意义上讲,作品反映了法治所要求的控

---

① 徐喜林、徐栋:《法治反腐:中国反腐新常态》,载《中州学刊》2015年第2期。

权与制衡的思想。第二，作品还关注到，腐败对于人民群众利益的损害。作品中由于"十八罗汉"的腐败行为严重侵犯了村民的权益，不仅如此，完山县整体的贫困很大程度上是由于"买官卖官"带来的政府冗员所导致的。可见，作品没有仅仅就腐败所产生的政治影响来讨论腐败的危害，而是从最根本的人民利益的角度来思考腐败引发的严重后果。这与法治中国建设的根本出发点和落脚点就在于保障人民群众的利益是相一致的。第三，作品意识到了地方政府在治理腐败时所面临的困境，这一困境表现在作品中杨海民和方与林两位领导在反腐过程中发挥了重要作用，是一种运动式的反腐行为，偏向人治反腐的模式。而"人治"反腐虽然能够迅速打击腐败分子，但无法建立起长期有效的反腐机制，运动式的反腐只能治标，无法从根本上预防和惩治腐败。

其次，就作品对于当前法治中国建设的启示而言，笔者认为主要有以下几点：第一，在法治中国的建设过程中，要从对人民利益的侵害和对统治基础的侵蚀的深度来认识腐败的危害，用法律严厉惩治腐败行为。第二，治理腐败的根本方式在于厉行法治，用权力制约权力，把权力关进制度的笼子里。这就要求我们在全面推进依法治国的过程中，贯彻依法行政的要求，严格按照法定权限和程序，管理国家事务、经济与文化事业和社会事务，维护公共利益和社会秩序，保证政府工作在法制轨道上高效率地运行，推进各项事业的顺利发展。同时，落实公正司法的要求，坚决预防和惩治司法腐败。

当然，由于时代的限制，作品仍然存在些许不足。比如，作者虽然意识到法律等制度在治理腐败中的作用，但从作品具体描写来看，并没有重点表现出法律等制度对于制裁贪腐分子所发挥的震慑作用，同时作者对于究竟需要怎样的制度来能够彻底治理腐败也没有给出自己的方案。

第七篇　权力制衡的法治化路径探讨
——基于报告文学《落马高官》的讨论

一、作品梗概

《落马高官》是以报告文学形式表现的文学作品。作品主要讲述了七个小故事。第一部分讲述的是北京市第二中级人民法院依法对国土资源部原部长田凤山受贿一案进行公开审判。田凤山利用职务上的便利,为他人谋取利益,分别收受他人所送巨额贿赂及礼金,折合人民币503万元。最终法院以受贿罪判处被告人田凤山无期徒刑,剥夺政治权利终身,并处没收个人全部财产。从高官到罪犯,从天堂到地狱,他那令人震惊的犯罪轨迹,给世人留下长久的回味与思索。

第二部分的主人公是李宝金,作品讲述了其作为一名检察官的灰色人生以及他是怎样由一个执法者而堕落成死缓囚犯的故事。1961年7月,年仅19岁的李宝金进入天津警界工作。他从基层警员干起,一路升迁:1987年起任天津市公安局副局长,1993年同时担任天津市委政法委副书记,1998年6月当选天津市检察院检察长并任市委政法委副书记,2003年1月再次当选天津市检察院检察长。2006年6月12日李宝金被中央纪委"双规"。因案情重大,最高人民检察院指定河北省检察院异地管辖李宝金案。2007年12月19日,天津市人民检察院原检察长李宝金受贿案一审宣判,以受贿罪和挪用公款罪两罪并罚,决定对其执行死刑,缓期二年执行。

第三部分讲述了离休市委书记王亚忱的疯狂,作品中描述道:如果把高官腐败分为三个层次,那么受贿,属于第一层次;索贿,属于第二层次;而退休高官王亚忱,则是明目张胆地抢,显然属于第三层次——最高层次的腐败行为,换句话说受贿手段已经登峰造极,极为恶劣。一个离休的市委书记,利用自己在位时铺就的雄厚人脉资源和公共权力,以方便企业发展为名,逐渐抢占了原本不属于他的财务权、人事权，不出分文却得寸进尺，先后占据40%、50%的企业股份，欲壑难填竟企图独吞企业全部的亿万资产，当事人被迫无奈上告而招致东窗事发。这位离休书记巧取豪夺的犯罪事实不但令人触目惊心，更让人对拥有"权力期权"的众多离退休官员心生畏惧，并由此产生警惕与深深的忧虑。

第四部分讲述的是"京城第一贪"毕玉玺的悲剧人生。毕玉玺原系北京首发实业股份有限公司及北京市首发房地产开发有限责任公司董事，曾任北京市交通局副局长、北京市首都公路发展有限责任公司董事长兼党委书记。检方指控称，毕玉玺于1993年至2004年间，利用其职权，接受他人的请托，采取直接干预项目招投标工作、选择下属公司注册地、为他人晋升职务提供便利等方式，为行贿人谋取利益，收受、索取贿赂款、物共计价值人民币1 004万余元，其中索贿人民币15.5万元。此案自披露起即引起社会各界的极大关注。2005年3月，北京市一中院判处毕玉玺死刑，缓期二年执行，剥夺政治权利终身，并处没收个人全部财产。

第五部分讲述了北京海淀区原区长周良洛的权钱交易。北京市海淀区原区长周良洛凭借着自己的工作能力，从大学的校团委书记一直走到局级领导岗位。但随着手中权力的逐渐加大，面对来自外界的种种诱惑，周良洛迷失了自我，走上犯罪之路。2008年3月28日上午，北京市第二中级人民法院对北京市海淀区原区长周良洛受贿案作出一审宣判。周良洛案件是一起领导干部以权谋私、权钱交易的典型案例，是一起作案时间长、涉案人员多、涉案金额大的窝案串案。我们在为反腐斗争取得胜利而欢欣鼓舞的同时，也不由得对全案进行回顾和反思。

第六部分讲述了一个市委机关的小人物曹长征，一位普普通通的共产党员，不畏强权，实名举报市委书记。为了告倒对手，他与妻子办理了离婚手续，将上学的女儿秘密转学，也没有时间在姥姥的病床前尽孝。他以铜筋铁骨般的意志经受了各种各样的考验：没完没了的恐吓电话，阴谋暗算，造谣诬蔑，打击报复，还有周围的冷嘲热讽，朋友的背叛。搜集证据千辛万苦，他往来穿梭于宝鸡与西安等城市，风雨无阻，最终扳倒"三秦第一贪"。

第七部分讲述了正局级高官聂玉河的堕落。少时的聂玉河留给村中老人的印象是"头脑好使"。进入政界后，聪明能干的他从镇长、县长到区长一步步升迁，曾在几个地方留下了相对不错的政绩。在副县长的任上，他甚至规划好了自己的仕途,当时的目标是市长。但在政界,贪玩的他没能把握住机会,最终去了城乡建设集团。在建筑业,他没能把持住自己,成了一个贪官。报告文学就以这种特有的方式反思法治中国建设在反贪战线的实践,给世人以警示。

二、作品中的法律问题

(一)作品讨论的法律问题

《落马高官》是2009年3月1日中国检察出版社出版的图书,作者杨晓升。本书主要介绍了一些高官落马的腐败事例,通过这些落马高官的报告文学反映出来的突出问题即在法治推进的过程中出现的权力腐败现象。当前,如何用法治方式治理权力腐败现象这一问题逐渐被提上日程。报告文学以生动鲜活的七个小案例向我们展示了政府高官是怎样一步一步被权力熏红了双眼,迷失了自我,从而滋长了自身的腐败基因。整篇报告文学反映的大主题即权力腐败,由此引发的更深层次的问题是如何在法治中国逐步推进的今天,探讨权力制衡的法治化路径问题。

权力制衡是指在公共政治权力内部或者外部,存在着与权力主体相抗衡的力量,这些力量表现为一定的社会主体,包括个人、群体、机构和组织,等等,他们在权力主体行驶过程中,对权力施以监督和制约,确保权力在运行中的正常、廉洁、有序、高效等,并且使国家各部分权力在运行中保持总体平衡。这些制衡,有利于保证社会公正合理的发展方向以及社会整体目标的实现。权力如果任其肆意行使,毫无界限和规矩,那么权力就会和腐败相伴相随,小说中的高官权重们就是缺乏权力制衡的有效机制,才会使得贪官们放纵自我,内心被欲望熏红了眼,肆意扩张自己的权势地位。没有权力制衡的有效机制,高官的内心无所惧,没有有效的监督必定导致权力的滥用,权力的滥用将导致腐败的毒瘤丛生。

《落马高官》中的一个片段讲述了一个市委机关的小人物不畏强权,"卧薪尝胆"数年,搜集证据,最终实名举报市委书记,扳倒"三秦第一贪"的大快人心的故事。我们可以看到在这个故事中对权力进行制衡的是一个普通民众,他通过自身的艰苦努力和坚定的意志,蛰伏数年,勇探权力深渊,最终铲除腐败高官。由此我们可以看到,当今中国的权力制衡机制缺少有效的监管,依靠普通民众的自我努力进行的权力监督是远远不够的,反腐事业的胜利依靠个体的奋斗是远远不够的。因此在推行法治中国时,我们有必要反思如何构建一个有效的、全方位的、法治化的路径来解决这一问题。

(二)学术界关于在法治推进的过程中出现的权力腐败现象的讨论

在关于如何对权力腐败进行法律规制的问题上,学术界展开了激烈的讨论。

国内学者对当代中国权力制衡理论研究,提出了很多建设性观点,分歧也较大。总的来说,对当代中国权力制衡结构研究的成果不多。国内学者研究最多的是从政治腐败的角度研究权力监督和制约,关于这方面的专著和文章比比皆是。如王寿林的《权力制约和监督研究》、莫吉武的《当代中国政治监督体制研究》、石柏林的《监督机制的法制模式》和郭道久的《以社会制约权力》,等等。论述的问题都是如何对国家权力进行监督,防止权力过度腐败。当代中国正处在从农业社会向工业社会转型、从人治社会向法治社会转型、从计划经济向市场经济转型、由一元社会向多元社会转型的时期,如何解决执政党与权力制衡的关系,成熟的研究成果不多,尤其是从法治化的角度去研究权力制衡问题,解决权力腐败问题的论文不多。

关于防止权力运行异化的法律防范机制研究,有学者认为:权力在运行中具有天然异化倾向,防范权力异化的基础是权力分工,制约权力异化的核心是完善的法律机制,此机制由明确的权力授予制度、科学的权力运行制度、严明的责任追究制度和独立的监督评估制度组成,防范权力运行异化的核心推动力量是党的领导①。

关于权力制度化问题的研究,有学者认为,权力制衡机制的重点是研究权力制度化的问题。权力制度化问题是十八大以来党中央治国理政大局的一个关键组成部分,是深入推进反腐败斗争、全面依法治国、全面深化改革及加快国家治理现代化的需要。权力制度化的场域由三个层次组成,即法律体系、权力结构和民族性格。这三个层次在现实中呈现出非常复杂的情况,给实现权力制度化造成困难。应通过立法、严格执法、公正司法、普遍守法以及法律监督等法律途径,保证权力制度化的实现②。

关于权力制衡体系的研究,有学者认为,预防腐败的实质是防止权力滥

---

① 杨连专:《权力运行异化的法律防范机制研究》,载《宁夏社会科学》2017年第6期。
② 吴玉章:《权力制度化的难点及法律思考》,载《北方法学》2016年第1期。

用,对权力进行有效的制约是防止权力滥用的关键,打造理顺权力体制——以权制权、加强思想道德建设——以德制权、强化法律与制度建设——以法制权的三位一体的控制体系,是实现权力制约的最佳路径[①]。

关于权力清单的法治化研究,有学者认为,权力清单的法律效力是权力清单制度的核心问题,是保证权力清单制度长期稳定有效实施的基础。从地方政府权力清单的法律属性来看,地方政府权力清单是规范性法律文件,理应具有法律效力。当前我国地方政府所推行的权力清单制度在编制主体、编制程序以及清单内容等方面极不规范,导致了权力清单法律效力的缺失。因此,需要构建我国地方政府权力清单生效的三个必备要件:根据地方政府部门的层级,分别设立相应的权力清单编制主体;根据权力清单编制主体,分别设立相应的权力清单编制程序;根据法律的规定,合理确定权力清单的内容[②]。

通过上述学者的讨论,我们可以看到,权力腐败现象与法律规制问题引发了学术界的广泛讨论,可以说有权力的地方就有腐败。这一问题是我们在发展过程中必然会遇到的,也是我们现在需要解决的重要问题。因此,我们需要建构法治化背景下的权力制约与监督体制来对这一问题做出有效回应。

三、评价

(一) 作品对法律问题的讨论对当时社会的价值

报告文学写作时期正值当今中国社会转型的关键时期,城市化进程加快,社会结构的变迁,经济结构的变化,必然会促使新旧管理体制的变革与更替。在原有体制业已打破、新的规范尚未健全之时,必然会产生一系列"漏洞",而这些"漏洞"将成为影响未来中国跻身世界高度文明和发达国家之林的关键。

改革开放40多年来,中国在追求经济高速发展的同时也在力求实现政治现代化和社会生活的民主化。要真正实现社会民主、继续保持经济高速增长,公共权力的有效实施和合理制约是必不可少的关键因素之一。权力是权力主

---

① 禹建柏:《简论预防腐败的权力制约路径》,载《湖南社会科学》2007年第3期。
② 林孝文:《地方政府权力清单法律效力研究》,载《政治与法律》2015年第7期。

体凭借财产、组织等方面的优势违背其他主体意志实现自身意志的一种特殊的控制力。权力具有双刃性、不确定性、用益性、强制性、主体间性等特点,这些特点暗含了权力扩张和权力滥用的条件。公共权力由社会共同需要产生,目的就在于维护公共利益和调整管理整个社会生活的基本秩序;其行使主体是国家政府机构和一些非政府公共组织,因此具有凌驾于人民大众之上的强制力。在拥有强制性、对象性、整合性等特点的同时,也存在着扩张性、侵犯性、排他性和腐蚀性。在我国,公共权力行使的最大主体就是政府组织系统,政府作为公共管理的主体,掌握社会资源,拥有至高权力,极易成为各种利益群体的寻租对象。由于权力制约机制不健全,为刺激经济高速增长,长期以来形成的高度集权、党政不分现象没有实质性改变。在缺乏对公共权力进行制约和监督的情况下,出现了以权谋私、贪污腐败和侵害公共合法权益等现象。当前主要呈现出以下两大特点:一是公共权力腐败范围广,且有不断扩大的趋势。二是公共权力腐败存在群体化倾向,团伙性、单位性、行业性以权谋私成为近年来公共权力失控的另一特点。

  权力的两重性决定权力不但受掌握权力的人自身世界观、人生观、价值观、道德品质、学识、才能的影响,而且权力的自然属性本身所决定的支配力、强制力、影响力、扩张性,对掌握权力的人也会产生很大的影响。它是一把双刃剑,既对人有锤炼意志、品质,提升能力,增强责任感、使命感的作用,也容易使掌握权力的人高傲自负、狂妄自大、目空一切、唯我独尊,这是由权力自身的自然属性,即权力支配他人、强制他人的特殊性所决定的。所以权力可以使人变得伟大、崇高、众人景仰,也可以使人变得贪腐、堕落、众人藐视。就权力的社会属性来说,权力又具有很强的人格性。因为,掌握权力的人都是有七情六欲、有血有肉的人,他们不但肩负公众利益,也有自身的利益。在复杂的市场经济环境下,如果不对权力进行有效的约束,那么失去监督的权力就有可能被人利用,作为以权谋私的资本,变成腐败的权力。这正如18世纪法国启蒙思想家孟德斯鸠所说,一切有权力的人都容易滥用权力。数百年来,法国启蒙思想大师孟德斯鸠的这声感叹,像警钟一样,一直在渴求自由、民主的人们耳畔回响。几千年历史回眸,可以清晰地发现:人类社会的文明史正是驾驭、驯服权力的苦难历程。权力像水一样,既能载舟,亦能覆舟,驯服的权力恰似一江春水,载着人们驶向幸福的彼岸;而失控的权力好比浊浪滔天的滚滚洪流,再庞大的船只,再高明的水手,也难逃覆灭的厄运。无数王朝、国家的兴亡与盛衰无不与权力的驯服和失控密切相连。对权力的探讨,对权力制约与监督的研究,已经成为恒久的主题①。

(二) 作品对法律问题的讨论对当代中国法治建设的价值

当代中国正在探索构建权力制约的途径,目标是建立法治化的国家政治经济、社会结构,从源头上遏制权力腐败。可以说,有了公共权力就有了对公共权力的遏制。法律是人类社会治理权力腐败的主要方式。在我国,当人们提及腐败问题时,往往是指行政权力或司法权力的腐败,少有人提及立法权的腐败,原因何在,很值得思考。我国的立法权由各级人民代表大会及其常务委员会行使。各级行政机关和司法机关、检察机关都由人大选举产生并受它的监督,即人大将行政和司法权力授予行政机关和司法机关,同时人大负有监督"一府两院"的义务或责任。人们很少提及立法权的腐败,这一方面说明,我国的立法机关所制定的法律确实体现了广大人民的利益,各级人大并没有滥用其立法权来制定不符合人民利益的法律;另一方面说明,立法权不易被滥用,因为人大是一个集体机构,很难产生类似行政机构中那种"一人说了算"的局面,而且立法者与具体公民之间不会产生直接的利益冲突,因为立法者不直接执法,而是由行政机关和司法机关等具体地实施法律。通常,我们把权力的滥用作为权力腐败的一种表现形式,而权力的不使用或权力的消极使用是不是也是一种权力腐败呢? 这一点我们往往容易忽略,从私法角度来讲,权利是可以放弃和转让的。而从公法上来讲,权力是一种职权,它是不能放弃的,更不能随便转让。放弃或转让权力就意味着失职,应负法律上的责任。现在我国的权力腐败主要是有法不依造成的,这说明,立法机关没有能够认真地行使其对"一府两院"的监督权,这是一种失职。谁应对此失职负责任暂且不论,从这里我们不难看出一个问题,即在我国缺乏对立法权的监督机构。在这里,监督的内容有二:一是监督被监督者合理用权,不滥用权力;二是督促被监督者积极行使其权力。也许有人会说,立法机关向人民负责,受人民的监督。这话不错。但问题是在实行间接民主制的社会,人民的监督往往是一种最乏力的监督,因为这种监督最不具有操作性。这里我们再回头看看西方的分权制,从理论上我们可以列出一长串人民代表大会制度相比三权分立制度的优越性。但

---

① 徐行、刘娟:《浅议公权力腐败特点及其制约》,载《人民论坛》2012年第26期。

法治思想在文学作品中的推进

分权制衡作为近代民主政体形式的基本原则,是人类政治文明的产物,它标志着人们对国家权力结构的认识上的进步。因此,从宏观上来看,应当研究我国的权力制衡问题①。

1. 增强法律的主动约束

法律的主动约束是指通过制定一系列的法律、法规、制度来约束权力行使者的行为,防止权力的滥用,保障权力在公共利益的轨道上运行,同时在权力行使者滥用权力时可以得到相应的法律制裁。它分为法律的事前防范和事后惩罚。在政府干预下,人们热衷于用财力物力换取政府的种种优惠,权钱交易习以为常。而民事经济法律既是政府对市场经济活动进行宏观调控的手段,也是约束政府权力、进行宏观调控、规范政府经济管理行为的法律护栏。其次,我们可以通过行政法律预防腐败。一是通过行政法的加强和完善,严格科学地规定行政机构的设置、职权、职责并严格审批程序和人员编制,从体制上为行政权力的行使设置轨道。二是行政法应该严格规定行政机关的办事程序以及工作人员的活动规则,并制定违反程序、规则的法律责任以及追究法律责任的机构和程序,提高办事效率,从权力运作的动态运行上防止权力的滥用。三是规定严格的公务员管理制度,对公务员思想道德素质、学历、能力等各个方面提出要求,并规定国家公务人员考核制度及相应的奖惩制度、升降制度、辞退制度。这就一方面从入口处保证公务人员的廉洁奉公的道德素养,又通过其种种制度堵塞了可能发生腐败的漏洞。

2. 增强法律的被动约束

法律的被动约束,是指法律赋予公民广泛的权利,当权利遭到来自公权力的侵害时,公民可以通过诉讼程序获得法律救济,以此来约束权力的行使。权利和权力是法律上的一对基本范畴,它们具有相互依存、相互制约的密切关系。权力有侵犯性和腐蚀性的一面,而权利是制约与平衡权力的一种社会力量。制约权力的主要手段是通过广泛的立法,用宪法和法律赋予公民各种民主权利,以制止权力的滥用以及对权利的侵犯②。

3. 加强法律的事后惩罚

法律的事后惩罚是在权力的行使者超过既定的权力界限、法律对其的预

---

① 刘金国:《权力腐败的法律制约》,载《中国法学》2000 年第 1 期。
② 黄玉青:《权力腐败的法律制约》,载《工会论坛》2005 年第 4 期。

防作用已经失去时产生的。一方面要进一步完善刑事立法,使之有法可依;另一方面要大力加强刑事司法,使得刑事法律得到正确的实施,从而卓有成效地惩处腐败。以下仅从刑事司法方面分析刑事司法与腐败控制。从对刑事立法的贯彻来看,刑法是禁止性规范,它从不当为的角度对权力行使者应该做什么、不应该做什么作了具体的规定。但是刑事立法是一种静态的行为规范,要对社会发生实际的调节作用,就必须依靠司法人员积极主动的司法活动,把静态的行为规范转化为动态的调节运动。强化刑事司法,严惩腐败行为,必须注意以下几个方面:第一,严格执行法律。只有严格执法,才能树立法制权威,使得刑事司法得以强化。第二,进一步健全和完善我国现行的司法机制。其中最重要的就是要改革司法管理体制,保证司法机关依法独立行使职权。

(三) 评价

《落马高官》讲述了七名高官在权力面前利欲熏心、最终被正义的力量拉下马的故事。报告文学中的权力与法律的冲突体现得淋漓尽致,表现出法律在权力的束缚下艰难前行,其中关于权力与法律的平衡问题发人深思。对权力的制约与监督,有权力制约、监督的政治模式、法律模式、社会模式、道德模式和暴力模式。其中,法律监督是我国权力制约与监督机制的重要组成部分,除了监督审判外,还应当对行政权进行监督。这部报告文学以生动的话语为我们描述了一个个鲜活的例子,发人深思。在法治道路的建设中,正确处理好权力与法律的关系是一个亟待解决的重要问题。同时,我们也不能被报告文学中所描述的一个个权力腐败的故事所吓退,丧失对法治构建的信心和斗志。我们应相信,只要继续坚持司法改革、推行依法治国战略,中国的法治道路会越走越宽阔。

第八篇　遏制腐败要从生活的点滴入手
——基于小说《腐败分子潘长水》的讨论

一、作品梗概

《腐败分子潘长水》讲述的是一个有历史污点的军队干部转业到地方后，异常奉公执法却迟迟得不到提拔，临近退休却时来运转，在掌握了大权之后却一步步被迫走向腐败的故事。潘长水（以下简称"老潘"）系山东省沂水县朱戈区上古村人，1947年参加革命，1959年从华东军区杭州警备区退役时为大尉衔团政治处副主任，正营（科）级。转业地方工作干到临近退休时，任单位的办公室主任，仍为正科（营）级。老潘对他革命半生一直停留在科级上满心苦涩，而他的战友们正常升迁的一般都是地、师级了。

影响老潘升迁的原因是他历史上有过一个污点：他叛变过。1947年国民党军队重点进攻山东，潘长水被白崇禧部俘虏了。老潘临时叛变了几天，给白崇禧部找齐了粮食，就回来了，并把一切都向组织上如实说了。但因为当时部队伤亡很大，正是用人之际，不讲那么多原则，他的连长便继续叫他打仗。老潘也是一心一意打仗，他的官阶就这么一路升上去，一直升到了营级。战争结束转业时，他曾经的连长代表组织在他的档案里批道：此人可利用，但不能重用！

1959年老潘转业到这个单位后，按他的部队级别应该担任科室正职，单位领导看了他的档案，就任命他为办公室副主任，不给他正职，同时对他的分管权限也作了格外谨慎的研究，让他去管后勤仓库。因为仓库不仅位于荒郊野地，距离单位有十几华里，十分荒凉，而且仓库里堆放的是供应下面施工队的粮食、被服、管道器材什么的，都是些哑物，不涉及党内机密。

第二年，老潘全家都饿得得了浮肿病，老潘也是这样。但原本老潘可以不肿，因为他守着几乎一仓库的粮食，可是遵纪守法的他不取一粒米吃。后来，老潘还特意取了两张毛主席的画像，当门神一样一左一右地贴在仓库的大门上。老潘要让毛主席看着他，监督他别犯偷吃国家粮食的错误。灾年过去，上级领导和工作组来仓库检查工作，看到颗粒未动的满满一仓库粮食和毛主席画像，都感动得哭了，树了仓库一个先进典型。

单位的办公室主任调离，单位党委却把老潘领导下的仓库主任老孙提起来当了主任，做了老潘的上级。老潘还是副主任，单位的人都大感意外，就纷纷猜想老潘是不是犯了不便提拔的错误了。老潘心里委屈，但他没法对人们解释他不过是1947年临时给国民党的军队找过几天粮食。从此老潘除了更加勤奋地干好仓库工作之外，还主动把机关大楼里打扫男女厕所的事也包了下来。于是乎单位里有什么杂事大家都指使老潘去做，还让他去帮助买早点、打开水，把他当成了杂役来使唤。

改革开放后，给老潘带来命运转机的是单位新上任的局长老刘。老刘把老潘扶了正，提起来做了办公室主任，后来还打算提老潘当副局长。

老刘一开始并没有打算提老潘，他提拔老潘的动机是因为一上任就有人在背后捣鼓他。这个人就是副局长老李，两人素来不和，于是老刘下决心要在单位提拔自己的人，首先就要提拔一个办公室主任。老刘让他带来的秘书小马去摸一下单位中层干部的情况，特别是那些长期受到老李排挤不被重用的干部情况。老刘一看老潘的档案就对这个人有了兴趣，并跟这个"叛徒"认真地谈了一次话，向他透露了要提拔他为办公室主任的意图。老潘感激得不得了，喃喃了半天，连句完整的话都没说成。老刘笑了，他要的就是老潘这份发自内心的感激涕零。

这天老刘问老潘有没有副局长的把柄，想把他搞掉。老潘想了半天，说仓库里有个家属临时工叫许莲英，人胖胖的，三十来岁。老李好像对她有点什么想法，他老爱到仓库来转，说是来检查工作，一来就跟许莲英调笑。在老刘的精心布控下，老李和许莲英终于在一天下午被老潘带领的几个工人当场捉奸，老李在单位待不下去了，便调走了。老李一走，老刘便把潘长水扶了正。

老潘千熬万熬坐上了他在1960年就该坐上的位置，心里没有喜悦，竟有点发怵。他怕单位的人说他这个正主任是抓奸抓来的，从此更看不起他。于是老潘就更加谨慎小心，先把地毯撤了，皮沙发也搬出去换了几把木椅子进来，一点官场的气派都不敢留，同时打开水和扫厕所干得更勤快，更殷勤地对待单位的广大群众。随后的几天，老潘发现不仅各科室的人不敢使唤他了，反而有很多人早早地便给老潘送来了打好的开水,老潘疑惑不解。渐渐的,老潘开始感觉到当上正主任后身份的不一样,如今他管钱、管物、管车、管分房子……任何一项都能使得单位的人对他毕恭毕敬。老潘不禁感慨万千,想到这些年自己受的气,一股脑全涌上来了,想着从今以后自己也要使唤使唤众人。而后,老潘便把地毯和沙发搬了回来。

老刘一直观察着老潘,什么也不说。等老潘渐渐习惯了办公室的沙发地毯,习惯于让别人去给他打水,同时开始挺舒服地听着单位的人都用恭敬的态度来跟他说话时,老刘才开始直截了当地吩咐老潘去做事:去弄四五斤好茶叶来,我有用。老潘犯了难,手底下的小商却把这事儿揽了下来,没过多久便弄来了五斤杭州龙井茶叶。原来只需要把买茶叶的发票开成办公用品发票就可以了,过去办公室主任都是这么做的。潘长水给老刘送去,老刘分了一斤给他,老潘想把这一斤茶叶退掉,却发现退回来的钱不能重新入账,无奈之下便把茶叶放在自己的抽屉里面偷偷躲着喝。

老潘和老刘的关系更密切了起来,老刘要什么东西,都让老潘去搞。老刘除了喝茶还要抽烟,于是老潘每个月都还要给老刘去搞烟,发票开的还是办公用品。烟买来后,老刘总要甩一条两条给老潘,老潘也让小商吃到了点甜头。老潘总给老刘办事,在外面打交道多了以后,发现其实很多单位都这样,渐渐地就麻木了,甚至用公款给老刘的儿子搞了一套房子,还帮老刘的"情人"处理了不少如分房子、评职称之类的事情。也许是受到老刘的感染,没多久老潘也搞了个姓段的女人,他新鲜极了,兴致勃勃,乐此不疲,还专门给自己搞了一套房子,频频和段姓女子幽会,好像要把他多少年的生活遗憾都补回来。

几乎是与此同时,老潘也在思谋着要放大胆子去搞钱,当然,最终东窗事发,老潘和小商合谋收取巨额贿赂 17 万元,检察院立案查清后,移交法院等候判决。与此同时,单位党委对老潘做出开除党籍、开除公职、撤销党内外一切职务的处理……

二、作品中的法律问题

改革开放以来历任国家领导人都十分重视反腐败问题。而笔者所提出的问题是,遏制腐败必须从生活的点滴入手。"腐败"一词最早出现在拉丁文中,最初是用来形容生物个体或者社会机构、组织的毁灭和死亡。现在意义上的公职人员违法行为的腐败最早起源于古罗马时期。"腐败"一词在我国最早出现于汉代,在《汉书·食货志》中代指食物的腐烂。随着社会发展和变化,腐败的内涵也发生了变化,逐渐引申为社会机构或者组织混乱、法律法规约束机制失范。腐败可以说是客观存在的,有物质或者组织的地方就必定会产生腐败,其区别只是程度不同而已。为了研究相关领域的腐败,需要对其内涵进行明晰,后来的人们以及学者从不同的维度做了相关的尝试。

但国际透明组织认为腐败是指公职人员不正确地行使权力、谋取非法利益的行为。樊钢将用公权谋取私利的行为界定为腐败[①];于风政则进一步指出腐败是公职人员,采取与他人合谋等手段,违反法律或者公共准则,滥用职权而为少部分谋取利益而损害其他公共或者个体利益的行为[②]。李勇基于上述定义进一步认为任何一个腐败现象的发生,虽然具体表现形式不同,但主体、客体、动机和行为后果四个基本要素是具备的,而且这四个基本构成要素之间不是孤立的,而是相互联系又相互作用的有机整体。可以将其腐败的定义归纳为,公职人员或者私人企业人员,为了谋求私人或者小圈子利益,滥用公共权利或者资源,违反法律或者公认的准则而损害外部利益的行为[③]。笔者认为,对腐败实质界定的通俗说法是:以权谋私,权力的异化。

但任何的腐败是从生活的点滴开始的,这部作品以艺术方式揭示了这个特点。从老潘得浮肿病、贴毛主席画像上完全可以相信他是一位遵纪守法的好员工,但为何坐上办公室主任这把权力的椅子之后,却一步一步走向了腐败;甚至是原本对他吆五喝六的同事们在之后也开始对其阿谀奉承……由此可以发现,腐败的成因多种多样,腐败不是一朝一夕发生的,遏制腐败必须从细节入手,从点滴开始。作品给我们提出如下机制建设措施:

(1)建立公正的权力竞争机制。根据紧张理论,社会成员不仅接受同一的社会规范,而且也还分享同一的文化价值。文化价值给社会成员树立了一个发展抱负的目标,同时社会结构也给社会成员提供一个制度化的合法手段以实现文化价值所确定的目标。如果社会成员拒绝接受文化价值所确立的目标或社会未提供实现文化价值的合法机会,就会产生一种缺乏社会规范的社会异常状态[④]。社会的各个方面都为社会成员设定了为之奋斗的目标,但在某

---

① 樊纲:《腐败的经济学原理》,载《金融经济》2003年第7期。
② 于风政:《论腐败的定义》,载《新视野》2003年第5期。
③ 李勇:《当代中国腐败问题研究》,东北大学博士学位论文,2008年。
④ 吴宗宪:《西方犯罪史》,中国人民公安大学出版社2010年版,第1037页。

些情况下,社会又限制了某些社会成员满足需求、实现目标的途径,这就是说,社会对一些社会成员提出了相互矛盾的两个要求:一方面鼓励社会成员去争取成功,另一方面社会又没有为社会成员争取成功而提供必要的途径,从而剥夺了社会成员实现成功的机会。老潘正是一个典型的代表,工作上兢兢业业,与同事相处上乐于助人,哪怕自己以及自己的亲人再苦再累也没有一句怨言,但却因为一句"此人可利用,但不能重用"绝了其仕途,从而产生了一种补偿心理,即总认为自己付出了艰辛的劳动或者自己取得了巨大的成绩,但是却没有因此而获得相应的回报。尽管老潘刚坐上权力这把椅子的时候有所畏惧,把许多办公"配套设备"都搬了出去,但随着下属们的奉承,他开始认为这是自己应得的,于是便开始去尝试获得某些利益,将其视为一种"补偿"。

(2)增强思想道德教育。中国有一句老话叫作:法不责众,从众安全。从众是在任何群体中都可以发现的社会心理现象,特别是崇尚集体主义的东亚地区国家。当腐败成为一种社会风气的时候,从众进行腐败的心理就非常有市场,大家都腐败,如果你不腐败就会显得格格不入。无论是局长把烟或者茶分了一部分给老潘,还是小商对老潘说的"你不要,我也不敢要",大家都想的是人越多,自己这艘"船"就越安全。物必自腐,而后虫生。加强思想道德教育,构筑具有中国特色的社会主义廉政文化,是新形势下需要我们特别重视的一项政治任务。加强思想道德教育可以从两个方面着手:首先是要建设良好社会道德价值体系。我国道德建设最重要的任务是,如何根据当前社会多元利益格局,建立起行之有效的、完善的道德规范体系,来合理引导不同利益主体之间的观念和思想,调整各种复杂的社会关系,化解各种社会矛盾,美化社会风气,最终实现全社会的和谐。其次是采取各种手段来培养公职人员的道德良心,使其自觉遵守社会主义道德价值体系。公职人员的道德良心不仅是实现道德治理的重要保障,而且由于公职人员掌握公共权力而具有的非常广泛的道德影响力,因此对广大人民群众还具有示范效应。

(3)规范且合理的限制公权力。从腐败的心理最终转化为腐败的行为不是马上就完成的,它是一个渐进的转变过程。没有从心理到行为的转变过程,就不存在事实的腐败,而在从心理到行为转变的过程中,也懂得如何去运用手中的权力。随着与领导关系的密切,老潘"处理"的事情也越来越多,无论是挪用公款,还是滥用职权,甚至是收受贿赂,老潘渐渐变得麻木,越发贪婪,也越发得心应手。公权力是腐败滋生的主要根源,也是腐败现象赖以依存的载体。

"国家公权力具有极强的扩张性和侵蚀性,因此在制度设计时必须加以限制和约束"①。在预防腐败的对策上,也就必须规范公权力的运行。公权力的存在就是为了最大限度地增进人民的福利,但是,由于公权力具有天然的扩张性,不加约束就必然侵犯公民权利。因此,要使公权力的运行和使用不违背社会公众的意愿,做到公权公用,就必须对公权力进行全面的规范。

(4)强化社会各方面的监督。中国几千年封建社会都有推崇"礼"和"仁"、重人治而轻法治的习惯,讲血缘、讲亲情是我们整个社会生活的传统,也是政治生活领域的传统。公职人员作为社会中的一分子,不可避免地要受到这些因素的影响,在社会政治生活中,经常"为情所困",为了所谓的"仁义"而实施违法犯罪活动。比如老潘,为了情,嫌弃自己的糟糠之妻,专门搞了一套房子,与某段姓女子频频幽会,弥补遗憾;为了仁,给领导的"情人"分房子、评职称。或许这些事情做得很隐秘,但人民群众的眼睛是雪亮的,人民群众的力量是伟大的,发现这些事情之后为什么不举报呢?他们不是不举报,而是他们的举报犹如石沉大海不见音讯。听不到群众呼声,是执政党最大的忧虑,也是最大的隐患!中国共产党作为执政党,要创造条件广纳群言,创造知无不言、言无不尽的民主政治环境②。加强党外监督,要注重民主党派的监督,确保民主党派的知情权,扩大参与范围,提高民主监督意识;要注重人民群众的监督,从制度上、体制上创造有利于人民群众监督的环境与条件,依法保障公民的知情权、参与权、表达权、监督权,全方位、多层次地开辟群众参与渠道;要注重新闻舆论的监督,既要运用微博、微信、QQ等媒介渠道逐步搭建诉求平台,又要抓紧制定相关法律法规,以法律形式保障新闻工作者的采访权、报道权、评论权。同时,要更加重视现代科学技术的运用,加强网络管理,打造健康的网络监督平台,多管齐下,让腐败现象在人民群众的汪洋大海之中无处遁形。

三、评价

腐败犯罪作为一种社会现象,古今中外概莫能外。它侵蚀着国家肌体,毒害着社会风气,威胁着国家的生存与发展,阻碍着历史前进的步伐。直到21世纪,腐败问题仍困扰着世界各国,并有愈演愈烈的趋向。改革开放以来,

---

① 何家弘:《中国腐败犯罪的原因分析》,载《法学评论》2015年第1期。
② 陈海英:《新时期我国反腐倡廉机制的完善与创新研究》,河北大学博士论文,2015年。

我国经济迅猛发展，人民生活水平显著提高，综合国力明显增强，取得了举世瞩目的成就。但是，社会主义市场经济体制以及相关权力监督机制的不完善，加之资产阶级腐朽思想与封建残余思想的侵蚀，致使处于转型期的中国出现了较为严重的腐败问题。作为社会主义国家，中国决不允许任何腐败现象的存在。我们党始终以坚定的政治立场、敏锐的洞察力、高超的预见性，及时审视反腐败过程中出现的新情况新问题，不断总结新经验、创造新办法、寻找新思路，进行了卓有成效的反腐败斗争。特别是党的十八大之后，以习近平同志为核心的党中央领导集体更是着眼于反腐败斗争的新任务新形势，将党风廉政建设和反腐败斗争作为全面从严治党的重要内容，并把全面从严治党列入"四个全面"战略布局，进一步提高对反腐倡廉的重视程度。当前，我国已进入社会主义现代化建设的关键时期，为实现"两个一百年"的奋斗目标、实现中华民族伟大复兴的"中国梦"，就必须把我们的党建设好。

着眼于新的形势任务，把全面从严治党纳入"四个全面"战略布局，把党风廉政建设和反腐败斗争作为全面从严治党的重要内容，正风肃纪，反腐惩恶，着力构建不敢腐、不能腐、不想腐的体制机制。民心是最大的政治，正义是最强的力量。反腐败斗争压倒性态势正在形成。不忘初心，继续前行。杜绝下一个潘长水的出现，反对腐败，建设廉洁政治，永远在路上。

第九篇　法治社会建设要重视新犯罪类型研究
　　——基于小说《网络陷阱》的讨论

一、作品梗概

　　《网络陷阱》是冯华 2002 年所作，主要讲述了由网络聊天所引发的一系列刑事案件。

　　作品的主人公刘畅是盛世广告公司的一名女职员，从美术学院毕业后就进入了这家公司工作。不同于在美术学院学画画，刘畅不能自由地按照自己的想法来设计广告，而只能以满足客户要求进行创作。刘畅经常要面对自己的想法和客户的无理要求之间的矛盾，每一次遇到这种冲突，刘畅的心情都会变得非常沮丧。

　　在为客户丽晶集团设计的广告又被要求修改时，刘畅的心情被搞得很糟糕。公司创作室的副主任田致智教育她，一切以客户需求为准，客户喜欢什么就设计什么，不要考虑自己的艺术想法。听了这番话，刘畅觉得很无奈。

　　此时，从同事高菲菲处得知的另一件事让刘畅感到愤怒和惊讶。刘畅精心准备的西凉酒业的电视广告招标结果出来了，中标者是同公司的同事施怡。令她愤怒和难以接受的倒不是自己没有中标，而是施怡投标的创意完全是剽窃自己的成果。刘畅还在回想自己的创意是如何被施怡剽窃的，经高菲菲提醒，她才意识到她和部门经理林之浩讨论过这一创意。而林之浩和施怡之间一直保持着不正当的男女关系。想到这点，她愈加气愤，于是找到了公司的常务副总裁李柔坚。

　　在听完刘畅的叙述后，李柔坚表示林之浩是公司的资深设计人员，公司能够有今天的局面与林之浩的贡献分不开。就此事而言，不会对林之浩进行处分，但会采取一定措施限制林之浩的类似行为。同时，李柔坚夸赞了刘畅的创作才华，安慰她不要与林之浩、施怡这些人一般见识。本来刘畅听完李柔坚的这番话,心中的怨气基本没有了,甚至对李柔坚还有一些感激。可在接下来的谈话中,李柔坚却很自然地将手搭到了她的腿上,并且暗示刘畅可以帮助她进一步施展才华。看到刘畅没有任何反应,李柔坚停止了进一步的行为,结束了这番谈话。

离开了李柔坚办公室回到住处的刘畅觉得公司里的一切都非常令人恶心,心烦意乱的她打开了网络聊天软件OICQ。此时一个陌生人关切地问她因何事烦恼,刘畅顺势便和这个男人聊了起来。一个晚上聊下来,刘畅觉得这个陌生的中年男人十分幽默和体贴,在和中年男人的聊天中,她甚至感到了踏实和安全感。白天的烦恼也都消失得无影无踪,晚上睡觉格外地舒服和轻松。

此后,每个下班后的晚上,刘畅都会登录聊天软件与这个"陌生的好朋友"聊上一番,这也让她感到目前的生活仿佛没有那么糟糕,甚至还多了一些意义。随着聊天的不断深入,陈国栋提出了线下见面的请求,并给她发了自己的照片,刘畅也顺势给他发了同事高菲菲的照片。刘畅考虑了一天后,决定和陈国栋见面。

两人约定在一家餐厅见面,在饭间的交谈中,中年男人告诉刘畅自己在一家网络公司工作,擅长网页设计、网站运营和网络视频广告的设计。在聊天中,刘畅对这个健谈的中年男人十分有好感,当他邀请她去家里参观时,她几乎没有犹豫就答应了。到了中年男人的家中后,他调制了两杯鸡尾酒,并且在刘畅的一杯中加入了迷药。等刘畅一杯鸡尾酒喝下去之后,中年男人开始露出真面目,强迫刘畅和他发生性关系,虽然奋起反抗,但由于迷药的作用,身体完全没有力气,刘畅很快便昏睡了过去。

当刘畅醒来的时候,她迅速意识到发生了什么,控诉这个中年男人是强奸犯,中年男人却丝毫没有畏惧,只说没有留下任何证据。刘畅迅速逃离了这个男人的住处。

回到自己住处的刘畅想要报警,但她也意识到,自己确实没有证据证明被这个中年男人侵犯了,甚至她都不知道这个中年男人的姓名。她更害怕的是一旦警察介入调查,自己的家人、朋友、同事投射过来看待自己的那种眼光。一想到这些,她感到了无比的悲愤和无奈。接下来的每个日夜,刘畅都像丢了魂一样。过了很多天后的一个晚上,刘畅再次登录了聊天软件,她刚上线,中年男人就给她发来消息,并且附了一张两人的裸照。中年男人以此要挟刘畅和他长期维持性关系。强迫自己冷静下来的刘畅表示需要时间考虑。中年男人给了她 48 小时的考虑时间。

被惊恐、气愤、紧张所折磨的刘畅在睡下之后,先是被中年男人侵犯自己的噩梦所惊醒,再度睡下后她又被自己把中年男人推下了悬崖的梦所惊醒。不过这次惊醒后,她却感到了无比的快意和解脱。

第二天,刘畅到药店给母亲买了些治疗失眠的强力安眠药,并给母亲送了过去。在交给母亲后,她以自己有时候晚上也睡不着为由向母亲要回了几片。离开母亲家中后,她拨通了中年男人留下的电话,告诉中年男人自己等会到他家去。在中年男人家中,中年男人开了一瓶洋酒庆祝,刘畅趁其不注意将事先碾碎的安眠药粉倒入了男人的杯子里。在中年男人晕睡之后,刘畅戴上手套找到电脑中的照片,并且将其全部格式化,然后把煤气阀门调到最大,关闭了门窗,拿上自己喝酒的那只杯子后离开了中年男人的家。

第二天早上,陈国栋家里的钟点工苗嫂过来打扫卫生时,发现了他的尸体,苗嫂报了案。区公安分局刑侦支队的袁定之副队长带着队员余亮、方智愚赶到后勘查了现场,并将陈国栋的尸体送到市局法医中心。随后的尸检报告显示,陈国栋死于煤气中毒并且生前服用过安眠药。警方的调查逐渐显示该案很可能是一起凶杀案。根据线索,警方找到了陈国栋供职的欢腾公司,并且从同事迟宇的口中得知,陈国栋平时喜欢在外面拈花惹草。进一步询问后,迟宇告诉警方陈国栋最近和一个在网上认识的女孩子走得很近。

按照这条线索,警方通过技术手段查到刘畅所在的盛世广告公司,并根据刘畅给他发的照片找到高菲菲询问。高菲菲说自己不认识陈国栋,更加不清楚自己的照片怎么会在陈国栋的电脑之中。于是警方只能根据高菲菲提供的看过自己照片的同事名单,一一询问排查。在询问刘畅的时候,警方没有发现任何不对劲的地方,这让刘畅感到安心和平静。几天之后的一个电话打破了这份安静,而打这通电话的正是陈国栋的同事迟宇。迟宇以之前的裸照相威胁,要求刘畅和他保持性关系。第二天,两人在迟宇家见了面,刘畅本想用对付陈国栋的手段对付迟宇,但却被迟宇发现。迟宇施以暴力想与刘畅发生性关系,刘畅在激烈的反抗之中,咬掉了迟宇的舌头。而就在此时,警方也找到了陈国栋和刘畅的通话记录,再次请刘畅协助调查。在派出所的预审室里,刘畅承认了自己杀害陈国栋的行为,并将事实经过如实地向办案的刑警作了交代。

作品在此止笔,但留下了一些值得深思的问题。

二、作品中的法律问题

(一)问题意识——对新犯罪类型的关注

《网络陷阱》中所反映的最直接的问题就是网络犯罪。这种犯罪现象无疑是一种新类型的犯罪。分析网络犯罪,我们需要结合作品创作和发表的时代背景来看。1994年,中国正式接入世界互联网,到21世纪初期,中国互联网已经经过了十多年的孕育和发展。有学者对中国互联网的历史发展按阶段进行了划分。第一阶段为互联网1.0时代,其时间大致为1994—2001年。这一阶段的互联网表现为一种商业化特性,其突出属性则表现为媒体属性,人们主要通过互联网来获取资讯。第二阶段为互联网2.0时代,其时间大致为2002—2008年。这一阶段的互联网表现为一种社会化特性,其突出属性则表现为社交属性[1],人们开始借助聊天软件、博客在网络上进行社会交往。《网络陷阱》这部作品的创作背景正是互联网的2.0时代。许多城市"白领"由于白天工作上的烦闷,通常会选择通过网络聊天软件(该作品中提到的OICQ即后来的腾讯QQ)认识网友,并向其诉说工作、生活上的一些不如意之处,借以排遣心中的烦闷。而有些不法分子正是利用这点,借助网络来实施犯罪活动。

对于网络犯罪的研究首先缘起于对计算机犯罪的研究,网络犯罪是在计算机犯罪的基础上进一步发展而来,计算机和网络的发展是伴随着经济发展而产生,也是为了经济发展而服务,两者对经济的发展起到了巨大的推动作用。但同时两者也给社会带来了一定的负面效应,即带来了新的犯罪类型——网络(计算机)犯罪。

(二)学术界的讨论

作者以网络(计算机)犯罪作为主题进行文艺创作,是文艺工作者对现实生活中出现的网络(计算机)犯罪这种新的社会现象敏锐感知后所作出的回应。而把网络(计算机)犯罪作为一种新的犯罪类型进行学术研究,首先需要对网络犯罪的概念做出说明。综合学界的讨论来看,主要有以下几种学说:第一种,对象说。主张此种观点的学者是从犯罪对象的角度出发,来定义网络

---

[1] 参见方兴东、潘可武、李志敏、张静:《中国互联网20年:三次浪潮和三大创新》,载《新闻记者》2014年第4期。

犯罪的概念,认为计算机网络犯罪是根据计算机技术给计算机网络的整个信息系统造成分散,导致网络系统不能在正常的网络环境中运行,并构成了犯罪的行为①。还有学者认为,网络犯罪是指以网络为犯罪工具或犯罪对象,实施危害网络信息系统安全的犯罪行为。其中以网络为犯罪工具是指行为人以网络作为犯罪工具,危害网络安全的犯罪行为。以网络为犯罪对象是指行为人以网络作为犯罪对象,危害网络安全的犯罪行为。危害网络信息系统安全是指危害网络及其相关的和配套的设备、设施的安全,危害网络的运行环境的安全,危害网络信息储存、处理、输出的安全,危害网络功能安全等②。第二种,工具说。此种观点是把网络作为犯罪工具这一角度对网络犯罪进行定义,认为网络犯罪是行为人利用计算机、通信技术等方式,或利用自身所处的优越的地位,针对法律保护的与此相关的利益在网络领域中实施危害行为③。第三种,工具对象双重说。有学者认为网络犯罪是指行为人未经许可对他人电脑系统或资料库的攻击和破坏或者利用网络进行经济、刑事等犯罪④。有的学者认为网络犯罪大体来说可以分为以网络计算机系统为对象的犯罪和以网络计算机系统为工具的犯罪两大类⑤。除了以上三种学说,还有一种可以称之为"相关说",即只要与网络犯罪行为有关的,全部都属于网络犯罪。相关说的网络犯罪概念最为广泛,基本将涉及网络的所有犯罪行为都包括在内。应当认为相关说具有一定的合理性,比较符合社会一般人所理解的网络犯罪,可以作为对和网络有关联的犯罪现象的一个总结。结合作者所描写的犯罪行为来看,文中的犯罪行为也是属于相关说的网络犯罪。

明确了网络犯罪的概念后,学者们也开始积极推动我国的刑事司法随这一新的犯罪类型做出回应。从严格意义上来讲,我国刑法对网络犯罪的规制源于1997年。但1997年版《刑法》受制于时代条件,仅仅只规定了两个涉及计算机犯罪的罪名。1997年版《刑法》第二百八十五条规定:"违反国家规定,侵入国家事务、国防建设、尖端科学技术领域的计算机信息系统的,处三年以下有期徒刑或者拘役。"第二百八十六条规定:"① 违反国家规定,对计算机信息系统功能进行删除、修改、增加、干扰,造成计算机信息系统不能正常运行,

---

① 许秀中:《网络与网络犯罪》,中信出版社2003年版,第172页。
② 杨海鸣:《网络犯罪概念论》,载《犯罪研究》2002年第2期。
③ 张楚:《网络法学》,高等教育出版社2003年版,第245页。
④ 胡金明:《网络犯罪与立法》,载《中国青年报》2001年1月18日。
⑤ 范春燕:《网络犯罪及国际社会法律对策述评》,载《科技与法律》2001年第4期。

后果严重的,处五年以下有期徒刑或者拘役;后果特别严重的,处五年以上有期徒刑。②违反国家规定,对计算机信息系统中存储、处理或者传输的数据和应用程序进行删除、修改、增加的操作,后果严重的,依照前款的规定处罚。故意制作、传播计算机病毒等破坏性程序,影响计算机系统正常运行,后果严重的,依照第一款的规定处罚。"有学者也将第二百八十五条和第二百八十六条的规定称为实质的网络犯罪罪名①。在这两条实质的网络犯罪罪名之外,1997年版《刑法》第二百八十七条还规定:"利用计算机实施金融诈骗、盗窃、贪污、挪用公款、窃取国家秘密或者其他犯罪的,依照本法有关规定定罪处罚。"第二百八十七条规定主要针对的是由网络所引发或者是通过网络实施侵犯公民人身权利和财产权利的传统犯罪行为。对于这类的网络犯罪,实际上是"工具说"下的网络犯罪概念所指的犯罪类型——即以网络为工具而实施的犯罪。1997年版《刑法》对于这一类型的网络犯罪,并没有单独进行定罪处罚,而是按照传统的犯罪定罪处罚。这表明立法者认为以网络为工具实施传统犯罪的行为,就其本质而言仍然侵犯的是传统犯罪所保护的法益,所以可以直接按照已有的刑法规定定罪处罚,并不根据实施犯罪的手段不同而另行设立罪名。

随着互联网进入3.0时代,网络犯罪的形态也日趋复杂,网络犯罪的新形态层出不穷。针对新的发展变化,我国刑事法律积极适应和回应了社会发展的要求。《刑法修正案(七)》在《刑法》第二百八十五条中了增加两款作为第二款、第三款:"违反国家规定,侵入前款规定以外的计算机信息系统或者采用其他技术手段,获取该计算机信息系统中存储、处理或者传输的数据,或者对该计算机信息系统实施非法控制,情节严重的,处三年以下有期徒刑或者拘役,并处或者单处罚金;情节特别严重的,处三年以上七年以下有期徒刑,并处罚金。""提供专门用于侵入、非法控制计算机信息系统的程序、工具,或者明知他人实施侵入、非法控制计算机信息系统的违法犯罪行为而为其提供程序、工具,情节严重的,依照前款的规定处罚。"在增设的这两款规定中,第三款的规定将网络犯罪的帮助行为进行了正犯化处理,从而扩大了刑法对于网络犯罪的打击范围,增强了打击力度。

《刑法修正案(九)》进一步完善了网络犯罪的法律规则,主要表现在以下

---

① 于冲:《网络犯罪罪名体系的立法完善与发展思路——从97年刑法到〈刑法修正案(九)草案〉》,载《中国政法大学学报》2015年第4期。

几点：第一，扩大了侵犯公民个人信息犯罪的犯罪主体范围，将出售、非法提供公民个人信息的行为纳入刑法保护的范围。第二，删除了刑法第二百八十八条第一款有关开设"伪基站"所规定的行政前置程序。第三，增设拒不履行信息网络安全管理义务罪，主要针对不履行信息网络安全管理义务的网络服务提供者进行处罚。第四，增设非法利用信息网络罪。第五，增设帮助信息网络犯罪活动罪。将原有的帮助行为正犯化处理，严厉打击网络犯罪。第六，增设编造、故意传播虚假信息罪。这一点主要是针对我国网络用户的迅速扩大所产生的虚假信息对社会公共秩序的影响。

针对网络犯罪，从我国立法现状来看，在《刑法修正案（九）》颁布施行后，我国的刑事立法已经形成了较为完备的罪名体系。但即使立法再怎么完善，始终具有一定的滞后性。以互联网为代表的科技发展速度对社会和人类生活影响越加深入，由此也必将对法律产生深远的影响。从这个角度来看，作品虽然是在说网络犯罪的问题，但作为法律人，我们还应当结合出现网络犯罪这一新犯罪类型的原因进行思考。以网络犯罪为代表的新犯罪类型出现的最重要原因就在于科技和社会的不断发展，特别是进入 21 世纪以来，第三次科技革命的成果开始大规模地应用，极大地丰富和改变了社会的生活。这就要求作为调整社会关系重要手段的法律必须要积极回应，特别是刑法领域，要重视对新犯罪类型的研究，积极适应社会发展的要求，维护好社会进一步发展所必需的安定秩序。

三、评价

基于上述的分析，我们可以看到，《网络陷阱》以网络犯罪这一新犯罪类型为载体，呼吁在法治社会建设过程中重视对新犯罪类型的研究，我们可以从这一角度来分析作品对于法治建设的意义。

首先，就作品所反映法治思想的推进而言，《网络陷阱》作者冯华在 21 世纪初期互联网刚刚开始 2.0 时代的情况下，已经敏锐地意识到互联网这一新兴事物在给我们的生活带来极大便利的同时，也必然会带来新的问题。由互联网所带来的犯罪问题势必会对现行的法律、特别是刑法带来新的挑战。而与此同时，我国学者也开始集中关注这一问题。以"网络犯罪"为关键词在"中国知网"上进行检索，数据显示 2000 年有 89 篇文章、2001 年有 202 篇文章、2002 年有 193 篇文章、2003 年有 223 篇文章，此后的年份呈现逐年递增的趋势。在这四年之中,学者们主要从刑法的角度来讨论网络犯罪的基础理论问题,诸如网络犯罪的概念、范围以及和计算机犯罪的区别等。在从刑法角度思考网络犯罪的基础上,也有学者深入思考了网络犯罪背后所蕴含的法理问题——科技和社会发展对于法律,特别是刑事法律所带来的挑战。因此,小说虽然只是在讲网络犯罪这一问题,但我们法学人应当认识到网络犯罪这一新犯罪类型的出现是科技和社会发展对法律影响的表现。中国的法治建设将是一个长期的过程,在这个过程中会不断出现新的犯罪类型,我们在进行法治社会建设时,必须重视对新犯罪类型的研究,刑事司法也必须积极适应并回应社会发展的要求。

其次,作品对于当前法治中国建设的启示而言,笔者认为主要有以下几点:第一,科技作为第一生产力,对法律的发展具有决定作用,这就要求我们在法治中国的建设过程中,充分利用科技的力量,把时下热门的大数据、人工智能等科技运用到法治建设中来,发挥科技对于法治建设的促进作用。第二,科技和社会发展必然会改变法律的调整范围,这就要求我们在法治中国的建设过程中,密切关注科技进步所带来的法律调整范围的变化,对于需要法律予以规制的,要及时完善立法,发挥法律的规范和引导作用。第三,科技进步和社会发展对法律提出了新的挑战,这就要求我们在法治中国的建设过程中,注意预防科技所带来的不利社会后果,加大对利用科技实施违法和犯罪行为的惩罚力度,特别是要加强对网络犯罪的惩罚力度,为法治中国建设提供良好的秩序环境。

当然,由于时代条件的限制,作品不可避免地具有一定的局限性,主要表现在:第一,刘畅在遭到陈国栋强奸后由于担心警方介入后自己会遭到周围人异样的眼光而不敢报警,这虽然符合现实情况,但也反映了当时社会人们的法治意识不强,不敢运用法律的武器来维护自己的权利。第二,刘畅选择以杀死陈国栋的方式来发泄心中的压抑和怨恨,这也与法治精神不相符合。法治要求人们在除正当防卫和紧急避险的情况下,遇到不法侵害应当依法维护自己的权利,而不应该采取"以暴制暴"的私力救济方式。

第十篇　对警察职业保障制度的呼唤
——基于小说《寻枪记》的讨论

一、作品梗概

《寻枪记》是凡一平在 2002 年所创作的一部现实主义作品,作品的主线是主人公马本山丢枪以及找枪的过程。作品在围绕"寻枪"这条主线展开的过程中,穿插了公安局系统评奖、侦破刑事案件、制造假烟等若干支线。透过作品,反映了 20 世纪 90 年代后期基层民警的生存压力。

马本山是当地公安局辖区下的西门镇派出所的民警,做事稳重,办案能力强,是所里的骨干民警。在参加完妹妹马华和妹夫梁青天婚礼后的第二天,马本山起床后突然发现,自己的警用配枪不见了。对于警察而言,警用配枪既是制止犯罪分子以及保护自己的工具,更是警察"权力"的象征,丢了配枪事关重大,马本山非常清楚这件事的严重后果,所以当妻子韩芸问他在家中四处搜寻什么东西的时候,马本山借口说是在找家里的存款。在家里搜寻未果后,马本山想到自己昨天参加妹妹婚礼时喝醉了,是妹夫梁青天安排他的兄弟把自己送回家的,枪有可能是在不经意间掉落在了妹夫家到自己家的这段路上。马本山于是先到所里骑了巡逻的摩托车,借口请了假,就骑着摩托车沿着昨天的那段路开始找寻,一路找下来,仍然没有找到配枪。马本山这时意识到,配枪可能不是不小心掉落在了某个地方,而是有人趁着自己醉了的时候,偷走了自己的配枪。

意识到这点后,马本山找到妹夫梁青天并从其口中得知,当天送自己回家的是梁青天的两个兄弟——周长江和田肖人。周长江是本地的富豪,而田肖人则是田副县长的儿子。由于丢的是自己的配枪,马本山找到周长江后,只能暗示他是否拿了自己的配枪。周没能明白马本山的意思,只说自己有的是钱不会拿别人的东西。如此一来,没有确切的证据,马本山当面不能把他怎样,只能暗中跟踪调查其是否偷了枪。

回到派出所后,马本山打算按照规定向所长韦解放报告,但这时正好赶上公安系统评选先进集体和先进个人,而且所里推荐的先进个人正是马本山。于是,马本山暂时没有向韦解放报告丢枪这事,而是到镇上买了把仿真枪放在枪套里以掩饰丢枪这件事。在暗地里跟踪周长江的过程中,马本山发现妹夫梁青天、田肖人以及周长江在一个废弃工厂里造假烟。正好自己怀疑的两个偷枪对象都在,马本山于是想了一个计策,利用梁青天来核实周长江以及田肖人到底有没有拿枪,结果发现两人都没有偷自己的枪。

马本山的寻枪线索一时都断了,于是他来到自己好兄弟何树强处喝酒聊天。何树强曾经和马本山一起当过兵,在一次执行任务过程中被敌人的手雷炸掉了自己的生殖器官,退伍后一度失去了活下去的勇气。后来马本山帮着他在当地开了间摩托车修理铺,生意全都由马本山帮忙招揽,外人都以为马本山是这铺子的老板,而何树强只是帮他打工。可随后发生的一起凶杀案,让这份兄弟情荡然无存。

凶杀案发生在县公安局表彰大会的当天,西门镇派出所和马本山分别评上了先进集体和先进个人,并且获得了一大笔奖金。表彰大会那天马本山并没有特别高兴,反倒有些不解,因为虽然他没有把丢枪这事和韦所长说,但却在评奖开始时已经将此事报告给了县公安局,而丢枪这么大的事,上级明明知道却还是给自己和所里评了奖并且发了奖金。当然对于除了马本山以外派出所的其他民警而言,他们对于能够分到2 000元左右的奖金非常高兴,正值年关,这一笔奖金可以极大提高这个春节里的生活水平。而就在当天晚上开庆祝会的时候,县公安局的民警黄安过来告诉了马本山这个消息。

死者是周长江的情人李小萌。李小萌在生活作风上存在一些问题,当地凡是有些名望的人都和她有着不正当的关系。周长江作为本地的富商,自然也不例外。警方的调查结果显示李小萌死于刀杀,现场没有发现强奸或者抢劫的痕迹,但留下"杀人者武松"这一行字。把这行字和李小萌平日里的作风联系起来,马本山迅速意识到,凶手还要继续杀人,下一个被杀的人就是和李小萌有过不正当关系的人,而把李小萌当作头号情人的周长江,无疑是凶手最希望杀死的目标。周长江在听闻了这件事后,立马意识到了自己的危险境地,也主动找到马本山请求他保护自己。看到周长江现在如此低声下气地央求自己保护他的画面,马本山想到了曾经在执行任务请求周长江帮忙时的场景。

当时的任务急需一部"大哥大",派出所由于经济条件的限制,满足不了这一工作需要,自己便找周长江借用,谁知周长江一口拒绝,甚至还嘲弄了自己一番。马本山本想借此出这口恶气,但一想到凶手的下一个作案目标就是周长江,只能答应了他的请求。于是在随后的几天里,两人便形影不离。趁此机会,马本山和周长江说起妹夫梁青天参与造假烟的事,要求周长江不要再让梁青天参与此事并且关闭造假烟的工厂,否则将带人过来执法。但周长江却说造假烟有利于当地的经济发展,政府监管的各个部门都已经"打点"好,同时还有田副县长的儿子田肖人参与其中,没有人敢来找"麻烦"。马本山意识到这其中涉及的问题并非他一人能解决,也就没有再继续深入挖掘了。

就在凶杀案和丢枪这两件事都一筹莫展之际,一通电话打到了派出所并且点明要马本山接电话。电话是何树强打来的,何树强要求马本山不要保护周长江,让自己杀了周长江后再来自首,并且坦白配枪是自己趁着马本山喝醉的时候偷走的。放下电话后,马本山向所长请示后就一个人去找何树强了。何树强说自己的杀人动机是因为自己在执行任务中所受到的伤害,以致非常看不惯李小萌和周长江长期保持着不正当的男女关系。加上自己也不打算活下去,所以就想杀了这两人,落个清净。一番交涉过后,马本山将何树强制服,并且拿回了自己的配枪。

作品的结尾十分耐人寻味,马本山就丢枪一事完整地写了一份报告交给了县公安局和政法委,但上级却没有给予马本山和所长行政和党纪处分,反倒是特别要求收回之前已经发出的奖金。而为了弥补所里民警得而复失的这笔奖金,马本山借故让周长江买下了何树强的修理铺,将所得的钱分给了所里的民警。

二、作品中的法律问题

(一)问题意识——对警察职业保障制度的关注

小说《寻枪记》虽然主要讲的是派出所民警丢枪及寻枪的故事,但深入挖掘作品中的细节,可以发现作品实际上反映了 20 世纪 90 年代基层民警的生活压力和工作困境。作品中,马本山丢枪之后本来按照正常程序打算向所长韦解放报告,但在他准备报告时,正好碰上所里在评选先进集体和先进个人。在马本山和所长韦解放那里,评选所得的荣誉虽然重要,但更重要的是获奖之后有一大笔奖金,可以极大地改善所里民警春节时的生活。如作品中所描写的,马本山所在的派出所在各项评选指标上均符合条件,非常有希望获得先进集体的荣誉和一大笔奖金。正因为如此,马本山没有选择直接向所长韦解放报告此事,而是直接将丢枪这件事报告给了县公安局和政法委,交由上级领导综合考虑决定。而令马本山没有想到的是,县公安局和政法委先将荣誉和奖金发了下来,而后在整件事情有了结果之后,又将其奖金收回。而马本山在知道奖金被收回后,要求富豪周长江买下修理铺,将所得全部分给了所里的民警。

从作品中来看,正是因为担心影响评奖、失去奖金,所以马本山没有按照正规程序报告丢枪一事,而是选择了隐瞒,并且一人独自寻枪。这恰恰反映了在 20 世纪 90 年代,基层民警所面临的巨大生活压力。90 年代,宣传舆论总是强调警察这份职业的神圣性,强调人民警察履行职责、打击犯罪、维护社会治安的职能,而忽略了警察作为普通人应当享有的正当权利。作品希望借此引起对基层民警生活现状的关注,由此呼唤建设完善的警察职业保障制度。

(二)警察职业保障制度与法治建设

以我国当前的现实国情来看,我国的公安机关既是行政机关,同时还承担着司法机关的部分职能。警察虽然不是法律职业共同体中的一部分,但在刑事案件中,警察在侦查阶段所做的工作,直接影响到检察官的审查起诉和法官的审判。警察办案质量的高低也直接影响到人民群众对于司法乃至社会正义的评价。因此,在建设社会主义法治国家的进程中,必须要重视警察在法治建设中的作用,提高警察人员的素质和办案质量。实现这一目标的关键就在于,建设一套良好的警察职业保障制度,使人民警察在办理案件时没有后顾之忧。

(三)学术界的讨论

学术界对于警察职业保障制度的讨论,在概念的使用上并不统一,人民警察正当执法权益、公安民警合法权益、警察权益保障、警察职业保障、警察执法权益保护等类似概念被经常使用。但笔者认为使用警察职业保障是较为恰当的。其原因在于警察职业保障强调的是国家作为警察职业保障的主体对警察职业进行保障的义务。而所谓职业保障指的就是为促进该职业职能的发挥,维护从业人员的利益,保障从业人员正常地从事其职业活动而建立的与职业相关或因职业引起的保护性措施。基于此,有学者将警察职业保障界定为"国家通过相关法律法规确保警察能依法行使职权,赋予警察在职业权力、职业地位、职业身份、职业待遇、职业尊严等方面获得与其职业风险相适应的保护措施,以维护国家法律尊严,增强警察的职业权威与职业尊荣"①。从警察职业保障的具体内容来看,有学者认为警察职业保障主要是确保人民警察依法履行工作职责所必需的物质和精神保障,包括执法保障、发展保障、待遇保障、安全保障、健康保障等②。

强调警察的职业保障还在于警察这一职业的特殊性。警察作为一份古老的职业,伴随着国家的产生而产生。有国家就有警察。恩格斯认为"国家无非是一个阶级镇压另一个阶级的机器",如果没有国家强制力,就没有镇压这一说。而国家强制力的典型代表就是军队和警察。我国作为人民民主专政的社会主义国家,警察是人民民主专政的重要工具之一,是国家治安行政和刑事司法的重要力量。警察关系国家安危、社会稳定,在维护国家安全特别是政治安全、政权安全方面发挥着特殊的重要作用。这就使警察这一职业成为和平年代最危险的职业之一。正因为如此,需要特别注重加强对警察的职业保障。

明确了警察职业保障这一概念之后,学界进一步分析了我国当前警察职业保障制度存在的主要问题。我国当前警察职业保障制度的问题主要表现在以下几个方面:

首先,立法上对警察职业保障制度的规定不够全面。当前对警察职业保障制度的法律规定主要是《公务员法》和《人民警察法》。其中《人民警察法》虽然是专门规定人民警察队伍建设、素质要求、职权范围的法律,只是在第五章警务保障中对警察职业保障做出了规定,其中第三十五条规定的是对阻碍执法行为人的处罚措施;第三十六条规定了人民警察的警用标志、制式服装和警械;第三十七条规定了人民警察的经费按照事权划分的原则,分别列入中央和地方的财政预算;第三十八、三十九条规定了人民警察工作所需的基础设施和设备;第四十、四十一条规定了警察的工资和抚恤优待制度。事实上,这些规定基本都是原则性的,很大程度上不能够真正落实警察的职业保障,因此,加强警察职业保障制度立法是非常有必要的。

其次,警察职业的工资待遇有待提高。《人民警察法》第四十条规定:"人

---

① 安瑛:《我国警察职业保障制度初探》,载《中国人民公安大学学报(社会科学版)》2014年第3期。
② 詹伟:《警察职业安全与健康》,中国人民公安大学出版社2015年版。

民警察实行国家公务员的工资制度,并享受国家规定的警衔津贴和其他津贴、补贴以及保险福利待遇。"这一规定忽略了警察职业的特殊性,使得警察的工资待遇与普通公务员无异。但警察这一职业的特殊性决定了其工作强度和工作压力要远远超出普通公务员。为了改善这一问题,《中共中央关于进一步加强和改进公安工作的决定》中明确指出,按照"高于地方、略低于军队"的原则确定民警的工资福利待遇。但由于各地经济发展水平的差异,在实际落实上,许多地方仍然是按照普通公务员的工资制度来计算警察的工资待遇。不仅如此,由于公务员工资相对固定,警察的工资也相对固定。工资的提高一般都需要职务和职级的晋升,而警察的晋升通道又十分狭窄,很多基层民警从加入警察队伍一直到退休,职务和职级都基本保持不变。反观域外经验,绝大多数国家和地区对警察的福利待遇都给予了特别重视,其警察的收入整体处于社会中上等的水平,相关的福利项目全面细致,基本能够涵盖警察生活的各方面,能够得到有效执行。并且域外国家和地区的警察职务和职级对于警察的工资影响较小,警察即使在整个职业生涯,职务和职级得不到明显提升,其工资待遇也会有稳步的提升。我国当前警察职业保障制度中,职业发展空间的有限和稳定的工资制度两个问题相互交织,非常不利于调动警察工作积极性,从而进一步对警察队伍的稳定性和战斗力产生了影响。

最后,对警察职业的精神保障难以落实。长期以来,谈到警察的职业保障问题,大多数人都认为职业保障就是工资待遇的问题,警察工资待遇低,所以职业保障不够完善。必须要指出的是,工资待遇只是职业保障中物质保障的一方面,除了物质保障,精神保障同样不可忽视。由于警察高负荷、高对抗、高应激性的职业特点,大量的基层民警长期接触违法犯罪等社会阴暗面,其心理面临着严峻的考验。对此,公安部曾在2006年专门制定了《公安部关于进一步加强思想政治工作落实从优待警的若干意见》,提出了建立心理健康服务机制的基本方向,即:"以大中城市为重点,逐步在县级以上公安机关建立民警心理疾病预防与干预机制,凡民警在开枪毙伤人员、执行重大任务、目睹战友伤亡、遭遇重大变故时,应当在规定时间内安排其接受必要的心理辅导、矫治,及时缓解心理压力,防止产生心理疾病。"但是,在当前警察物质保障不够完善的现状下,这一规定在实施上存在诸多障碍。

在分析了我国警察职业保障制度所存在的问题后,接下来就是如何完善警察职业保障制度。2013年党的十八届三中全会做出了全面深化改革的重大决定,下决心解决阻碍国家经济政治进一步发展的若干问题。在这次深化改革的浪潮下,中共中央于 2015 年出台了《关于全面深化公安改革若干重大问题的框架意见》,该意见明确提出建立有别于其他公务员的人民警察管理制度和保障机制。其中关于人民警察分类管理制度,要求按照职位类别和职务序列实行分类管理,合理确定警官、警员、警务技术职务层次,科学设置职务职数比例,同步实行职务与职级并行制度。对于完善人民警察职业保障制度,意见特别强调要贯彻落实人民警察生活待遇"高于地方、略低于军队"的原则,建立符合职业特点的工资待遇保障体系,完善津补贴等相关政策,向基层一线、艰苦危险等重点岗位倾斜,建立健全人身意外伤害保险等职业风险保障制度等。不仅如此,针对此前有关警察职业保障措施难以落实的问题,公安部特别强调要狠抓落实,通过全面动员和广泛的督导检查以确保人民警察分类管理制度和职业保障制度取得实效。

三、评价

小说《寻枪记》所描写的马本山寻枪的故事发生于 90 年代中后期,在这一时期内,全国警察因公伤亡数字保持高位、警察权益频频受到侵害,作品的创作可以说是对当时民警工作现状的真实反映。学界在那时也开始陆续提出了警察权益保障、警务保障等概念,在此后的研究中也在不断探索如何更好地保障警察的各项权益,从而更加充分地调动人民警察的积极性,更好地发挥人民警察在治安行政和刑事司法方面的作用,维护社会稳定,为法治建设提供保障。从这一角度来看,我们可以来分析作品在法治建设过程中的重要意义。

首先,就作品所反映的法治思想的推进而言,《寻枪记》关注到完善的警察职业保障是警察依法履行其职务要求的基础和前提。《人民警察法》要求警察履行维护国家安全,维护社会治安秩序,保护公民的人身安全、人身自由和合法财产,保护公共财产,预防、制止和惩治违法犯罪活动的职责。而维持社会秩序、保护公民合法权利正是法治建设所要求的目标之一,警察的职业保障实质上也是法治建设的保障。关注警察的职业保障在反映法治思想的推进上还表现在,关注警察的职业保障一定程度上反映了严格执法和公正司法的要求。在我国,公安机关既是行政机关,同时还承担着司法机关的部分职能。加强警察的职业保障能够使警察在履行行政职能和司法职能上更加符合法治的要求。

其次，作品对于当前法治中国建设的启示而言，笔者认为主要有以下几点：第一，在法治中国的建设过程中，警察承担着打击犯罪、维护治安的重要职能，完善警察职业保障制度是公安改革的重要内容，也是全面深化改革的重要组成部分。完善警察制度职业保障是全面深化改革的必然要求，对于完善和发展中国特色社会主义制度、推进国家治理体系和治理能力现代化具有重要作用。第二，完善警察职业保障制度是全面推进依法治国的重要步骤和关键环节。这主要表现在公安机关在承担司法职能上，人民警察在打击刑事犯罪上处于一线位置，绝大多数案件的侦查过程由人民警察负责。人民警察能否依法侦查、严格按照刑事诉讼程序办案是评价国家法治建设的重要指标。加强人民警察的职业保障能够提高人民警察的办案质量，促进人民警察依法依程序办案。第三，法治建设的根本出发点在于保障人民利益。人民警察是警察，也是人民，完善人民警察职业保障既是为了保障警察的权益，同时也是为了保障人民的权益。这就要求我们在推进法治的过程中，既要考虑到警察在维护人民群众权益上的作用，同时要意识到人民警察在抛开警察这一职业身份之后和普通人民群众没有区别，同样需要国家作为义务机关对于其合法权益给予保障。

当然，由于时代条件的限制，小说《寻枪记》不可避免地具有一定的局限性。主要表现在，第一，作品中马本山在寻枪过程中虽然发现了妹夫梁青天和周长江、田肖人共同制造假烟这一事实，但故意包庇妹夫梁青天，帮助其逃脱法律制裁。虽然这一行为符合一般情理，但从法律上来看，却是严重渎职的表现，有损警察公正办案的形象，与法治政府的要求不符。第二，作品最后描写的马本山利用职权威胁周长江花钱购买何树强的修理铺，将所得钱财弥补局里民警被收回奖金的损失。这种行为是"劫富济贫"的表现，与法治所要求维护交易秩序、保护私有财产的精神不符。

第十一篇　基层民众上访的困境
——基于小说《我不是潘金莲》的讨论

一、作品梗概

《我不是潘金莲》是当代著名作家刘震云获茅盾文学奖奖后的第一部长篇小说，也是他第一部以女性为主角的小说。直逼现实，书写民苦，使这部小说成为《一句顶一万句》的姊妹篇。

小说共分为三章，第一章与第二章都是序言，共计十七余万字，但作为正文的第三章却只有一万多字，可谓是史上最短的正文。

第一章讲述了 20 世纪 90 年代，农村妇女李雪莲为躲避计划生育生二胎，和丈夫秦玉河商定"假离婚"，以便在法律形式上获得更多的个人利益。然而两人假离婚却变成了真离婚，秦玉河很快另有新欢并办理了结婚登记，李雪莲觉得被欺骗了，认为"事情不是这个事情，理也不是这个理"，决定去法院状告秦玉河。诉讼之前，李雪莲曾拿着腊肉和香油找到法官王公道的家中，并强行捏造了"亲戚"关系，请求王公道认定两人"离婚"是假的，但王公道告诉她，不管当时假不假，有了离婚证就是真的。后来闹上法庭，经审理王公道认为，离婚证是真的，其他证人证言对此也予以证实，故判决李雪莲和秦玉河是真离婚。

李雪莲越想越生气，先后找了法院专委董宪法和院长荀正义，也都无果。百思不得其解的李雪莲，选择了"上访"。她举着写着"冤"字的招牌，去拦县长史为民的车告状，并且一下子告了法官王公道、法院院长荀正义、法院专委董宪法及丈夫秦玉河和她自己。县长听后觉得事实复杂，不是马上能处理完的，便借口溜走了。李雪莲十分气愤，决定去市里告状。碰巧省长要来市里检查精神文明建设，市长蔡富邦怕有碍市容，便指示下级"赶紧把她弄走，有什么事，一个礼拜后再说"。结果市长这句没有任何感情色彩的指示，经过一层层传达到派出所,变成"市长发了脾气,把她关起来"。被派出所关了多日,终于回到家后的李雪莲,越想越生气:我打官司是为了告别人,最后却把自己给关进去了。

最后她决定找到秦玉河当面把话说清楚,只要他承认当时离婚是假离婚就不告状了。结果这一问不打紧,秦玉河不但没承认两人是假离婚,还说她结婚时不是处女,就是个当代潘金莲。李雪莲很是生气,觉得自己受到了侮辱。

走投无路的李雪莲决定在人代会开幕期间去北京上访,希望通过离婚是假的这件事来证明自己不是潘金莲。李雪莲通过各种路径最终误入正在召开人大会议的人民大会堂,并让自己的事给某位领导人知晓了,领导人含沙射影地对该省的储清廉省长进行了严肃批评,储省长觉得这批人是在给全省抹黑,就处理了所有与此事件相关的官员,包括市长和法院院长。但官员虽然处理了,李雪莲的案子却一直没有得到满意的解决。

第二章中讲述了二十年后,每年坚持不懈上访的李雪莲让省里各级领导大为头疼,使尽一切办法想要拦住李雪莲,在又一年人大召开之际,李雪莲本因为家里养的"信她的话"的牛死了,决定今年不去告状了。可县长、院长王公道都不相信这个决定,非要逼李雪莲签个保证书,李雪莲非常生气,认为签了保证书就说明自己十几年来的上访是错的。不被信任的李雪莲很生气,一怒之下决定继续去北京上访。正在这时,李雪莲的发小赵大头和法院庭长贾聪明勾结,决定让赵大头用感情骗李雪莲,事成之后李雪莲偷听到了赵大头打电话,知道了这是一个阴谋。一气之下,她再次前往北京上访。知道李雪莲上访的事情后,市里县里动员所有力量堵截李雪莲,最终抓到了她,并告诉她秦玉河已经死了,再上访已无任何意义。听到事实后,失去生活动力的李雪莲一心求死,却在准备自杀的时候被桃园主人劝说不要在他家的桃园树上自杀,去你自己仇人家的树上自杀,闻言李雪莲扑哧一笑,放弃了自杀的念头。

第三章正文中,因李雪莲告状而下马的县长史为民,开了餐馆卖肉。他从北京回家,买不到火车票,想到了绝妙的好主意——自称要上访,被两位警察押解回乡,终于赶上了打麻将。

小说中李雪莲二十年的上访经历折射出了我国上访制度存在的不少问题,对我国今后的法治建设提供了很多可供借鉴的经验和教训。

二、作品中的法律问题

(一) 公权力与私权利的平衡

小说《我不是潘金莲》中的李雪莲和国家机关工作人员分别代表着私权利与公权力,小说情节的开展也主要就是围绕着这两种权利的对抗、协调而展开。李雪莲为了证明与前夫之前的离婚是假的,更要证明自己不是潘金莲,走上告状路,她的告状目的是维护自己的私权利。而法院庭长、院长、县长、市长等官员,在面对李雪莲的上访的时候,无论他们如何看待这个上访,认同与否,采取何种措施,其出发点都是要保障自己所代表的公权力的权威。

在各国历史发展中,公权力与私权利的关系都是一个不易协调处理的问题,国家本身就如一个生命体,其独特性地位和强制性功能使内隐着一种与生俱来的内在冲动,极易造成公权力扩张。因此,现代国家的建构是一个漫长而必需的过程。与欧洲国家不同,后发国家现代转型乃国家主导,这一独特性地位使其更易将权力的能量发挥到极致。在社会冲突中,公权力与私权利关系处理不当造成的冲突占很大比重,经济发展越艰难,这类冲突越易发生。因此,公权力与私权利的关系是个既复杂又亟待清晰界定的问题,这不仅关系到社会冲突的治理,更关系到现代转型本身能否完成。因此,要想实现社会冲突的有效治理,需要公权力系统对公权力与私权利及其关系有理性认识[1]。

公权力因其自身存在的一些弊端导致公权力与私权利失衡,我们都知道公权力从权力角度来说本身就具有一定的诱惑性,这就不断激发人对权力的追求。虽然人民才是权力的实际拥有者,但是由于种种因素,权力不可能由人民直接行使,只能找一个代议机关代为行使,然而,在当权者掌握大权时,人民就从权力的主体变成服从权力的客体。同时公权力最终需要由人来实施运行,这就在一定程度上违背了公共性本应当是公权力的本质,把公权力的实行落实到个体的人。由于人的德行不够以及其他原因,就有可能导致权力的运行偏离其公共性的本质为私人所滥用,而发生公权力的变异[2]。《我不是潘金莲》中虽然每个官员并非完全的恶,他们很多时候拒绝李雪莲的上访也不过是无意之举,在被撤职的时候也都不知事情缘何而起。但他们却都在面对李雪

---

[1] 廖梦园:《社会冲突治理中公权力与私权利平衡研究》,南昌大学博士学位论文,2016年。
[2] 陈秀平、陈继雄:《法治视角下公权力与私权利的平衡》,载《法律》2013年第10期。

莲的时候,更多的从自己的角度去看事情。而王公道、郑重、马文彬更是怕李雪莲的上访影响自己的仕途生涯,才千方百计地阻挠。在这种公权力与私权利的冲突之中,私权利的牺牲是毫不意外的。

公权力、私权利与法治紧密联系,现代法治的核心是限制公权力、保障私权利。当前,中国特色社会主义法律体系已经形成,各个领域基本能够做到有法可依。从某种程度上说,我们真正缺乏的是守法精神和对法律的敬畏心理。美国著名法学家伯尔曼曾说过:"法律必须被信仰,否则形同虚设。"①没有对法律的敬畏,就没有对法律的信仰,也就不可能存在对法律的有效遵行,最终就没有真正意义上的法治。尽管我国政府自20世纪80年代以来进行了比较广泛的法律普及教育,但普法效果并不理想,大多流于形式。目前社会公众包括公务人员的法律意识仍然比较淡薄。具体表现在一些公民权利意识很强,规则意识很弱;一些公务员权力意识很强,责任意识很弱;上级政府法律意识强,下级政府法律意识弱。公众较少通过合法、正当渠道解决争议,一旦遇到公权力的侵害,普遍热衷于上访或寻求媒体的帮助,两种途径背后显现的都是公民只相信权力的威力,具有浓厚的清官情结,法律缺少应有的权威,公权行使和私权行为都必然游离在法律的边界之外②。

(二)上访治理规则的缺失

小说主人公李雪莲后半生都在为了上访和不同的人斗智斗勇,但除了误打误撞到全国人民代表大会上以外,她的每一次上访都以失败告终,究其原因,这也是因为我国在上访治理规则上存在着严重缺失。

许多研究显示,以利诱的方式让访民放弃上访已成为地方政府的普遍做法③,形式也多种多样。"花钱买稳定"首先是通过金钱收买的方式让访民罢诉息访,即花钱摆平。有些访民上访的目的便是寻求经济利益,在这种情况下,基层政府即便无法通过法定程序和正常渠道为其提供补偿,也会私下通过其他名目把钱支付给上访者,使其不再上访。正如《我不是潘金莲》中,法院院长与农妇李雪莲盘亲带故,甚至称呼她为大表姐,送她十七八只猪腿,市长马文

---

① [美]伯尔曼:《法律与宗教》,梁治平译,生活·读书·新知三联书店1991年版,第15页。
② 万高隆:《法治视角下公权力与私权利的冲突与平衡》,载《中欧政府管理高层论坛论文集》2014年。
③ 田先红:《治理基层中国:桥镇信访博弈的叙事1995—2009》,社会科学文献出版社2012年版。

彬亲自前去地方镇里的羊肉汤店,与李雪莲话家常,都只不过是为了摆平李雪莲,防止她跑去北京上访。

这种"摆平"的做法看似是关心群众疾苦、政府为求偿无门的群众买单,但实践中无原则的妥协和退让,既不符合国家的法律规定,也破坏了政策的严肃性和程序的规范性,是压力体制下的一种无奈之举。在这些事件中,政府一改以往的强势形象,在与上访者"谈判"的博弈过程中处于被动地位,甚至答应上访者提出的不合理要求,这种上访类型被称为"要挟型上访"①。由于政府本身不是生产部门,维稳衍生的巨额经费使各级政府不堪重负,以致陷入"以钱了难,越了越难"的困境。但是很多访民上访不是为了得到经济补偿,而是出于"不蒸(争)馒头争口气"的心理,即要"讨个说法"。应星曾提出"以气抗争"的概念来解释这类上访者的行为模式②,"气"是行动再生产的推动力量③。这些访民有毅力和精神支撑,甚至面对打击、报复也不畏惧,他们一般能够进入省级或者国家信访局登记,给地方的信访量带来直接影响。

面对这类上访者,通过金钱收买的方式已基本不可能,地方政府便将利诱的对象转为信访机关,花钱收买国家信访工作人员,让其拒绝登记本地访民或将已经登记在案的记录抹掉,即"销号"。在维稳的压力下,信访指标与地方政绩挂钩。地方政府为保住自身清白,避免触碰一票否决的高压线,只好设法通过信访寻租来销号。各地方与上级信访部门搞好关系,信访部门遇到上访问题不登记、不上报,并在第一时间通知当地干部,从地方获得好处。"销号"不仅使国家错过了在体制内解决问题的机会,更是贿赂国家机关工作人员的犯罪行为,其消极影响远远超过一般的机关腐败④。《我不是潘金莲》中地方政府为了阻止一个上访的普通妇女,出动了法院、公安机关几十人,在北京进行十几天的巡查,这样的人力物力投入是极其不合理的,是对机关资源的极大浪费。

上访治理规则的完善是我国法治建设的一个重要环节。上访的实质是个人私权利对公共权力的监督和制约。"权力导致腐败,绝对权力导致

---

① 饶静、叶敬忠、谭思:《"要挟型上访"——底层政治逻辑下的农民上访分析框架》,载《中国农村观察》2011年第3期。
② 应星:《"气"与中国乡村集体行动的再生产》,载《开放时代》2007年第6期。
③ 应星:《"气场"与群体性事件的发生机制》,载《社会学研究》2009年第6期。
④ 于建嵘:《机会治理:信访制度运行的困境及其根源》,载《学术交流》2015年第10期。

绝对腐败。"①公民遇到公权力不公对待时,通过行使信访权启动更高级别权力对低级别权力的监督和纠偏,从而达到保护私权利的效果,它是公民监督行政权和司法权的有效手段。

学界对于上访制度的完善建议主要是以下几个方面:首先要加强社会教育,提高法治信仰;其次要加强政府监督,改善政府决策;再次要完善信访工作机制,提高工作效率,最后提高违法成本,加大处罚力度②。我国的信访制度在目前状况下虽不完善,但在化解社会矛盾、维护公民权益、保障公民监督权等方面起着极大的作用。因此,在短时间内,信访制度不应被取消也不应被强化,而是通过其自身的改革将其纳入法治化的轨道,继续为我党密切联系群众服务,为维护公民的诉求和利益服务。

三、评价

(一) 作品在当时的法治价值

刘震云的作品中,对于权利的关注贯穿始终,在《我不是潘金莲》中,对于官员阶层的描写广度和深度都有所突破。通过对于众多官员的刻画,我们感受到了作者对于官员阶层的讽刺,这种讽刺不是简单的一概否定,更是用一种包含了作者复杂感情的讽刺。刘震云在刻画权力阶层的深度上进行了突破,小说中的官员都被纳入巨大的体系之中,为自己的切身利益而挣扎。在序言中提到:那一年结尾处,省长储清廉由于在人民代表大会期间听到了领导人对于李雪莲事件发出的议论,考虑到自己正处在升迁的关键时候,听说要调到另一个省去当省委书记,为了挽回中央领导层对他的看法,深思熟虑后做出了向省委建议,把李雪莲事件牵扯到的官员都撤职的决定。大到省长、小到县法院民事一庭的审判员,遇到事情时都会把自己的利益往前面放,这是必然的做法③。

这是中国特有的政治文化体制的悲哀,刘震云笔下的官员只不过是其中小小的缩影,新时期政治生态环境变迁所呈现的特征,决定了党的权力运行体系一方面主要面临着不成熟、不完善的新体制因素所带来的劣变生态

---

① [英]阿克顿:《自由与权力——阿克顿勋爵论说文集》,侯健、范亚峰译,商务印书馆2001年版,第1页。
② 周媛媛:《信访制度的路径依赖及完善建议》,载《经贸实践》2018年第10期。
③ 沈昕苒:《荒诞讽刺幽默——浅析刘震云〈我不是潘金莲〉》,载《影视传媒》2014年第7期。

因子的侵袭，同样也还面临着旧体制残余因素的滋扰。针对这种状况，2002年以来的新时期，党中央致力于通过政治生态环境的不断完善化变革，以铲除劣变生态因子滋生的土壤，另外继续调构党的反腐败政治体系。这种新反腐败政治体系，既是对原来所构建的反腐败政治体系成果的继承，更是对它的"深度化"发展，而深度化则集中表现为以下的几个方面：一是对原有政治体系中一些停留在观念性层面的环节、部分，将它落实到实践性层面；二是对原有政治体系中一些不完善、不成熟的环节、部分，给予完善系统化；三是对原有政治体系中缺失或者不适应新形势发展的环节、部分，给予创新、补充或剔除[①]。

在行政管理体制改革层面，围绕建设服务型政府的目标进行了深入式推进。为了服务和服从于社会主义市场经济体制健全、完善的需要，2002年以来，党中央适时地对政府职能进行了新定位。如在2003年10月十六届三中全会所通过的《中共中央关于完善社会主义市场经济体制若干问题的决定》中，明确要"把政府经济管理职能转到主要为市场主体服务和创造良好发展环境上来"。这就说明了服务型政府的转变是时代发展的需要。

自2004年《行政许可法》正式实施以来，行政审批改革进入"深水区"，行政服务大厅、一门式、一表制、联合会审制、全程代办制等模式相继在全国各地出现，在增强行政审批规范有效性同时，也扩大了行政审批的透明度，一定程度减少了行政腐败现象和行为的滋生。而后者主要体现为开展了强县扩权、省直管县的探索，旨在减少行政层级、提高行政效率。从反腐败视域看，政府职能目标即服务型政府的新定位，本身表明了党对行政权力人民性宗旨认识的清醒性，相应地改革中的措施和实践中所取得的一些成果，除了推进了新阶段党的权力特别是行政权力的有效有序性运行之外，也体现了党对行政权力人民性宗旨实践的自为性。《我不是潘金莲》中，虽然各个官员一直强调要"做人民的公仆""信任人民"，等等，但是实际上正是因此他们总是最先考虑自己的私利，才在二十年的时间内不能成功解决李雪莲事件中存在的矛盾。"为人民服务"不能只是口头说说而已，更要切实地落实到实际中去，让人民群众真正得到方便，权利得到保护。

[①] 朱庆跃：《中国共产党反腐败政治体系构建的历史实践研究——基于政治生态环境变迁的分析》，上海社会科学院博士学位论文，2012年。

(二) 从当代法治中国的建设看作品的价值

首先,我国建设法治社会中一个主要的矛盾是我国建设法治社会进程的加快与基层村民法律意识淡薄的矛盾。群众法律意识的提高的核心在于权利意识的提高,公民无法了解自己拥有哪些权利,也就无法知道应当维护自己的什么利益以及如何维护,建设社会主义法治社会也就无从谈起。我国是一个一直在曲折坎坷道路上行走的国家,从唐宋时期的繁荣史,到晚清的衰落史、近代的屈辱史,再到新中国成立后的探索史,无一不体现出了我国发展的曲折与坎坷。我国没有经历完整的资本主义社会阶段,而是直接从半殖民地半封建社会进入了社会主义社会,这就意味着我国社会的发展必将经历特殊的阶段、必将产生特殊的情况,需要特殊的方法去解决。封建专制的法律思想经过长时期的发展已经深入人心,同时又没有注重"公民权利"的法律传统,导致了我国建设社会主义法治社会的道路上必将面临并且解决群众法律意识淡薄的重要问题。农村的社会主义法治建设则是我国法治建设的重中之重,没有农村的法治化就没有整个中国的法治化,而农村的法治建设的关键就在于村民的法治意识的深入①。

村民的法律意识与农村法律文化是相辅相成的关系,村民的法律意识的提高有利于农村法律文化的现代化。虽然村民的法律意识状况经过多年的法律宣传和教育已经有了很大的提高,但仍存在着较多的模糊不清之处,与我国的社会经济发展的要求、特别是农村法律文化现代化还有着一定的距离②。《我不是潘金莲》中的李雪莲就不是一个具有法律意识的村民,她最开始与秦玉河假离婚是为了规避计划生育政策,本身就是一个逃避法律规定的行为,后面一系列的上访行为起因也不过是法院没能"依法"判处离婚是"假离婚",但实际上本就是"真离婚",其中对她违背正义的不过就是秦玉河一个人罢了。

提高村民法律意识对健全农村法制建设,构建社会主义和谐新农村有着重要作用,对实现党的"十八大"明确提出的"全面推进依法治国,推进科学立法、严格执法、公正司法、全民守法,坚持法律面前人人平等,保证有法必依、执法必严、违法必究"的目标具有重大意义③。

---

① 周林:《法社会学角度下的村民上访制度研究》,载《中外企业界》2013年第1期。
② 游训龙、吴仙桂:《关于村民的法律意识与法律文化的思考》,载《法学》2008年第1期。
③ 朱凤荣、刘敏洁、谷丽丽、冯朝明、李同乐:《关于村民法律意识的现状及对策分析》,载《学周刊》2013年第34期。

其次，要加强对私权利的保护。其一，应该明确规定公民权利的法律救济制度。西方人权的基本理念主张"无救济则无权利"。在公民私权利受到侵害时，国家应当提供完善的法律救济制度来保护私权利免受无端侵害。救济途径的不足会激化社会矛盾，造成公权力与私权利之间的纠纷难以解决。因此，我国应该进一步完善行政诉讼制度和行政复议制度以及国家赔偿法等相关的法律救济制度来实现对公民私权利的保护。其二，应该增强对公民权利意识的培养。在现实生活中，由于公权力和私权利两者之间存在着此消彼长的关系，公民权利意识的淡薄会助长公权力的不断扩张，因此增强公民的权利意识便成了加强私权利保护的重要前提。具有权利意识的公民不会容忍任何的权力滥用现象，因为这会影响到自身权利的实现，具有权利意识的公民才会自觉地去监督行政部门的权力实施情况以维护自身的合法权益。同时，应该加强对公民权利救济的宣传教育工作，使公民明确其所享有的救济途径，更好地保障公民的私权利。只有提高了公民的权利意识才能对各个行政机关施以无形的压力，发挥限制公权力的作用。其三，应该完善相关的监督体制。实践证明，群众监督和舆论监督都是十分有效的监督手段。公民的权利意识提升之后，群众监督必然能够实现质的飞跃。公民对公权力的监督有两种情况，一是对行政机关违法行为的揭发、检举，二是在公民自身受到公权力的侵害时，通过诉讼或复议的方式对公权力进行监督。而舆论监督则是新闻媒体或者互联网等参与监督的形式。在西方国家里，新闻媒体权是与立法权、行政权、司法权并列的第四种权力，虽然舆论监督不存在强制力，但却发挥着不容小觑的作用[①]。

(三) 作品所存在的不足

习近平同志在党的十八届四中全会第二次全体会议上的讲话中指出："法治和人治问题是人类政治文明史上的一个基本问题，也是各国在实现现代化过程中必须面对和解决的一个重大问题。纵观世界近现代史，凡是顺利实现现代化的国家，没有一个不是较好解决了法治和人治问题的。相反，一些国家虽然一度实现快速发展，但并没有顺利迈进现代化的门槛，而是陷入这样或那样的'陷阱'，出现经济社会发展停滞甚至倒退的局面。后一种情况很大程度

[①] 陈秀平、陈继雄：《法治视角下公权力与私权利的平衡》，载《法律》2013年第10期。

上与法治不彰有关。"这一深刻精辟的阐述非但高度总结了中外历史的基本经验,也深沉地表达了我国未来发展必然追求、推进和践行法治的坚定信念。它表明,我国已经在长期争论不休的人治与法治两种治理模式之间做出了明确取舍。因为,坚定不移地走符合本国实际的法治道路,既是世界的发展大势,也是历史的经验总结,还是时代的现实呼唤,更是人民的殷切期盼①。

而《我不是潘金莲》中却忽略了人治与法治之间的关系。实际上,提出"以德治国"就是为了完善法治,它不是否定法治,而是克服单纯依靠法制的弊病。一个真正的法治社会必定是德治社会,一个德治落实好的社会,其法律也会得到较好的实施。真正的德治就是有法必依,而真正的法治则必须是惩恶扬善、扶正去邪。法立而不能守,则虽然大量立法,虽然有大量的法律工作者,同样也谈不上法治。江泽民提出将以德治国与以法治国结合起来,这为法治提供了方向。社会主义中国的法治不是一般的、抽象的法治,而是和道德、和中国现实和传统治国之道结合在一起的法治。"以法治国"否定的是以人代法,并不是"以德治国","以德治国"否定的是以术治国,而不是"以法治国"。以术治国就是将术、将"治法"作为治国的根本,这种"法治"根本解决不了中国的现实问题。法治是不容置疑的,在建设法治的过程中,一方面要反对以人、以言代法,另一方面又要反对以术治国、以治法为法治②,这就是人治与法治之争的启示,也是《我不是潘金莲》所忽视的一点。

---

① 韩春晖:《人治与法治的历史碰撞与时代抉择》,载《国家行政学院学报》2015年第3期。
② 张林海、殷勤:《人治与法治之争及其启示》,载《中州学刊》2003年第5期。

第十二篇 抓住"关键少数",全面推进依法治国

——基于小说《绝对权力》的讨论

一、作品梗概

《绝对权力》是周梅森在2000年左右创作的一部反映权力滥用及如何监督权力的政治小说。整部作品以镜州市市委书记齐全盛涉嫌贪腐到洗脱嫌疑、真正的贪官污吏浮出水面为主线进行叙述,反映了作者对领导干部这一"关键少数"拥有的权力进行监督的深刻思考。

镜州是地市级城市,市委书记齐全盛是个年富力强且不缺乏经验、手腕厚黑且不缺乏理想、紧跟时代潮流且不缺乏对官场的深刻认识、事业有成且不缺乏更进一步上进的人。他全身心地投入镜州市的改革开放事业,七年前,出于为百姓办实事、办大事的考虑,他向省委、省政府申请了"绝对权力",即不受监督、约束的行政权力。在获得"绝对权力"后,为了推动镜州市进一步改革,实现GDP的跨越发展,他使用作为市委书记的"绝对权力"赶走了因讲原则不按他意愿违规操作建新城的刘重天,重用投其所好的赵芬芳、白可树两位官员。刘重天在齐全盛任用干部时指出,齐全盛搞家天下,上任一个月后的一次讨论干部问题的市委常委会上一下子就任命了82名县处级干部,连组织部长的情况汇报都没听完就拍了板,在任命名单上签了字,过去的老朋友、老部下,包括林一达和白可树全被提起来了。

刘重天原任镜州市市长,后来调到省委当副秘书长,最后进常委当纪委书记。刘重天和齐全盛当年搭班子时对于如何规划建设新镜州产生过尖锐矛盾,造成了市委、市政府"一城两制"的局面。当年省委书记陈百川为了班子的团结,将刘重天调离镜州,让赵芬芳做了市长。然而刘重天在调离搬家途中遭遇车祸,夫人瘫痪,儿子死亡,刘重天就此背上了沉重的包袱。

赵芬芳知道齐全盛是一个有能力和有正义感的领导干部,但她更发现齐全盛有着强烈的挥之不去的"权力情结",非常陶醉于自己的"绝对权力"。因此她投其所好,一切按照齐全盛的要求来办。在齐全盛将其提任为市长兼市委副书记的"二把手"之后,赵芬芳更加受其影响进而产生"权力崇拜",她开始利用各种手段想方设法地去腐蚀齐全盛的妻女和齐全盛提拔的一批官员,得逞后又企图利用现任省纪委副书记刘重天和齐全盛的矛盾来查处齐全盛,自己收渔翁之利而上位市委书记宝座。金启明同赵芬芳达成肮脏交易时就表达了官员对于无制约的"绝对权力"的向往:"官当多大才叫大?我看应该是一把手。不当一把手,你不可能有自己的政治意志,不可能实现自己的政治抱负,也不可能领略权力巅峰的无限风光!在我们这个社会主义初级阶段的中国,一个地区的一把手意味着什么?意味着几乎不受什么制约的无上权力嘛!"她还对自称"中央领导人子女"的肖兵奴颜婢膝、顶礼膜拜、重金相送,这一切都是因为肖兵许诺可以凭借自己的身份地位让她当上市委书记。

而白可树为了创造政绩建设新镜州,违规挪用国家建港专用资金、职工房改基金和养老金共30亿元人民币。而齐全盛这个在镜州市拥有党内最高决策权与党内监督权两种互不兼容的权力的人,不仅不对白可树的违规行为进行严厉批评,反而通过各种手段,帮白可树补上了被挪用的资金。

七年后,齐全盛确实创造了镜州市改革开放的历史辉煌,实现了GDP的飞速发展。同时,绝对权力的副作用也开始浮现,以中纪委挂号、省纪委牵头查处的镜州市前所未有的腐败大案立案审查。一夜之间,市委常委林一达、白可树同时被省纪委双规,齐全盛的妻女高雅菊、齐小艳同时被省委审查。而查处此案的负责人恰恰是自己以前的老对手刘重天。因此,刘重天带着省委调查组查处镜州问题,镜州市上下都认为刘重天会报复齐全盛,而齐全盛本人也在思想上难以接受,认定自己会遭到陷害。不过,齐全盛也十分自信,他创造了经济辉煌,他赢得了百姓真诚的支持和爱戴,他堂堂正正,从未为妻女以权谋私过。

在调查取证的过程中,悬念迭起,危机四伏,甚至负责人刘重天本人也遭遇了举报,涉嫌受贿。在镜州问题查处期间,刘重天协助齐全盛主持镜州市全面工作,为办案扫清障碍。刘重天实事求是,并没有把关系党的生死存亡的反腐倡廉演变成一场个人争斗。对齐全盛调查的结果表明,齐全盛之女齐小艳享有的特权和齐全盛夫人高雅菊的经济问题与齐全盛本人没有任何关系,全是白可树、赵芬芳等部下背着齐全盛干的。在七年前另一场廉政风暴中下马的刘重天秘书祁宇宙竟然在监狱里大搞特权,电话打到了刘重天那里。刘重天盛怒之下要求省司法局严肃查处,激起了祁宇宙报复,举报说当年刘重天腐败,他是代过。举报信不但寄给了省委,还特意寄给了齐全盛。齐全盛面临着政治道德和人格良知的双重考验,是轰向刘重天,还是实事求是,在大是大非面前,齐全盛向省委讲明了真相。

随着案情的发展,齐全盛痛彻地感受到自己当年向省委要"绝对权力"造成的恶果,而省委在配备镜州市新的党政班子时也注意到不能使权力在一个人手里成为"绝对权力",用分权制衡的办法削减"绝对权力",用程序法定的方法动态防范权力的恣意性。

随着危机层层化解,悬念层层抖开,作品情节才走向了柳暗花明——腐败分子既非齐全盛,亦非刘重天,而正是镜州女市长赵芬芳。赵芬芳一开始就有个错误的判断,认为刘重天必致老对手齐全盛于死地,而齐全盛也必将竭尽全力进行反扑,咬得刘重天遍体鳞伤。于是,擅长政治投机的她使出了种种权力伎俩,甚至不惜与黑恶势力相勾结,以牺牲巨大的国有资产为代价,去实现她获取个人权力的目的。省委连夜开会决定,对女市长赵芬芳实行审查,任命廉政模范周善本为代理市长。警报传来,赵芬芳难以成眠。她安排好财产转移,办完自己所有私事后畏罪自杀。而即将出任代市长的廉政模范周善本也倒在驰往国际服装节会场的专车里,永远睡着了。

二、作品中的法律问题

(一)问题的揭示——对"关键少数"的监督

《绝对权力》在新世纪、新机遇、新发展的现实大背景中,正视政治文化变迁,直击社会转型中的腐败难题。通过对领导干部这一"关键少数"群体的人物塑造,展现了对领导干部这一"关键少数"进行监督的重要性。在作品所塑造的主要人物形象中,既有人性激荡、理性主导、自主张扬、充盈正义、正气的拥有权力者的共产党人的英雄形象,如一心为民、清正廉洁、真诚而又霸气的齐全盛,一身正气、不计较个人利害得失的刘重天,无怨无悔抱病工作的周善本等,他们努力地提升人性修养、党性修养,把持权力,不忘宗旨,不断地反省自身,把权力当作对人的终极关怀的责任来对待,他们的人性升华与完善契合了百姓求真务实的心理。也有以赵芬芳、白玉树为代表的这些玩弄权力、严重污染政治生态的领导干部,特别是通过赵芬芳展示了人性的贪婪和对权力的崇尚,总是用政治投机的狭隘思维,全力施展着进阶、升迁、谋官的权术,其道德倾向已滑至非人道的方向上,成为一个卑劣无耻、丧尽天良、蜕化变质的反面领导干部形象。作品由此批判了领导干部作为"关键少数"不受监督所带来的官商勾结的利益同盟、政治资源的山头主义、唯 GDP 马首是瞻以及因权力崇拜催生的政治乱象。

《绝对权力》通过对人物的超越来实现反腐主题的深化——治理腐败必须抓住对"关键少数"的监督。领导干部作为"关键少数"往往拥有比一般干部更大的"绝对权力",而一旦缺乏有效监督,"关键少数"所拥有的绝对权力必然导致绝对腐败,为了防止权力异化,必须加强监督和制衡,把权力牢牢地关在制度的笼子里。

(二)学术界的讨论

权力是社会科学尤其是政治、法律学科中最基本的概念之一。关于权力有不同的定义,德国学者马克斯·韦伯认为权力是把一个人的意志强加在其他人的行为之上的能力,美国社会学家塔尔科特·帕森斯则认为权力是一种保证集体组织系统中各单位履行有约束力的义务的普遍化能力。一般而言,统治权是法律核心,法律的主要功能在于实现权力统治,并巧妙地隐藏权力统治的事实。权力有广义和狭义之分,广义的权力分为社会权力和国家权力两大类。狭义的权力指国家权力,即统治阶级为了实现其阶级利益和建立一定的统治秩序而具有的一种组织性支配力。而权力如果不受约束和控制,得不到有效监督,任执掌权力者随意滥用,就是一种绝对权力,而这种绝对权力就是绝对腐败的直接诱因。

我国当前仍处于社会主义初级阶段,法治国家仍在建设过程之中,权大于法的现象还较为普遍。作为"关键少数"的领导干部掌握着巨大并且不受监督的绝对权力。拥有绝对权力的"关键少数"容易产生腐败行为,部分领导干部利用手中的绝对权力为自身及周围人谋取不正当利益,造成了政治生态的破坏,主要表现在,首先最容易发生用人腐败现象。"关键少数"处于一个地区、一个单位权力结构的核心位置,权力行使较为集中,无论是经济发展,还是干部选拔任用等方面,都拥有绝对权威,其他干部的不同意见很难被采纳。其次容易造成工作失误。"关键少数"在决策上说一不二,下级干部不管对错,必须无条件执行,这样独断专行最容易因"乾纲独断"产生决策失误。

作为"关键少数"的部分领导干部的这些行为,严重影响了党和政府的威信。而究其原因就在于对"关键少数"缺乏有效的监督和制约。从我国的政治和法律制度来看,长期以来对领导干部这一"关键少数"所进行的监督和制约确实不够全面。过去我国在对"关键少数"的监督上,往往通过廉政教育,要求领导干部自身要加强党性修养,强调领导干部的自我监督。但这种自我监督使得"关键少数"既是"运动员"又是"裁判员",领导干部在所管范围内将各项党政事务的最高领导权和同级纪检监察部门的监督权——这两种原本是相互制衡的权力集中在自己身上。这就容易造成上级不了解情况,监督如雾里看花,监督权时隐时现;同级缺乏权威,监督是缩手缩脚,监督权软弱无力;下级担心打击报复,监督是纸上谈兵,监督权名存实亡;群众信息不对称,监督是水中望月,监督权形同虚设。

习近平总书记曾说:"各级领导干部都要牢记,任何人都没有法律之外的绝对权力,任何人行使权力都必须为人民服务、对人民负责并自觉接受人民监督。所谓绝对权力,就是掌权者忘记了权力的本质属性,没有任何敬畏之心。"国家权力是人民赋予的,领导干部作为"关键少数",必须要坚持"权为民所用",自觉接受人民群众的监督,在法律和法治的轨道内行使权力,才能保持权力的本质属性,才能体现出共产党员的先进性,进而保证国家政权的稳定和长治久安。

在强调人民群众的监督之外,我国也开始重视进一步完善监督制度。2016年11月,中共中央办公厅印发了《关于在北京市、山西省、浙江省开展国家监察体制改革试点方案》,拉开了国家监察体制改革的序幕。国家监察体制改革目的在于整合当前反腐败的各种力量,推动反腐由"分散模式"向"统一高效权威模式"的转变。2018年3月,十三届全国人民代表大会第一次会议通过了《中华人民共和国监察法》,组建了国家监察委员会作为最高监察机关,为监督作为"关键少数"的领导干部以及所有行使公权力的人员提供了制度基础。应当说,在我国法治建设不断完善的背景下,"关键少数"手中的权力正在得到有效监督。

三、评价

(一)作品当时的价值

在西方,古罗马、迦太基、阿拉伯帝国、奥斯曼土耳其等帝国,无不因为权力腐败而最终衰亡,在中国,每个朝代的兴亡交替几乎都是一部权力逐渐腐败的历史。新中国成立后,出于对领袖的尊重和崇拜,党和国家的最高领导人几乎拥有了不受监督的绝对权力。这种不受监督的绝对权力基本上否定中国共产党在革命时期所坚持的集体智慧和民主集中制度,与我们遵奉的辩证唯物主义哲学及共产主义世界观背道而驰。改革开放后,我国也意识到对权力进行监督的重要性,开始尝试进行制度建设,但制度的建设远远跟不上经济的飞速发展,因此出现了许多领导干部滥用权力、堕落腐败的现象。

《绝对权力》以20世纪最后十年与新世纪第一个十年、我国计划经济体制向社会主义市场经济体制转变的历史时期为时代背景,描写了中国特色社会主义向新世纪推进的攻坚阶段的社会现实和一个层面上的政治家们的生活状态和精神状态。这个时期经济高速发展,社会不断进步,中华民族全面复兴的伟大进程正在实现,中国作为一个负责任大国屹立于世界民族之林的伟大时代正在到来。社会主要矛盾是人民群众日益增长的物质文化需求与落后的社会生产力之间的矛盾。改革和发展是这个阶段的主旋律。因为改革没有前人经验,发展没有参考模式,我们党的执政能力和执政水平这个伟大而艰难的时期经受严峻的挑战与考验,因此,反腐倡廉与党和国家的命运联系在一起,事关执政党成功与失败的大局。《绝对权力》用文学的审美形式试图探寻和解决种种矛盾和纠结,努力为社会发展提出可能的最佳出路,并且意识到加强领导干部的监督对于整个反腐败以及廉政建设的重要意义,这在当时是具有超前意义的。

(二) 作品对于当前法治中国建设的意义

习近平总书记在党的十八届四中全会的重要讲话中指出:"各级领导干部在推进依法治国方面肩负着重要职责。""必须抓住领导干部这个'关键少数'。"全面推进依法治国之所以强调"关键少数",其原因就在于"关键少数"作为党政主要负责人是推进法治建设的第一责任人,需要对法治建设的重要工作亲自部署、重点环节亲自协调、重要任务亲自督办。只有领导干部自觉运用法治思维和法治方式来深化改革、推动发展、化解矛盾、维护权益,才能切实地将尊崇法治落实到具体行动中。所以,加强对领导干部这一"关键少数"的监督尤为重要,而就《绝对权力》给我们带来的启示而言,至少有以下几点:

(1) 坚持教育为先,不断提高"关键少数"接受监督的思想自觉。实施对

"关键少数"的有效监督,首先要从根本上解决好"关键少数"的思想认识问题。在中国传统儒家文化中,人民普遍具有清官情节,呼唤类似包公、海瑞的清官,希望官员们都能"日三省吾身",从节制欲望出发,健全"礼制",惩治腐败。《绝对权力》将官员置身于尖锐的社会矛盾与激烈的观念冲突之中,而权力场上的"贿赂"更是无所不在、无孔不入。面临种种诱惑和严峻考验,是随波逐流,还是保持定力,就产生了人性升华与堕落两种效应,带来两种不同的结局。

(2)完善各项制度,发挥好对"关键少数"实施监督的制度效力。由"党管干部"的原则和各级党委分管干部任免的具体制度所决定,在干部选拔考核制度尚未完备的情况下,"关键少数"通常握有干部人事任免权。往往在干部提拔中,不仅仅取决于自身的德能勤绩,更取决于上级的推荐与评价,因此,不少官员在权力的追逐过程中唯上不唯实,将良知与道德抛在一边。

(3)抓住关键环节,解构"关键少数"绝对权力。权力在没有约束的情况下,其扩张性经常在时空两个维度上向外发散:在时间上,掌权者总是试图尽量长久地占有权力;在空间上,掌权者在"权力咒语"的驱使下不断攫取权力,越是有权力,就越拼命想取得更多的权力,而不受监督约束的权力因其无限的扩张性必然会产生腐败。

(4)强化权力制约,形成对"关键少数"的多角度多维度监督。孟德斯鸠认为:"一切有权力的人都容易滥用权力,这是万古不易的一条经验。有权力的人们使用权力一直到遇有界限的地方才休止。"[①]权力用益性是权力腐败的诱因,从经济学角度是权力寻租活动,是权力腐败的典型形态。

要想解决"关键少数"因拥有"绝对权力"造成的权力限制与监督难问题,就必须构建一个由党统一指挥、垂直领导、独立运行,覆盖更全面、权威更高效的纪检监察新机制,把"关键少数"的绝对权力关进"笼子"里。既要监督用人权,执行干部的票决制度和用人失察的追究制度,又要监督财务审批权,完善会计的核算制度和财政国库的集中支付制度,还要把党内监督同国家机关监督、民主监督、司法监督、群众监督、舆论监督贯通起来,增强监督合力。

---

① [法]孟德斯鸠:《论法的精神》,张雁深译,商务印书馆1959年版,第184页。

第十三篇　政府信息公开运行中的一个问题
——基于小说《新闻发言人》的讨论

一、作品梗概

《新闻发言人》作为一部优秀的公安文学作品,连载于期刊《啄木鸟》,获得2009年"金盾文学奖"。作品通过六段故事生动地刻画了市公安局新闻发言人的工作与生活。

（1）江州市公安局新闻发言人李涧峰刚从电视台出来,就被记者围住追问"3·13特大银行抢劫案",李涧峰一直为新闻的难以控制而头疼,公安局的一些案子越说保密越容易被媒体炒得火热。演员刘小梵被扎一案也被推向舆论的风口浪尖,经纪公司开发布会,骂公安办案不力,不过如果案子破得好,公安局也能在舆论的引导下受到赞扬。谁曾想发布会过程中,民警田昭昭因不满刘小梵的经纪人指责公安工作懈怠,打断会议甚至上台抢话筒,这一行为转眼间就登上报纸杂志的头版头条。李涧峰在忙于回应这些案件的过程中,副局长小陈特意打电话指示,单纯的李涧峰还未参透其中的关联。局党委召开的紧急会议上,老局长一针见血地指出,现在的公安局早已不再是封闭的,在老百姓面前是公开透明的,作为公安局的新闻发言人,不仅要和犯罪分子作斗争,还要和各路媒体斗智斗勇,接受媒体和人民的批评监督。

（2）深夜的一起交通事故,作为新闻发言人的李涧峰又被叫去现场。本以为是一起普通的交通肇事案件,凌晨回到家中却发现他的前妻王婉琴等在家中。前妻除了是一名律师也是当地大企业德海企业的法律顾问,前妻特意来叮嘱他,此次交通事故背后另有隐情。果然,第二天一早"公子哥马路撒野,人行道上撞死无辜妇人"的新闻就登上各大媒体头条,李涧峰拟好新闻稿准备召开新闻发布会,副局长小陈却将稿件中的"超速""酒驾"的字眼划掉,这让李涧峰更感到此事并不简单。新闻发布会结束后,交警支队的宣传科科长马小凡立刻赶来追问,为什么发布的内容与交通队的报告结果不一样。还有老同学田昭昭,肇事司机刚好关在他所在的看守所,田昭昭也透露了肇事司机说自己是被陷害的一事。种种疑问不免使李涧峰陷入思考,与此同时,市委市政府正在进行的打黑行动与这一案件必有着千丝万缕的联系,他深感自己成为公安局内部两派相互中伤的工具,自己也会伤痕累累。

由于自己未将全部信息上报,被追究责任后被要求立刻休假,李涧峰也终于能从这场斗争中暂时脱身。休假去往云南的火车上,他偶遇两个"小流氓",追踪的过程中自己身负重伤昏迷。醒来后竟形势大变,原来他抓住的两个"小流氓"就是当地黑社会团伙的骨干分子,公安局内部受贿的领导也被"双规",他也一夜之间变成与犯罪分子搏斗的英雄。后来,副局长小陈也升为局长,之前案件的种种隐情李涧峰也渐渐明白。

(3) 同学聚会上,李涧峰遇到了老同学、现在的公安局郊区分局局长谢虹,两人相互打趣地聊了几句。仍在停职期间的李涧峰在单位里轻松自在,难得准时下班的他刚出市公安局的院子,碰巧又遇到了谢虹,谢虹从一辆价值不菲的宝马车下来,但她也解释道,只是着急到市局汇报案子就借了朋友的车,两人相谈甚欢,结束时谢虹还开玩笑说"咱俩的缘分还在后面呢",这也为后面发生的事情埋下伏笔。

第二天一上班,网络上就布满了关于本市女贪官的爆料,帖子中爆出谢虹从豪车上下来的照片,李涧峰见过太多权力与金钱的真真假假,对于网上的流言一时也难以辨别。刚好老丁主任因为一起案子找到他,案子涉及一"官二代"被一大学生酒后失手捅死,但大学生自首后一直声称自己是正当防卫,具体过程由于无其他证据证明,需要请刑事痕迹专家进行模拟,因此希望请到李涧峰的父亲——一位已经因病退休的刑事痕迹专家的帮助。父亲虽癌症晚期,但依然对工作满腔热情,要求立刻来江州帮助做案件分析。

李涧峰再回到办公室时,网上关于谢虹的帖子已经越来越离奇,他立刻意识到这一事件的严重性。被叫到局长小陈的办公室后,纪委朱书记、科长小张、政治处老丁主任也都纷纷到来,局长要求立刻成立调查组调查此事,但对于网络来说,大家都隐隐有一种束手无策的无奈,这个所谓的虚拟世界似乎比现实世界更加危险。

一面是为包庇"官二代"公报私仇,一面是公安局女贪官,新闻发布会的召开迫在眉睫。简短的新闻发布会,只表明了公安局绝不姑息犯罪的坚定立场,这必不能使记者们满意,在记者的追问中,作为新闻发布人的李涧峰坚定地说:"这不是官话,而是一个政府机关负责任的话。……我们痛恨贪污腐败,痛恨徇私枉法……"新闻发布会后,舆论不仅没压下去,由于谢虹事件的公开,媒体开始堂而皇之地质问市公安局。各方调查后,证明谢虹的确是被他人陷害而卷入这场网络暴力的,但这些证据并不足以平复网民的质疑,不过"官二代"被杀一案因李涧峰父亲的专业指导而渐入佳境,通过技术模拟,已经有足够证据证明大学生的确是正当防卫,父亲也因过于操劳而倒下了。

(4)老同学田昭昭深夜酒驾撞人,一时乱了阵脚,急忙打电话给李涧峰希望能帮忙遮掩此事,但人人都知道这是一块烫手的山芋,李涧峰出于同情还是给现任交警支队长老葛拨通了电话。由于案件已经上报,李涧峰也无能为力,第二天这一事件还登上了《江州晚报》,看完报道的李涧峰心中五味杂陈,记者的报道当然是其职责所在,并且一定程度上也对政府进行了监督,但田昭昭的过失也的确值得同情,只是处理方式不当罢了。

春节一天天临近,治安支队组织了全市烟花爆竹大检查,李涧峰当晚随队宣传,一起到现场还有一些记者。当晚的检查扑了个空,什么都没查到。第二天一早,主编韩玲故意发文称"警方工作有待加强",这让李涧峰和公安局都措手不及。治安支队长大刘因此事质问李涧峰怎么就不能管管那些记者,抱怨公安工作越来越难做。刚好接到临时通知,是关于查处烟花爆竹行动召开局长办公会,会上李涧峰作为新闻发言人,一边要替媒体记者说好话,一边又体谅同事工作的不易,发言后自己都觉得好笑,他这个新闻发言人在如此复杂的关系里也左右为难。

这天,李涧峰要组织记者跟随巡警六队上街巡逻,六队队长张林接地气的样子让老百姓觉得格外亲切,巡逻也如往常一样在一个寒冷的雪夜中进行,张林这样普通民警的生活也越发真实地呈现出来。第二天一早,局长小陈的一通电话惊醒了宿醉后的李涧峰:"张林死了,今天上午发现的时候身子都凉了。"张林由于过度劳累离世,尽管国家早就三令五申不允许民警无限制地加班,但最近忙于查烟花爆竹,媒体、社会多少双眼睛盯着,根本没有休息的时间。作为新闻发言人的李涧峰感到无能为力,为了牺牲的张林,也为了整个公安局出生入死的兄弟们,他拨通了韩玲的电话,要求韩玲把张林的事迹作为下一期的主打文章,没想到韩玲在短暂思索后答应了此事。采访过后,韩玲道出了答应此次专访的原因:"宣传仅仅感人是不够的,还要为政治服务。"这也提醒着身为公安局新闻发言人的李涧峰。

这一章的最后情节设计也格外巧妙,之前六队清查过的那条巷子有家仓库失火,最先发现失火的人第一时间将仓库中的烟花爆竹全部运出才防止了严重后果的发生。消防队员赶来灭火后,在倒塌的房梁下发现一具男尸,正是这场火灾中的救火英雄——已被除名的民警田昭昭。

(5) 新建成的廉租房突然倒塌,三人死亡,这一事故一下子惊动了江州市这样的一个小城市,各方的关注、追问、指责纷至沓来,市政府联合各个部门召开了新闻发布会,宣传部部长在会上郑重承诺一定给人民一个交代。楼房倒塌的事故并未影响江州的政治大局,公安局局长小陈也顺利进入市常委会,还被推上事故善后小组组长的位置。事故调查毫无进展时,一通神秘电话打给了局长小陈和李涧峰,那人说自己掌握这起事故背后的证据,却迟迟不肯露面。局长小陈和李涧峰都是刑警出身,对于官场上的事也都是资历尚浅,明知房屋倒塌背后必定有贪污腐败,却也不知从何突破,这通神秘电话给了他们一丝希望。李涧峰遂先出面稳定上访群众,并承诺公安局一定会将此案调查得水落石出。几经周旋,电话那边的神秘人表明自己的身份,他竟是现财政局副局长邵春山,揭露的是江州市常委、副市长马来福。拿着沉甸甸的证据,李涧峰本想联系局长小陈或是大主编韩玲,抑或是前妻王婉琴,商量如何处理,偏偏此时谁都联系不上,最后他铁了心独自一人开着车去往省纪委。半年后,马来福被"双规",楼房倒塌事故也已妥当善后,李涧峰又想到那时所有人的失联,自己在其中仿佛是一个牺牲品,一个敢于站出来的新闻发言人。

(6) 离开新闻发言人的位置后,李涧峰主动报名援藏,两年后再次回到江州,一切都发生了翻天覆地的变化。他的未婚妻谢虹成为江州市公安局警务保障处的副处长,局长小陈也成为新任市委书记跟前的红人,而接替他做江州市公安局新闻发言人的正是曾经的内勤小赵。小赵告诉他,现在的媒体已不仅是之前的报纸期刊,微博、微信等一些"自媒体"平台才是焦点,新闻发言人的工作更难拿捏。最近,市公安局正在调查一个叫"天下走笔"的网络大V,他撰写了许多博人眼球的文章,尤其还散播本省一国企正在筹建的化工厂会导致环境污染的不实消息,致使所在地的老百姓大规模游行。李涧峰在浏览相关材料后,深觉此事背后另有蹊跷,恐与某些利益相关联,本以为自己可以不被卷入,但却接到电话说小赵自杀了,新闻发言人的位置空了,局长小陈马上想到了李涧峰。小赵的自杀更加说明此案必定有内幕,但出于内心对真相的渴求,他还是硬着头皮答应做这个临时的新闻发言人。多方调查后相关事实虽已查清,但这位"天下走笔"看来是被人利用的一颗棋子,要建造的化工厂的确有环境污染存在可并无实质证据,且所涉及的利益与庇护更加复杂。几日后,老朋友韩玲在重要内参上发表了一篇文章,影射了化工厂一案的诸多背后力量,引起中央的高度重视,化工厂才停止了建设。文章中的种种材料证据正是来自李涧峰、马小凡、韩玲,媒体的大量转载使得江州终于恢复了往日的平静。

二、作品中的法律问题

《新闻发言人》涉及的可以讨论的法律问题很丰富,但笔者认为突出的是在新的社会条件下如何加强政府信息公开的制度建设。政府信息公开是法治社会建设的重要内容。互联网环境改变了传统的信息传播方式,也打破了政府控制信息的话语权,因此2008年国务院颁布实施的《中华人民共和国政府信息公开条例》,标志着我国的政府信息公开进入了制度化时代。2016年2月17日,中共中央办公厅和国务院办公厅联合发布了《关于全面推进政务公开工作的意见》,提出了到2020年,政务公开内容覆盖权力运行全流程、政务服务全过程的目标,同时提出了要推动政务服务网上办理、推进政府数据开放、探索互联网+政务等方面充分利用互联网优势,积极探索公众参与的信息公开模式,以让群众看得到、听得懂、能监督,促进政府有效施政。2017年2月6日,中共中央全面深化改革领导小组审议通过的《关于推进公共信息资源开放的若干意见》强调"政府要推进公共信息资源开放,进一步强化信息资源深度整合,促进信息惠民,发挥数据大国、大市场优势,促进信息资源规模化创新应用,着力推进重点领域公共信息资源开放,释放经济价值和社会价值"。通过国家颁布的这一系列的文件规定我们可以很直观地感受到互联网环境的发展和变化对我国政府信息公开的制度也不断产生着影响,在未来政府信息公开的发展中也会更加注重对互联网平台的利用和建设。

但作品中就政府信息公开提出一个很重要的思想观点,即政府信息公开不应是政府信息单向度的输出,而应是双向度的。新闻发言人制度的出现,反映了这个特点。新闻发言人即由政府指定、对外发布政府的新闻和政务信息并就媒体和公众关心的相关问题进行答复的人员,他们所处的位置与工作对完善政府内部依法行政、行政公开等法治建设具有重要意义。新闻发言人的具体职责包括及时发布经济社会发展各项事业的进展情况及相关政策措施;

就社会关注的热点难点问题进行解答,发布权威信息;广泛开展与网民的沟通,听取民声、畅通民意、集中民智。通过经常性的发言活动,引导公众舆论;积极回应人民群众的咨询和诉求,疏导舆论情绪。作品中以形象化的艺术方式对新闻发言人的思考,与法学界学者的研究具有同步性。

在政府信息公开制度建设上学界有很多积极的思考。但与《新闻发言人》作品所思考的问题有内在联系比较密切的以下几个观点值得重视:

其一,对随着互联网的不断发展和普及,网络为政府信息公开提供了新的渠道和平台。在互联网环境下,政府信息的公开主体、公开对象、传播方式、信息内容和数量均呈现出了新的特点。其中主要表现为:

(1) 传统的政府信息的传播方式已经改变。通过浏览各地、各部门的信息公开年报不难发现,通过网站、政务微博、微信公众号、移动客户端等方式公开的信息数量早已远远地超过了传统媒体。互联网的发展已经明显地改变了政府信息的传播方式,通过互联网平台进行的信息公开已经成为我国政府信息公开最主要的方式。互联网打破了时间、空间的限制,其高速、高效的特点迅速成为我国广大民众获取政府信息最主要的渠道。

(2) 信息公开的主体和受众地位更加趋于平等。信息公开工作中传统的"官本位"思想因为互联网环境的出现而变得越来越少。政府利用网络渠道所进行的信息公开,其态度已经变得更加主动、公开、坦诚,特别是政府在利用微博、微信等新媒体的时候,更趋于与群众平等对话。不管是在面对重大突发事件还是常规舆情回应时,对群众平等和尊重不但能巩固自身的公信力,也使得政府部门和群众之间能有更多的交流互动。

(3) 政府和公众实现信息的交流互动。借助互联网平台,公民可以通过互联网方便快捷地获得政府信息、利用信息,表达自己的意见和提出自己的诉求。公众不仅可以通过访问政府门户网站获取信息,还能够通过微博、微信、论坛、留言板等方式与政府工作人员进行互动交流。而政府在公共政策制定和修改时也开始普遍地通过网络征求公众的意见和建议。互动交流成为政府信息公开在互联网时代的又一显著特征,不仅缩小了政府部门与公众之间的距离,更利于政府服务大众,也使政府信息公开向前又迈进了一步[1]。

---

[1] 孙放:《互联网环境下地方政府信息公开问题研究——以鹤壁市为例》,郑州大学硕士学位论文,2017年。

其二,就互联网环境下政府面临的挑战的思考。突出表现在以下一些方面:

(1) 受众群体的要求难以满足。互联网受众群体的数量庞大,大多数公众只对自己切身利益相关的和感兴趣的信息有需求,同时他们的文化教育程度、年龄、职业之间的差别也十分巨大,对政府公开信息的内容、渠道甚至措辞的需求都不尽相同,因此如何做到让多数受众群体都满意是一件非常不容易的事情。

(2) 应急管理能力需要加强。互联网环境下的信息传播与传统的信息传播方式最重要的优势就是速度快。通过光纤通信线路传播,几乎一瞬间一条信息就可以传遍全球。同时信息发布后可以随时查阅,时间和空间的范围得到了最大限度的延伸和扩展,同时搜索引擎等技术的存在也使得特定信息的获取更加方便、高效。互联网技术的飞速发展使得信息传播的方式更为快捷和灵活。而通过互联网一些突发事件所引起的猜测、谣言也会瞬间呈现爆炸性的传播,如果政府部门应急管理能力不强,对于突发事件、紧急事件无法及时权威发声,可能会引发严重的舆情危机,进而导致政府公信力的下滑。

(3) 政府部门的权威性受到挑战。在互联网环境下,人们可以随时随地自由地选择自己想要获取或者发布的信息,没有地域、国家甚至语言的桎梏。网络环境的多样和自由也带来了一些弊端,例如在虚拟的互联网环境下,许多时候信息的发布者并不是一个真实的身份,在虚拟的世界中一些消息的发布有可能是失真的,同时也会有人利用各种技术和手段来操控网络舆论走向。在这种情况下,政府部门的权威性就受到了挑战,因为人人都可以发声,如果政府无法及时传播正确的信息,导致一些无效、虚假的信息通过互联网的快速传播而深入人心,即使过后再努力进行辟谣、解释都无法挽回舆论已经被虚假信息操控的现实。

因此,随着互联网时代的到来,原有的以政府官方网站为主、其他多媒体少量运用的政府信息公开模式,已经很难适应网络环境的快速发展。人们对互联网的运用已不再仅仅停留在原始的信息传递、资料查询,而是通过不断地网络分享和创造,把分散的公众意见汇聚成一股强大的舆论压力。尤其是一些涉及公共利益和安全的事件,信息在网络上传播衍生的问题十分复杂,如果应对不及时,喷涌的公众意见会很快形成对政府公信力的冲击。互联网环境对政府信息公开方式在效率和质量上均提出了更高的要求。

其三,必须就互联网时代的政务公开建立有效机制。互联网时代的政务公开,要求政府充分利用互联网、移动互联网应用平台,提高公开的广度和深度。"广度"要求除法律规定应当保密的信息外,行政主体应当将行政法规、行政规章、行政规定和行政机关的组织、职权、管辖、办公地点、办公时间,以及行政主体实施行政行为的条件、标准、程序等向社会公开;对行政相对人要求行政主体提供其未公布的有关信息,除法律规定应当保密的外,行政主体也应当为其提供便利。"深度"是指行政机关一方面要加强与公众的沟通交流,提高对公众需求的反应速度;另一方面,要通过优化办事流程,便利公众对政务信息的获取①。

(1) 树立适应互联网环境的政府信息公开理念。在当前网络环境的不断变化下,公众的参政议政意识不断增强,这就要求政府信息公开主体必须转变观念,各级政府部门必须把信息公开当作必须履行的一项义务,应该尽最大的努力来满足公众对于政府信息的需求,用信息共享来保障公民的知情权。实现真正意义上政府信息公开必须是要从服务公众需求的角度出发,从保障公民的知情权出发,将管理的理念转变为服务公众的理念,真正做到服务于民。

(2) 完善适应互联网环境的政府信息公开制度体系。已经施行多年的《政府信息公开条例》对于满足社会公众知情权、促进依法行政起到了重要作用,但是近年来随着互联网技术的发展、我国逐步推行政府数据开放等背景下,其内容的滞后性也日益显现,国家应当通过立法进而完善政府信息公开法律体系。各地方政府也应尽快制定、细化符合本地区特点的信息公开实施细则,对所辖各部门、各层级的政府信息公开工作进行细化,明确各职能部门以及所辖各级政府机构的信息资源管理责任部门和主管领导,避免出现因为责任人不清或者部门间的协调不够等原因给信息公开工作造成的障碍。

(3) 全方位完善政府信息公开机制。地方政府信息公开是个动态的过程,其本身包括政府信息的形成、保存、整理,是否应公开的判断,公开形式、时间、机构的选择,不公开理由的确定、责任的追究,考核、社会评议等诸多方面,这就要求各级政府部门为使以上过程动态运转,必须建立和完善与其相关的配套运行机制②。一是完善信息主动发布机制,整合现有的信息公开制度,形成一套完善的可操作性强的信息主动发布机制,对地方政府信息公开的职责、

---

① 陈峰:《"互联网+"法治政府建设的机理分析》,载《黑龙江社会科学》2018年第4期。
② 赵守东、秦勇:《完善政府信息公开运行机制研究》,载《北方经贸》2014年第8期。

内容、程序、方式和时限做出明确的要求，做到政府信息依法主动公开。二是鼓励公众参与和强化互动机制，通过开设多元化的互动栏目吸引群众参与交流。三是建立完善舆情监测、收集、处理和回应机制，政府部门应借助随机抽样问卷调查、访谈、来信来访、网上留言、网络监控等方式主动收集公众、第三方机构对信息公开的需求情况，及时发现并关注重要舆情，针对舆情反映强烈的问题及时做出处理和回应，在回应舆情时要以事实说话，并要正确引导舆论，避免因为网络环境下的快速传播造成不可预见的后果。四是提高信息公开的数量和质量，一方面要把必须公开的信息全面公开，一方面要提高主动服务公众的能力，及时回应热点问题和突发事件，消除公众猜疑，让群众在案件中感受公平正义，维护政府自身的公信力和权威性。

而政府新闻发言人制度的建设，是政府信息公开的重要内容。在这个问题上学界已有不少讨论。有的学者认为这项制度可以有效应对网络舆情冲击下政府公信力面临的危机。尽管网络舆情本身具有"差异性"，但其也会（且往往会）形成某种基本趋于一致的态度、情绪、意见和意愿，从而影响、迫使或触发相关主体（尤其是政府）做出特定的行为或对其公信力造成影响。如果政府不予回应或回应不当，就可能导致舆情产生、蔓延和升级，导致公众对政府产生负面评价和不信任，损害政府公信力。因此，政府新闻发言人制度对政府公信力的维持、修复与提升具有重要意义。具体表现：一是政府通过网络新闻发言人及时满足公众知情诉求可以维持政府公信力；二是政府通过新闻发言人引导舆情可以修复政府公信力；三是政府新闻发言人制度所体现的政府透明、回应和负责任有助于提升政府公信力[1]。也有学者认为政府新闻发言人制度是公众知情权实现的重要机制，通过这个机制可以引入维护公众知情权理念、推动相关立法、完善信息整理机制和促进职业化建设等[2]。总体来说，政府信息公开制度的建设，不应是政府信息单向度的输出，应是双向度的，承担公务的政府对外界相关的评论、议论等，应积极做出回应，这是中国民主政治发展的要求，是法治建设的重要任务[3]。

---

[1] 李沫：《政府网络新闻发言人制度的法律建构——以网络舆情下政府公信力建设为视角》，载《求索》2018年第5期。
[2] 杨建国：《论公众知情权视角下的政府新闻发言人制度》，载《广东行政学院学报》2010年第1期。
[3] 李瑜青：《司法公开制度实践及其完善——基于南京"彭宇案"而展开的研究》，载《哈尔滨工业大学学报》2017年第1期。

三、评价

小说《新闻发言人》记录了政府信息公开工作发展的一个侧面,从新闻发言人职务的设立到信息公开工作流程的完善,再到随着互联网发展应运而生的网络新闻发言人,作者以自己真实的工作经历为基础,用文学的手法刻画了新闻发言人在政府信息公开的独特地位。2008年《政府信息公开条例》的颁布使政府信息公开更加制度化、规范化,新闻发言人作为政府信息公开的有力途径也在向着制度化、规范化的方向不断前进,可见当时政府与媒体之间的关系日益密切,人民对信息公开的要求也更为迫切。该部作品所讲述的正是一位公安局新闻发言人的日常工作,通过传统方式如报纸、杂志、新闻发布会等形式,及时准确地传达政府在各类事件中的立场,最大限度地保障公民知情权。

近年来,随着服务型政府的理念深入人心,新一轮政府改革中以建设服务型政府为新的目标,这既是推进我国市场经济和民主政治发展的客观需要,也是深化行政体制改革、转变政府职能的必然结果。网络媒体作为现阶段最重要的传播渠道之一,是公民参政议政最便捷的方式。政府建设好、完善好这个渠道,会对服务型政府的建设以及良好的政府形象塑造发挥重要作用。网络新闻发言人是我国电子政务发展的必然结果,从本质上看,电子政务体现了服务型政府的基本理念,为实现服务型政府的目标提供了有效途径。

因此,建立政府网络新闻发言人制度是符合构建和谐社会要求的,是和谐社会建设的一部分。社会主义和谐社会的目的是社会中各个部分之间和谐相处。建立政府网络新闻发言人制度为民众提供了参政议政的渠道和了解政府政务的途径,更好地改善了官民之间的关系,能够使官民之间和谐相处。民众可以通过网络直接与政府网络新闻发言人进行沟通交流,对政府的工作提出疑问,官民共同解决问题的方式缓解官民之间的关系,使民众更信任政府,也使政府的形象得到改善。有助于社会安定有序地发展,体现了民主政治和公平正义。可以说,作品以艺术化方式所提出的观点是中国法治建设应高度重视的问题,也体现了作品所具有的思想价值。

第十四篇　中国律师执业的困境与出路
——基于小说《麦仁磨快的刀子》的讨论

一、作品梗概

故事是从侯珂珂弑母而展开的,但真相不是这样,珂珂杀母,珂珂父亲侯勇自愿顶罪,这一谜底在作品结束时才真相大白。侯珂珂的父亲侯勇和母亲宋亚薇都是家产过亿的富翁,但由于对儿子疏于管教,致使才17岁的儿子玩女孩、吸毒,完全堕落。案发那天,他因毒瘾发作,与母亲争执,推倒母亲,母亲撞到墓地花岗岩上死亡。事情发生后,已经和宋亚薇离婚的侯勇指使儿子处理尸体,在看到真相即将暴露时,便假自首,想将杀人罪揽过来,好使唯一的儿子脱身,以延续侯家香火。这位一向以金钱开道的侯总认为,只要有钱就能使自己最多判死缓,一旦死缓,他就有办法减刑,直至释放。那时儿子保住了,家丑也不会外扬,他也能自由。侯勇选取的刑事辩护律师是自己的发小崔延,他对崔延有救命之恩,因此他请求崔延协助自己,先洗脱儿子的嫌疑,接着再用贿赂的手段将他从死刑扭转为无期或有期徒刑。但崔延是坚守职业道德的律师,他认为律师的工作应该以维护当事人合法权益、维护公平正义为出发点,在接受了侯勇的辩护要求后,他通过大量的调查,弄清了原委。此举不仅挽救了侯勇的性命,也使侯珂珂有了在法庭上真诚忏悔的机会。

在崔延的辩护生涯中,他始终坚持着一个信仰,那就是律师不能丧失职业风骨,更不能在有辱尊严的情势下,在神圣大法庭上为了满足庭审,违背良心当一个虚无的形式派,律师应当发现真相,维护当事人的合法权益。法律不讲良心,因为良心永远不等于真相。只有在真相面前,良心才是良心,公平才是公平。除了侯勇的案子,在他的职业生涯中,他遭遇的挫折也不算少。农妇赵小菊因为儿子郭志斌跟随姚老板到可可西里淘金,遇到连续大雪,食物极为紧张,郭偷吃一块面饼,便被姚老板活活打死,赵小菊状告无果,便用割麦的镰刀重伤姚老板。可惜的是像赵小菊这样无辜的百姓,却得不到法律的保护。赵小菊一审被判死缓,崔延师徒知道量刑过重,想为赵小菊辩护,但二审维持原判,原因是证人被收买,法官也被打点。当时的崔延只是一个初出茅庐的小律师,他败得很惨。可是他不甘心,他想要凭借一己之力,据理力争,最终只落得个被赶出法庭的下场。那一次崔延的辩护仿佛只是在完成法庭既定的任务,而不是查清案件事实。

二、作品中的法律问题

作品中可以讨论的法律问题当然是多方面的,但笔者认为最为值得关注的是作品中暗含的中国律师执业上遇到的困境这个问题。当然,作品中崔延律师的职业行为很值得肯定,律师作为法律人,以法律所要求的规定,规范地行使其职责,这在中国法治建设上是很重要的。但律师执业难,却是同样值得高度关注的问题,这个问题不积极予以解决,使纸面的规定与实际运行的状况相一致,就会严重影响法治事业在中国的有效推进。

作品中崔延律师为人正直,有良好的职业品行,但在工作中却屡屡受挫,很令人反思其原因。特别是律师在刑事辩护中出现的困难,已经对我国的人权保护和法治进程产生了较大的消极影响。根据《中华人民共和国律师法》第二十八条的规定,律师在刑事诉讼中有责任"根据事实和法律,提出证明犯罪嫌疑人、被告人无罪、罪轻或者减轻、免除其刑事责任的材料和意见",维护犯罪嫌疑人、被告人的合法权益。《宪法》和《刑事诉讼法》明确规定"犯罪嫌疑人、被告人有权获得辩护"是刑事诉讼的基本原则之一。由于律师是法律专业人员,因而与犯罪嫌疑人、被告人(以下合称被追诉人)自己行使辩护权利和其他非律师公民进行辩护相比,具有更加重要的意义。作为一项保障公民基本人权的宪法和刑事诉讼制度,它在平衡以国家公权力(在我国主要体现为公安机关和检察机关)为后盾的控方与作为社会成员个体的被追诉人的辩方,具有重要的意义。

我国自设立律师制度以来,律师在我国法制建设和人权维护中发挥着重要的积极作用,已经成为不争的事实。按照社会发展的正常进程和我国建设社会主义法治国家的历史走向,我国律师本来应当也完全可以在刑事诉讼中发挥越来越重要的作用,然而制度在具体的运行中受到多方面因素影响,却陷入了严重的困境,与整个法治建设的发展大势形成相反的趋向。同时,中国法治在推进的过程中似乎忽视了律师阶层社会地位的整体提升,多年的法治改革并未对律师界长期以来面临的尴尬处境有多大实质性改善。在国家正式制度框架内,律师的地位低于行政、司法系统同行,三者间呈现较明显的阶位结构。现实中,许多诉讼(特别是刑事诉讼)活动的顺利开展离不开律师的法律工作,但律师在依法正常执行职务时,却常常遭到行政、司法人员的刁难、干扰;在社会大众心目中,律师的社会形象不佳,受尊重程度不高。这部作品以艺术特有手法把这个问题揭示了出来。

《麦仁磨快的刀子》所提出的问题,与学界在这个领域的思考具有同步性。就我国律师社会地位底下遇到的尴尬,学界有不少分析。有学者认为,这与中国的历史传统、国情和制度设计等因素密切相关。中国几千年的文明史形成了独特的政治法律制度以及与其相应的政治法律文化。在中国,强调"和为贵"的儒家理念几千年以来一直统治社会,在这种观念的指引下,整个社会对法律持鄙视态度,因而对从事与诉讼相关职业的人员如"讼师",也有着一种轻视乃至厌恶心理。整体上,传统社会人际关系中的"和为贵"意识与政治法律上的大一统原则所支持的"青天"唱独角戏的司法体制,尘封了法律的光芒。这种文化观念影响了我国律师制度积极建设。

出现了这样的情况,制度纸面上的规定与实际运行的严重脱节。目前,且不说普通民众,即使是政府机构、国家机关对律师在社会中的性质和地位也缺乏应有的认识。在不少政府部门规章或规范性文件中把律师这一群体作为一种异己性力量来对待,比较典型的如工商档案的调查、股票账户、银行资料的查询,相关部门或者规定不合理的限制条件,或者根本不允许律师调查,甚至政法机关对于律师提前介入、会见犯罪嫌疑人或者查阅已经终审(当事人申诉)的档案等法律有明确规定的执业活动,也常常人为地设置障碍或无理刁难。这些看似细微的规定、个别的做法对律师权利的实现产生着极大的负面影响,也反映出政府部门、国家机关对律师执业活动的整体态度。在这一背景下,律师地位的低下不可避免。

另外,涵盖律师制度的司法权在国家政治架构中的地位也存在长期偏低的现象①。中国权力的最高层是全国人民代表大会及其常委会,行政权、司法权皆出于人民代表大会,对其负责并报告工作。由于人民代表大会的基本职能之一是立法,行政权是履行执法的功能,在某些地方形成把保证立法权、行

---

① 汤火箭:《中国律师的地位:现状、反思与前瞻》,载《社会科学研究》2002年第1期。

政权的司法权看作是低于上述两种权力的权力。这种错误观念又进一步影响律师职业在社会中的地位。

三、评价

《麦仁磨快的刀子》以艺术作品的方式,揭示了在法治实践中律师所存在的困境,并把这种职业困境涉及的诸要素撕了开来。这里既涉及从制度层面如何强化律师在法治建设中的地位,又对律师职业建设提出了崭新要求。笔者赞成在律师法治建设上,必须着力要解决以下六大问题,即立法法治与律师的精英化、法治政府与律师的法定化、人权司法与律师的专业化、法治美德与律师的规范化、法治社会与律师的公益化、法治服务与律师的类型化[①]。还有学者认为,自改革开放以来,我国律师职业伦理规范建设大致经历了从纪律走向规则、从规则确立走向规则实施的转型发展。而对于律师职业伦理规范建设来说,新的时代背景隐含着重大的机遇:律师队伍的急剧扩大提供了基础性条件,律协地位的突出为律师职业伦理的规范化执行提供了组织条件,而法律职业伦理课程与研究重要性的提升则奠定了研究力量。与此同时,律师职业伦理问题的中国化进程依然需要从多个方面进一步跟进[②]。更有学者提出,我国当前的律师管理体制,律师职业伦理规范渊源庞杂、效力不强、内容亦不够明晰。破解律师职业伦理规范的困境,亟须积极推进行业自律、厘清律师职业伦理规范的内容和结构,并建立相应的激励机制[③]。有的学者强调了道德建设在强化律师职业伦理中的作用。律师制度的价值实现,离不开律师道德规范的约束,只有在明确了律师职业道德准则的基础上,才能真正实现律师职业的价值。我国律师道德规范确立的基本准则应为诚信和公正[④]。以上学者的观点以一种理论思考的方式,在回答作品作者所提出的问题。

---

① 汪习根、陈向军:《依法治国视域下律师法治建设途径探究》,载《新疆师范大学学报(哲学社会科学版)》2015年第5月。
② 吴洪淇:《律师职业伦理规范建设的回顾与前瞻》,载《交大法学》2018年第2期。
③ 李超峰、徐媛媛:《我国律师职业伦理规范的完善》,载《中共中央党校学报》2014年第4期。
④ 闫博慧:《律师职业伦理的价值取向》,载《福建论坛·人文社会科学版》2011年第7期。

第十五篇　确立对法律敬畏的观念
——基于纪实小说《追问》的讨论

一、作品梗概

《追问》是一部反腐纪实文学作品。作品记述在上级纪检部门的安排下，作者调阅了633个腐败案例卷宗，挑选出部分干部违纪违法典型。作品收录了从地厅级到省部级，八个落马官员的故事。八个故事，呈现出八段不同的人生，却勾勒出一个大致相似的轨迹：故事的主人公都在人生的中青年时期表现出卓越天赋和超常的勤奋，最后却都在某个时段里突然转折，辉煌的乐章戛然而止。

第一个是副市长老赵的故事。老赵幼年之时家境贫寒，在感情上受过打击，后来奋激勃发，退伍之后在仕途上蒸蒸日上。一次偶然的机会，他结识了小乔。小乔的出现，治愈了其幼年时遭受的感情创伤，加之事业场上的得意，老赵昏昏然，与小乔同居并生下私生子。手中权力越来越大的老赵身边不缺巧言令色的商人，想尽办法投其所好。对于金钱上的诱惑，老赵能够冷静地回绝，但是感情上的侵蚀才是最猛的毒药。很快，老赵在庞老板的引荐下，结交新情妇小凡，共同孕育了第三个孩子。直至落马前，第三个孩子刚刚满月。这位副市长在法庭上痛哭流涕，因愧对家人要求法庭从重判决。

第二个故事是某中等城市的市政协主席，在其年少时经历过一次失败的应试，因为"幕后因素"笔试成绩名列前茅的他最终落选了。而后，市里再次举行一些直属单位副职的选拔，在其妻子校友的"运作"之下，他成功走上组织部副部长的职位。两次应试，完全不同的命运答卷。自此，他再也不能正视这种人生的跃升，完全将之看成是运作的结果，看成是生命中遇到贵人的必然结果。自此以后，他由埋头苦干的干部变成了整天拉三扯四的官僚。在当职期间，他卖官卖爵，并为煤矿老板、开发商等大开方便之门，伙同妻子、女婿等亲属,收受巨额贿赂。将官场当作生意场,他买官然后再卖官、卖官然后再买官,通过循环犯罪的手段,不断把自己的"官场产业"做大,直到自己锒铛入狱,结束其政治生命。

第三个故事讲的是文化界的贪腐事例。某省文化厅副厅长上任后决定大干一场,振兴本地文化产业。手下官员大张提议在文物商店的基础上成立一个文化艺术发展公司。大张在取得该公司的控制权后,先是大面积做广告,向全社会征集文物字画,等东西囤积几年后,再往外抛售。在文物字画囤积的几年时间里,他们是找艺术学者为这些作品编造出"历史渊源""传世波折",以此提升其价值。起初这位副厅长认识到大张这样做,目的不是在老老实实卖文玩,而是谋取最大利润,出言提醒过。但随着大张将规模越做越大,大张经营的公司俨然成为省文化系统的一张名片,他就逐渐被"潜规则"同化了,他既觉得脸上有光,又可以从中攫取金钱利益。这位官员因为看重眼前利益,耽误了对职责的履行,致使手下官员投机钻营,肆无忌惮,不惜损害政府利益和行业信用,来谋取私利。

一次他因工作回老家,县里的教育局局长约了书记、县长、副县长请他吃饭,当天的饭局正好跟省委组织部一位副处长和市委组织部一位副部长撞在同一个时间段了。书记、县长都没有过来,忙着陪省市组织部干部,只有副县长过来,但吃到一半也去另一个房间敬省市组织部干部,使他感到很失面子。"我怎么也没想到,我在省城混成一个名流,一个名牌大学的副校长,一个体制内的副厅级干部,竟然抵不上组织部门的副处级干部。"于是,怀着补偿心理,他在当上校长、党委书记以后的几年里,开足马力谋取私利,在基建项目、人事任用、考生招录方面大肆征收权力的租子,"我不是权力部门和地方领导,我的价值建立在什么之上?难道是写一大堆论文,忙几十年教学和管理,换一头粉笔灰和一张退休证?"就这样,他一步步地陷入犯罪的深渊。

第四个故事讲的是一位正部级高官。他从小在高学历知识分子家庭里长大,大学毕业后,因自身的素质和国家的培养,迅速成长为中国首屈一指的金融人才,并遇到了人生伴侣——那是一个能作曲写诗、对投融资行业了如指掌、对食物和奢侈品品牌如数家珍的高干子女。而在46岁时,仕途顺遂、极有可能进国务院的他,却疯狂地爱上了一位女明星安娜。这段婚外情很快暴露,妻子提出离婚,愤怒中扬言要举报他。为了摆平离婚风波,这位官员向妻子的公司进行利益输送,同时他斥资千万购买房产作为对安娜的补偿。而这些花费的资金很大部分来自利益相关人的支援,直至东窗事发。

第五个故事是一位业绩斐然的交通厅副厅长,讲述自己从处长到副厅长期间的辛苦付出和取得的业绩。他是先有蜚声的业绩,然后才被业界和学界广泛关注,就连上海、西安等地的名牌大学,也都纷纷聘其任兼职研究员和客座教授。他本想着在厅长退休后,接替厅长位置,但情况并不如他所料,从此工作热情便一落千丈。渐渐的,他迷恋于打高尔夫球,跟四海的商人交朋友。不少老板帮其办会员卡,光会员卡里的充值费加起来就有 200 多万元。这位副厅长的生活观在巴结他的老板们的影响下也发生了巨大的变化,从想方设法工作变成挖空心思"提升生活品质"。桌子上常年积压着一大堆文件,能不看就不看,能不表态就不表态,能不批示就绝不划拉一个字。他的心态是,既然没有得到提拔,那么下属更没有资格邀功领赏当先进。与老板们一同玩乐,享受老板们提供的恩惠,自然就要相应地利用权力为老板们开方便之门,突破规矩办事。据案卷资料中反映,公诉机关指控他利用职务便利为他人谋取利益,索取、非法收受他人财物共计 3 000 多万元人民币。

第六个故事讲述的是新中国成立以来,某省纪委查办的第一个在任高校一把手违纪违法案件始末。他曾经是某学术界领军人物,33 岁任硕士生导师,36 岁任博士生导师,先后成为全校最年轻的学院院长、全省最年轻的高校副校长。伴随事业的成功,他同时也丧失了许多陪伴家人的机会,加上受到官场风气的影响,这使他在心理上产生了极度的不平衡。他认为自己多年来牺牲家庭的努力换取的不过是轻如鸿毛的虚名,没有真正的权力,经不起别人轻轻的一推。于是在后来的工作中,他几乎很少有心思做学问,工作重心开始向经营仕途倾斜。他希望通过"各种努力"得到正厅的位置,然后跳出学校的围墙。这些所谓的"努力"包括表演好领导、好男人,绕过组织程序,为一些不符合条件的干部调岗调位。短短几年内,他所收受、索取的财物共计几百万元。对金钱的执迷加速了他的腐化堕落,腐化堕落又加重了他经济上的压力,他陷入了一种恶性循环,走上了犯罪的道路。

第七个故事涉及的是一位副省级城市直属县县委书记,是位女同志。刚走上县委书记岗位时,她特别注意检点自己。工作上贴近基层,而基层社会都很重视人情往来,处理这些人情往来有时难度很大。作为书记,她总把收到的礼物,按原路一一退回。有次,甚至有位企业家借着送土特产的名义,捎带着送了 20 万元现金。这位女书记安排司机驱车狂追 40 公里,才将这笔钱退还。

因为这件事,这个商人后来还拒绝了原来所答应的前来投资的承诺。在生意场上,对这位女书记糖衣炮弹的进攻可以说无奇不有。一天在家操持家务的丈夫,突然说有了新工作,说有家景观设计公司要聘任他去做设计总监。她虽然在心里担心这家企业是否有所企图,但转念一想,因为自己多年在家庭琐事上缺位太多,丈夫已做出了不少牺牲,于是就默认了丈夫的选择。在新的工作岗位上,她丈夫受到贵宾般的待遇,拿了两年不薄的高薪。最终这位女书记被这家企业的竞争对手所举报。

最后一个故事谈的是一名"国企巨贪"。他最初发迹于部队,因为在部队经营企业中取得了优秀的成绩,受到大军区首长的重视,继而在转业后很快被派到一家省属大型企业集团工作。进入新的环境后,他凭借自己的能力顺利接班一把手的位置。在此后,他急于树立威信,独揽大权,搞小集体斗争,把控了企业的关键环节。只要是符合其心意的决定,就走捷径,将规章制度抛却脑后,甚至连采购物资都没有像样的合同。一旦遇到不合意的议题,就借不符合制度之名,将其扼杀。久而久之,通过打造小圈子、笼络人心等一系列运作,他在集团内部打造出一支"私家军",集团内部失去了制衡力量。攀到了权力巅峰的他,骄奢淫逸的生活随之而来,身边吹捧奉承的人络绎不绝,这其中免不了的是利益输送,他越陷越深,成为社会的败类。

二、作品中的法律问题

人治是指确立贤明、智慧的个人并依靠他来治理国家。人治社会的典型特征就是权高于法,权力处于绝对优势地位,掌握权力的人能主宰法律、主宰一切。法治是指确立法律的高度权威并依靠其来治理国家。因此,法治社会的典型特征就是法高于权、法律至上,即确立法律在整个社会中的最崇高、最神圣的地位。一切权力都应当居于法律之下,接受法律的统治,在法律的框架内运行。具体来说,法高于权主要可以体现在三个方面:一是权力法定。在法治社会中,一切权力都是由法律进行明确规定。法律是一切公共权力的产生依据,也是其合法性的唯一来源。一切没有正当法律依据的权力,都可以被视为非法,没有相应的合法性,进而也就没有任何约束力。二是权听命于法。在法治社会中,由法律产生的权力体现的是法律的精神,同时也必须听命和服从于法律。换言之,法治社会的权力是贯彻法律精神的一种工具。三是法制约权。在法治社会中,一切权力都必须接受法律的约束,严格按照法律的规定来运行,在法律规定的框架内行使。一旦权力与法律规定或法律精神相抵触,最终结果就是权力自身没有效力。法治社会的这些特点充分体现了法律的绝对优势地位和法律对于权力的绝对控制关系。只有这样才能用理性的法律驯服肆意的权力,使其按照既定的公共理性和正义规则去运行,从而为人类造福。基于此,法治社会有着人治社会无法比拟的优越性,因而建设法治国家成为现代社会追求的共同目标。

而依法治权应当是全面依法治国的关键,依法治权是推进全面依法治国的关键和重点。只有坚持依法治权,使权力严格按照宪法和法律的规定运行,才能在维护宪法和法律权威的基础上,实现党的领导、人民当家做主和依法治国的有机统一,进而全面推进依法治国,建设社会主义法治国家。

当前我国的权力运行现状不容乐观,其中存在的问题主要体现在三个方面:

在权力认识上,广大干部权力观念存在认识误区,权力私有、私用思想浓厚思想认识是行动的先导,科学认识权力是人们规范行使权力、有效监督权力的基本前提。但在权力认识问题上,当前我国不少领导干部依然存在非常严重的认识误区。其中最典型的认识误区主要体现在权力来源和权力使用两个方面:在权力来源方面,不少干部没有认识到权为民所有,即自己手中的权力来源于人民、是人民授予的,从而导致其权力私有思想十分浓厚。无论从国家性质还是宪法规定看,我国的一切权力都属于人民。从根本上说,我国各级领导干部手中的权力都是广大人民的,都源于人民的授予。领导干部只是权力的暂时行使者而不是所有者。目前不少领导干部认为从自己被任命职务开始,自己手中的权力就是自己的,与别人无关,从而形成了浓厚的权力私有思想。在权力使用方面,不少干部没有认识到权为民所用,即权力应当用来为人民服务,从而导致其权力私用意识比较突出。权力的来源和归属决定权力的使用。我国一切权力来源于人民,就决定了一切权力必须为民所用,用来为人民服务。这就要求掌握权力的广大领导干部,必须用人民授予的权力兢兢业业地为人民谋福利。然而,由于权力私有思想的错误影响,当前不少领导干部在权力使用方面陷入了严重的认识误区,认为有权不用过期作废,手中权力就应该为自己谋取利益,从而形成了比较突出的权力私用意识。这种权力私有、私用的认识误区严重背离了我国权力的本质,也给人民利益造成了严重损失。

在权力行使上,领导干部法治理念十分淡漠,弄权行为司空见惯,在权力的行使方面,我国目前存在的问题是其藐视和践踏法律的重要原因。这种扭曲畸形的权力行使观念，使不少领导干部在破坏法律的同时也毁了自己。

在权力监督上，监督结构僵化、疲软滞后，监督形式单一、协调不够。在权力监督方面，我国目前的状况呈现两大特点：第一，我国目前的监督制度存在结构过于僵化的特点，从而导致监督力度疲软滞后。一方面，在监督主体上主要是机构监督，非机构监督缺位。单靠机构监督，一旦监督机构不作为，权力就处于无人监管形势之下，种种越权行为就时有发生。另一方面，在监督程序上往往是事后监督。事后监督本身具有滞后性，使得权力在本应加强监管的运行过程中不受任何阻拦和约束，待到权力已经造成危害时再行监督为时已晚。第二，监督形式存在方向单一、协调不够的问题。我国目前的监督形式主要是自上而下的监督，平行监督徒有形式，自下而上的监督更是尚未形成。自上而下作为一种传统的单线式监督，其监督不力的缺点已经越来越明显。同级之间的平行监督虽然存在，但在这种党政领导体制下同级监督机构在权力、财政等方面都没有充分的独立性，从而很难发挥实质性监督作用；而潜力巨大的自下而上监督还没有引起足够重视，尚未形成有效途径和固定形式。第三是，领导干部法治理念十分淡漠，弄权行为司空见惯。在思想方面，领导干部法治理念淡薄，而人治思想依然浓厚。领导干部法治理念淡漠主要体现在两方面：一是本身法律知识比较匮乏。对文本性的法律理念和现实中的法律效力之间的关系没有一个自觉的认识，从而导致将法律条文误认为是没有任何约束力的苍白文字。二是守法的意识比较淡漠。对于法律和权力的关系认识不清，对于权力行使的法律边界有所忽视甚至是无视，从而无法形成一种良好的守法意识。

三、评价

面对这个问题，有的学者提出了权力清单制度。在治理法治化的逻辑检视下，基层政府权力清单制度的推行要实现权力配置及运行可视化、权力监督社会化的任务与价值。从权力的生成逻辑上看，基层政府权力清单制度的推行是立法机关、基层政府、基层群众自治组织、社区居民以及其他社会利益主体积极互动的过程；清单内容应体现基层政府内部"条""块"、街镇政府与市场和社会主体等的权力和责任关系[①]。有的学者概括了权力制约机制的反战状

[①] 罗峰、徐共强：《基层治理法治化视野下的权力清单制度——基于上海市两个街道的实证研究》，载《复旦学报（社会科学版）》2018年第2期。

况。政治权力制约监督机制彰显了政治权力的有效性、合法性,决定了政权的性质和发展方向。中国政治权力制约监督机制建设是国家治理体系和治理能力现代化建设的重要内容,也是当前我国全面深化改革中的一项艰巨而紧迫的任务。党的十八大以来,以习近平同志为核心的党中央逐步完善符合中国国情的权力制约监督机制,通过全面深化改革逐步在公权力的合理配置、正确行使、有效制衡、反腐倡廉等方面实现科学化、法制化、制度化,不断增强制度体系的系统性、创新性、实效性①。有的学者提出了构建政府权力规制的公共治理模式。在国家治理体系和治理能力现代化发展的背景下,对公权力的监督和制约已然成为当前治理变革的一项重点议题。因此,在新的政府治理体系内嵌入权力规制分析框架,不仅有助于在政治权力视阈内完善权力监督和制约机制,也有助于在公共治理视角下探索权力规范运行机制,推动法治政府和服务型政府建设。基于规制理论视角,通过探讨确权规制、用权规制、评权规制和督权规制等政府权力规制的治理框架,设计规范权力运行的正式和非正式制度安排,可以构建公权力的有效制约和控制机制、推动权力规制作为一种治理方式实现政府权力在法治框架内的规范运行,从而创建政府权力规制的新治理模式,为完善政府管理制度改革提供持续的动力②。还有学者认为,权力在运行中具有天然异化倾向,防范权力异化的基础是权力分工,制约权力异化的核心是完善的法律机制,此机制由明确的权力授予制度、科学的权力运行制度、严明的责任追究制度和独立的监督评估制度组成,防范权力运行异化的核心推动力量是党的领导③。

综合以上学者观点,笔者认为职务犯罪预防的对策应当从强化权力互相制约的制衡机制入手。我们要强化监督制约,就是建构以权力制约权力的机制。以权力制约权力的基本思路就是对国家权力进行横向的分解,使统一的国家权力有不同的分支机构来行使,并在国家权力的不同分支机构之间建立起相互牵制的关系。加强对权力的监督制衡,最重要的是让干部权力不要太集中、太大。坚决不能把彼此相互制约的权力集中于一个部门或一个人,权力必须进行分解和对权力进行制约,彻底改变一个人说了算的权力结构④。如十

---

① 梁波:《十八大以来中国政治权力制约监督机制的新发展》,载《理论学刊》2017年第6期。
② 胡税根、翁列恩:《构建政府权力规制的公共治理模式》,载《中国社会科学》2017年第11期。
③ 杨连专:《权力运行异化的法律防范机制研究》,载《宁夏社会科学》2017年第6期。
④ 高灵丽:《职务犯罪及其预防对策》,载《河南科技大学学报(社会科学版)》2017年第6期。

八届四中全会规定：对财政资金分配使用、国有资产监管等权力集中的部门和岗位应分事行权、分管设权、分级授权、定期轮岗，强化内部流程控制，防止权力滥用。职务犯罪人在位时，掌管着人、财、物，因此，要对掌管人、财、物等的重要岗位、环节和部位，定期进行交流，建立不同部门的干部定期交流制度，不让干部在一个岗位上长期任职；还要加强岗位内部的分权制约机制，强化分工制约，设计必要的权力运行程序，建立巡视组，使巡视制度化、暗访制度化等，形成有效的权力格局；建立权力的决策、执行、监督、追责由不同的人分工行使的机制。权力制约实际上就是要以权力制约权力，通过在个人、群体和不同机构中合理配置权力，达到权力的相互制衡。通过完善制度，加强对权力运行的制约和监督，把权力关进制度的笼子里，形成人人不敢腐、不能腐、不易腐的体制机制。

任何一个国家的执政党，如果不坚决地惩治腐败、惩罚职务犯罪分子，就有丧失执政地位的危险。我们要严厉打击职务犯罪，使领导干部不想、不敢、不能贪污受贿。始终保持惩治腐败的高压态势，坚决查处大案、要案，着力解决发生在群众身边的腐败问题，不管涉及什么人，不论权力大小、职位高低，只要触犯党纪国法，都要严惩不贷。2017年7月25日，中共中央决定由中央纪律检查委员会对孙政才立案审查，表明了我们党严肃查处高级干部严重违纪问题的决心和态度，向全社会显示，我们所说的不论什么人，不论其职务多高，只要触犯了党纪、国法，都要受到严肃追究和严厉惩处，绝不是一句空话。从严治党，惩治犯罪这一手决不能放松。要坚持"老虎""苍蝇"一起打，既要查处领导干部违纪违法案件，又要切实解决发生在群众身边的腐败问题。当前，严厉打击职务犯罪，各级纪律检查委员会和各级检察机关要发挥主力军作用。第一，纪律检查委员会要利用负责检查党的路线、方针、政策的执行情况，协助党的委员会加强党风廉政建设和组织协调反腐败的权力，坚持利用"双规"措施查处职务犯罪。纪律检查委员会的"双规"措施在查处职务犯罪过程中发挥了不可替代的作用。为了保障人权、依法依纪惩罚违纪违法人员，中央决定以"留置权"取代"双规"，以利于更好惩处腐败。第二，在各级监察委成立前，全国各级检察机关要承担起宪法和法律赋予检察机关查处职务犯罪的职权。面对腐败的高发态势，检察机关要法独立行使检察权，充分利用刑诉法修订时增加的查处职务犯罪的技术侦查权，加大对职务犯罪的查处力度，尤其对于县处级领导干部犯罪要采用异地管辖的原则，对于已经立案侦查的犯罪嫌疑人，要严格按照法定程序侦查、起诉,审判机关要依法审判,在法定的量刑幅度内,少判缓刑,从重量刑。如《刑法》第三百八十三条第一款规定,个人贪污数额巨大,可处死刑,并处没收财产。当犯罪分子具备从宽情节时,当然应当对其依法从宽处理,这种依法从宽,是为罪刑均衡原则和刑罚目的所允许、所要求的,但如果超越了依法从宽的界限而宽大无边,那就既违背罪刑均衡的原则、又有悖于刑罚的目的要求,从而削弱刑罚的社会效果。量刑的不科学、不规范,使得罪犯没有受到应有的处罚。第三,在打击贿赂犯罪时,改变以往重查处受贿、轻打击行贿的观念。检察机关反贪部门在打击受贿犯罪的同时,也要把重点查处行贿犯罪、加大惩处行贿犯罪作为当前的一项重要任务。既要防止只查行贿、不查受贿,也要防止只查受贿、不查行贿的做法,只有行贿受贿都查处,才能有效遏制贿赂的发生。习近平总书记在十九大报告中讲,要行贿受贿一起查。各级监察委、检察院要严格执行中央的决定查办案件。第四,加大罚金的适用范围和执行力度。对于贪污受贿等的量刑,改变现在的"可以"并处罚金,而是"应当"并处罚金,罚金的数额要大于实施犯罪非法所得的数额,同时,判刑后,要加大对罚金的执法力度。从法经济学的角度看,职务犯罪后,得不偿失,谁还会犯罪。第五,加大对职务犯罪嫌疑人潜逃境外的打击力度。目前,中国已与68个国家和地区签订了106项各类司法协助条约并加入了《联合国反腐败公约》,这就使得中国在外逃贪官引渡、资产返还合作、联合侦查等方面得到国际行动者的合作与配合。对于犯罪嫌疑人利用职权实施贪污贿赂犯罪后潜逃境外的,检察机关要加强与中央和地方反腐败协调小组的沟通,同时加强与公安、外事、人民银行等职能部门的沟通、协调,形成合力,不管职务犯罪分子逃到哪里,确保把他们抓获归案。

打造职务犯罪大预防的格局。职务犯罪是一种社会现象,预防职务犯罪必须多方联动,形成合力。纪检监察、政法部门、行政执法机关、行业主管部门等要建立联席会议等制度,及时交流信息,加强沟通和协调。加大预防犯罪的力度,彻底改变注重打击、轻视预防犯罪的做法,实现打击和预防并重。预防职务犯罪工作,还应该从以下五个方面着手:第一,建立预防警示基地。把警示教育基地建设作为预防职务犯罪的重要载体全面加以推进。组织党政机关、国有企事业单位等干部参观教育基地,让实例警示教育他们。第二,开展送法"五进"活动。通过开庭进学校、进工厂、进机关、进社区、进农村,通过网络、电视、手机等,定期发布职务犯罪信息,播放公益广告,发挥法的一般预防作用。第三,完善权力运行制度建设。必须把近年来行之有效的方法以制度形式固定下来,形成工作常态。建立健全反腐倡廉教育机制、权力运行监控机制、改革推进机制、纠风匡正机制、惩治警戒机制、工作保障机制,逐步形成内容科学、程序严密、配套完备、有效管用的反腐倡廉法规制度体系。第四,转变职务犯罪预防观念。各级人民检察院每年要在广泛收集职务犯罪信息,深入开展预防犯罪,深刻剖析典型案件,加强预防对策研究的基础上形成年度报告。通过年度报告对辖区内职务犯罪的总体情况、发案规律特点、演变趋势等作深度分析,针对职务犯罪易发多发领域和重点部位提出预警和预防对策建议,提交党委、人大、政府和有关部门作为决策参考,以有效增强预防职务工作的综合效应。第五,坚持并完善巡视制度。党的十八大以来的实践证明,巡视是发现高级职务犯罪的利剑。我们面临的反腐败形势依然严峻,为了国家的长治久安,要坚持巡视制度,提高巡视组人员的政治、法律、纪律等水平,提升发现腐败分子的能力。

第十六篇　从严治党是中国法治建设的基础
——基于小说《人民的名义》的讨论

一、作品梗概

《人民的名义》①主要讲述了最高人民检察院反贪总局侦查处处长侯亮平临危受命，调任H省人民检察院反贪总局侦查处处长审查某重大贪腐案件，期间与腐败分子进行殊死较量的故事。作品开头，侯亮平得知从北京去H省的航班将无限期延误，差点急得跳起来。因为他受命去协调指挥抓捕京州市副市长丁义珍（H省京州市副市长兼光明区区委书记），这下计划全落空了。侯亮平刚刚在京查获了一起小官巨贪案，赵德汉（国家部委某司项目处处长）收受贿赂近两亿四千万元，将其成功逮捕后，"一分钱都不敢花"的农民之子赵德汉吐出了重要行贿人丁义珍，远在北京的侯亮平电话求援老同学陈海（H省人民检察院反贪污贿赂局局长，陈海与侯亮平在上大学时，是上下铺的铁哥们儿），要求立即抓捕丁义珍。

陈海的行动并不顺利。他刚开始行动，半路上就被上司季昌明（H省检察院检察长）拦住。季昌明认为，突然要抓一位副市长级干部，必须得跟省领导作汇报之后再进行。陈海无奈，只得命令下属陆亦可盯紧目标，自己随季昌明前去汇报。季昌明、陈海两人向高育良（H省省委副书记兼政法委书记）、李达康（H省省委常委、京州市市委书记）汇报了情况，而原本不应该出席会议的省

---

① 《人民的名义》是周梅森著写的长篇小说。周梅森，1956年出生，江苏徐州人。中国作家协会第七、八、九届全国委员会委员，主席团委员，江苏省作家协会副主席，专业作家。主要作品有《周梅森文集》（十二卷）、《周梅森政治作品读本》（三卷）、《周梅森读本》（七卷）、《周梅森反腐经典作品》（六卷）、及《梦想与疯狂》、《黑坟》、《天下大势》、《大捷》、《军歌》、《沉沦的土地》等长、中篇作品多种。根据其作品改编的电视连续剧有《人间正道》、《中国制造》、《至高利益》、《绝对权力》、《国家公诉》、《我主沉浮》、《我本英雄》、《人民的名义》等多部。曾荣获全国"五个一工程"奖、国家图书奖、全国优秀中篇作品奖、中国电视飞天奖、中国电视金鹰奖、全国优秀编剧奖等。

公安厅厅长祁同伟也出席了汇报会。市委书记李达康不愿意将这个案子的主动权交给最高检察机关,公安厅厅长祁同伟想升入省委,为了李达康能帮自己说好话,也支持他,省委书记高育良则担心丁副市长被抓走后,投资商会大面积出逃,但是季昌明、陈海两人坚持认为必须要先拘留他。于是,高育良决定,向新任的省委书记沙瑞金请示。此间,有人乘机向丁义珍通风报信,使其化名为汤姆·丁,逃出被监视的视线,成功搭上加航班机飞往了加拿大的多伦多。丁义珍的出逃,令H省的反贪工作陷入了困局。

丁义珍虽然出逃,但作为H省最大的旧城改造即光明湖项目还得继续。这个项目需要征用大风厂所在的工业用地,而没有对该厂员工的合法权益做任何安排,为此员工们为了维护自己的权益,挖了战壕并浇满汽油与拆迁队进行对抗。大风服饰集团董事长、总经理蔡成功回厂发工资,因产生误会,被员工们打伤并进了医院。这个消息被常小虎(京州市有名的拆迁大王,为人心狠手辣)得知,他组织了手底下的一批"假警察"准备强制拆迁。在对峙过程中,大风厂员工不慎引发大火,造成不少人的伤亡。网络上一时疯狂传播——这就是轰动全国的"9·16"事件。但在另一条线上,老检察长陈岩石受到沙瑞金的邀请,在常委会上带领常委们重温党的历史传统,在讲述"一天党员"的故事中,常委们敏锐地感觉到了陈岩石和沙瑞金不一般的"感情"。于是,拜访陈岩石的官员一波接一波,各种花花草草源源不断地送来,祁同伟甚至不顾"哭坟"事件的影响,亲自下地帮着翻土种花,却不想给沙瑞金撞个正着。

为求自保的大风服饰集团董事长、总经理蔡成功因拆借过桥款欠下高利贷,供出了李达康夫人欧阳菁(京州市城市银行副行长)的问题。原来蔡成功用过桥贷款的方式向山水集团贷了5 000万元的高利贷用于大风厂的生产,为了偿还债务,向欧阳菁贿赂了200万元以求银行的贷款成功。在用大风厂的全部股权做抵押后,欧阳菁取消了蔡成功事先预约的贷款。三个月以后,京州人民法院根据抵押协议将大风厂全部股权判给了山水集团,工人们恨蔡成功,以为是他勾结高小琴(山水集团董事长)骗大家。蔡成功怀疑欧阳菁有了更大的客户,所以放弃他了。此间,反贪局长陈海接到秘密举报,却遭遇车祸被人谋杀,陷入昏迷。

将大风股权判给山水集团的陈清泉(H省京州市中级人民法院副院长)在山水庄园嫖娼被抓,惊动了利益集团幕后主使赵瑞龙(前省委书记赵立春之子),他现身京州意图捞人。此间,市公安局长赵东来(H省京州市公安局局长)根据电话录音查明向陈海提供重要举报的举报人身份,为山水集团财务总监并非蔡成功,但后来发现举报人已被灭口。同时,省委书记沙瑞金点拨李达康与其妻子离婚,侯亮平随后在机场路上将欧阳菁逮捕归案。

对前夫满腹怨气的欧阳菁被陆亦可的庆生行为所感化,供出了断贷真相,其中涉及赵立春的前秘书——刘新建(H省油气集团公司董事长、总经理),随后侯亮平将其逮捕。此间,遇害举报人妻子吴彩霞承认,山水集团高小琴给了她200万元的封口费。同时,祁同伟设鸿门宴欲求收买侯亮平,几个回合下来侯亮平软硬不吃,赵瑞龙找来杀手准备狙杀侯亮平,在接到其姐姐的电话后,得知有人给姐姐提了醒,无奈放弃了行动。

高育良知道祁同伟的真面目之后,觉得自己看走了眼。祁同伟提醒高育良,赵立春向中央推荐高育良做省委书记,眼看就呼之欲出了,可是中央先派来一个田国富,改组了省纪委,又空降了沙瑞金,彻底断绝了高育良的上升之路。再之后就是侯亮平。中央盯上了赵立春然后盯上H省,再加上赵瑞龙太过招摇,四面树敌。得知赵瑞龙已经脱险,高育良才松了一口气,可是祁同伟更加担心的刘新建,只要侯亮平就事论事,不扩大案情,祁同伟他们就能涉险过关,赢得一些缓冲期为撤离做准备。高育良思忖良久,决定可以先把侯亮平搞走,他让祁同伟等消息,同时施压肖钢玉(H省京州市人民检察院检察长),做局陷害侯亮平,使其被停职调查。此间,逃奔香港的赵瑞龙,撰文发难沙瑞金。同时,正邪双方争夺重要证人,最终陆亦可母女率先找到尤会计,证明侯亮平清白。

重见侯亮平的刘新建,自知大势已去,为求自保全盘托出真相。侯亮平率队逮捕高小琴,高小凤(高小琴双胞胎妹妹,高育良在香港合法结婚登记的妻子)顶包现身,掩护高小琴出逃失败,昔日缉毒英雄祁同伟被拘捕,惨烈吞枪自尽。此间,赵瑞龙等人利用高家姐妹将高育良、祁同伟拖入腐败泥潭的往事浮出水面。因与高小凤婚姻关系造成的腐败事实,高育良落马。自此,幕后副国级大老虎赵立春旗下的一张巨大贪腐网络终于被击破。

二、作品中的法律问题

笔者试图通过小说《人民的名义》就从严治党是中国法治建设的基础进行论述。

（一）法治建设陷入困境

法治是当今中国的主题，也是时代发展的大潮流和人类文明的大进步。所谓法治，顾名思义就是根据法律治理国家，它是与人治相对立的一种治国理政方式，强调依法治国、依法办事、法律至上以及制约权力。2014年，在庆祝全国人民代表大会成立60周年大会上，习近平总书记强调，必须坚持把依法治国作为党领导人民治理国家的基本方略，必须坚持把依法治国作为治国理政的基本方式，不断把法治中国建设推向前进。这就深刻地揭示了法治与治国理政、党的建设、法治中国的内在联系，把法治提升到治国理政、管党治党的基本方略和基本方式的战略高度，为新时期从严治党指明了方向。这也就意味着管党治党的"从严"必须"从法"，必须在法治的基础上进行①。

改革开放40年，中国经济飞速发展，中国特色社会主义事业蒸蒸日上，取得了经济总量稳居世界第二、人民生活水平大幅度提高的成就。据国家统计局2018年发表的统计公报显示，2017年全年国内生产总值为827 122亿元，全年全国居民人均可支配收入为25 974元，城镇居民人均可支配收入为33 834元，农村居民人均可支配收入为13 432元②。但我们也必须清醒地意识到："我国仍处于并将长期处于社会主义初级阶段的基本国情没有改变，我国是世界上最大的发展中国家的国际地位没有变。"③也就是说，我们面临的形势依然严峻，任务依然繁重。

这就是我们推行法治建设所面临的基本国情、基本形势。具体而言，推进全面依法治国、全面厉行法治、建设中国特色社会主义法治国家任务十分艰巨，面临着很多困难，这就需要党的强有力的领导，攻坚克难，最终建成中国特色社会主义法治国家。

1. *法制意识薄弱*

中国经历了长达2 000多年的封建社会，也是世界上迄今为止经历时间最长的国家之一。作为一种专制社会、人治社会，封建社会与民主法治相抵触，这就造成了我们的传统观念中存在着很多与现代法治精神相违背的因素。

---

① 龙世发：《浅谈法治视域下的从严治党》，载《南方论刊》2016年第12期。
② 《中华人民共和国2017年国民经济和社会发展统计公报》，新华网，https：//baijiahao.baidu.com/s? id=1593656271082733578&wfr=spider&for=pc
③ 习近平：《决胜全面建成小康社会，夺取新时代中国特色社会主义伟大胜利》，人民出版社2017年版，第12页。

(1) 义务本位根深蒂固。在中国传统社会中一向都是重义务轻权利,受此影响在小说中也不难发现广大的人民群众只有义务,几乎没有权利。比如信访办大厅接待窗口的设计,目的就是为了防止上访者东拉西扯,问个没完,让他们站也不好站蹲也不好蹲,几句话说完了事。尽管李达康屡次要求孙连城进行整改,但最终也只是草草地增加了一些所谓"人性化"的设计——买小板凳、买糖果。法治建设主张权利本位,法治就是守护人民的权利,张扬权利观念,但是长期的义务本位,使国人缺乏权利的观念。

(2) 长期法刑不分造成了"法即刑"的观念。小说中大风厂的员工为何不肯用法律来保护自己,而是自筑堡垒?因为在很多民众心中,法律就是刑罚制度,就是管理惩罚民众的。不仅如此,甚至有些领导干部一想到法治,首先想到的就是怎么用法律管理治理甚至威吓人民群众,这也就是常小虎两次伪装"假警察"试图强拆大风厂的原因之一。

(3) 官本位思想导致过度崇尚权力。祁同伟为了自己的仕途可谓是不择手段,他不顾与陈海的手足之情,肆意溜须拍马,违背传统伦理背叛自己的结发之妻……中国传统社会是一种官本位的社会,社会文化倡导"学而优则仕","官为民之父母","官老爷",人们膜拜权力、崇拜权力,这与法治精神也是相违背的。法治的根本追求就是限制权力、伸张权利,要求权力的行使必须在法律的规定范围内进行,要依法行政。

2. 法律实行过程中问题不断

全面加强法治建设,关键在"治"上,也即在法律的实施和运行上;而在我们现实中的法律实施上,还存在着多重问题:

(1) 小说中的程度为何敢滥用职权非法拘禁郑成功,更是强迫其穿上囚服"承认"自己的错误。无非是因为粗暴执法、执法不严、执法不公等问题层出不穷,仿佛见怪不怪。不仅如此,还存在着"不通人情"的粗暴执法现象,以及"因人执法"的腐败问题和不公问题。

(2) 就国家司法来看,也一直处在改革之中。司法不公和司法腐败已成为顽疾,徇私枉法现象时有发生,地方党政机关领导人对司法不当干预的现象也是屡禁不止。拿小说中的祁同伟来说,他不仅利用职权使得家里的各种亲戚都有了一份"稳定"的工作,更是在程度犯了政治错误后不仅未加以惩罚,反而是将他调到了自己身边做事。

(3) 在老百姓看来,法律只是少数人手中的利器,对于用来对付自己的武器不仅不应遵守反而应该抵制,加上受到互联网和大数据的影响,大批的"键盘侠"顺潮而生,也正是因为他们,"9·16"事件得以广为人知,大风厂员工的合法权益得到保障。由此可见,人民心中并未普遍形成"法律至上"的意识,对公民的法治教育任重道远。

(二) 从严治党是法治建设的基础

截至 2017 年底,全国共有 8 956.4 万名党员,这是世界上最大的政党,领导着世界上人口最多的国家。中国共产党是中国特色社会主义事业的领导核心,是先进生产力、先进文化的代表,是中华民族的"脊梁",党的治理有效与否维系着国家、民族的前途和命运。同时,中国共产党的主体即每一个普通的共产党员,在社会建设中都起着重要的作用,在推进全面依法治国过程中更是如此。全面从严治党可以在以下几个方面促进法治建设。

1. 提供思想保障

全面从严治党,要求党员干部必须具有法治意识、遵纪守法,这可以为法治建设提供思想保障。党员干部是人民群众学习的榜样,党员干部的个人行为具有示范作用,而且在全民法治意识的培养中,党员干部的法治意识培养是关键。如果广大党员干部都没有法治意识,漠视法律,带头违法,那么人民群众就不会相信法律,更不会相信中国特色社会主义法治建设的目标。反之,我们在全面从严治党过程中,重视广大党员干部的思想教育,转变其思想观念,促使其学法、懂法、用法、守法、依法执政、依法办事等,就会起到模范带头作用,促使全社会法治观念的迅速提高,增强法律的威信,使广大人民群众深刻感受到中国共产党厉行法治、全面推进依法治国、建设社会主义法治国家的决心。党员的形象和表现,就是人民群众学习的"活课本",领悟法治精神的"活教材"[①]。

2. 提供干部队伍

全面从严治党,严格要求党的干部,对党的干部严格管理、严格考核,促使其不断进步和提高,成长成才,这可以为法治建设提供干部队伍。推进全面依法治国关键还得靠人,党员干部在其中起着关键作用。中国共产党是执政党,

---

① 葛宇宁、张四化:《论全面从严治党与全面依法治国的辩证统一》,载《大连干部学刊》2018 年第 7 期。

是整个中国特色社会主义事业的领导者、掌舵人,是政策制定者、最高决策者,把握着整个社会发展的方向。"党政军民学,东西南北中,党是领导一切的。"①如果在推进全面依法治国过程中,我们的干部队伍出了问题,不能严格要求自己、私欲膨胀、贪污受贿、化公为私、破坏法律、制造冤假错案等,可想而知,依法治国方略一定会失败,建设社会主义法治国家就是一句空话。反之,如果我们的广大党员干部都是好的、先进的、严于律己的、甘于奉献的,那么全面依法治国就有了较强的人才支撑、干部支撑,就一定能够实现。

3. 提供良好的政治生态

全面从严治党,严明纪律,党员人人讲规矩守纪律,就会为推进全面依法治国提供良好的政治生态。全面推进依法治国需要良好的政治生态。2015年3月9日,习近平总书记在参加十二届全国人大第三次会议吉林省代表团审议时指出:"做好各方面工作,必须有一个良好政治生态。"党的十八大以来,习近平总书记多次讲到政治生态问题,并把重构政治生态作为党的建设的重要组成部分。全面推进依法治国需要良好的政治生态,需要各方面要素的协调。党规党纪是党的先进性的保障之一,是对广大党员的基本要求。如果党纪严明、每个党员都遵纪守规,就一定能长久保持政治清明、国泰民安的局面,为推进全面依法治国提供良好的政治社会环境。

4. 提供制度保障

完善党的制度,制定完备的党的治理制度体系,可以为全面推进依法治国提供制度保障。全面从严治党抓出根本,抓出实效,实现常态化,必须从制度路径上把各方面的要求制度化,实现制度治党,把权力关进制度的笼子里。用有效的、合理的、科学的、完备的制度来实现全面从严治党的意志要求,为中国共产党的事业提供长效保障。完善党的制度,制定完备的党的治理制度体系,就是要做好党内立法,制定出完备的党内法规。党内法规完备和有效执行,对依法治国具有强力的助推作用。"党内法规既是管党治党的重要依据,也是建设社会主义法治国家的有力保障"②。"党内法规和国家法律都是党和人民意志的反映,二者在本质上是一致的。历史经验告诉我们,如果党内法规健全、执行得好,法律法规就能得到较好遵守,法治建设就能顺利推进;如果党

---

① 习近平:《决胜全面建成小康社会,夺取新时代中国特色社会主义伟大胜利》,人民出版社2017年版,第20页。
② 《中共中央关于全面推进依法治国若干重大问题的决定》,人民出版社2014年版,第35页。

内法规不完善、执行得不好,法律法规的权威也树立不起来,依法治国也就无法实现"①。

三、评价

十一届三中全会的召开,为我国改革开放明确了方向,至今,中国改革开放已经经过了40多个年头,对于当代中国而言,改革无异于二次革命,不仅使中国成为世界第二大经济体,也为中国创造了足以引起世界关注的新面貌。对于中国共产党而言,改革能够促使党在治国理政方面的能力得到有效锤炼,促使中国共产党的执政水平得到提高,社会威望得到强化。对于人民群众而言,要坚持接受党的领导,明确党的领导的正确性,这是得到历史印证的不可忽视的事实,同时也是长期执政经历所得出的结论。

新形势下,法治建设要想得到进一步的发展,党中央必须搞懂全面从严治党的关键性,并将其作为全党工作的核心,同时基于系列举措的实施,促使管党治党力度得到增强,就党内政治纪律、规矩予以明确,对于腐败势头基于坚决地、严厉地打击,促使党内政治生活能够呈现出新气象,有效改善党内政治生态,形成全党全社会的共识。

---

① 张勇:《从严治党是依法治国的强力保障》,载《共产党员(河北)》2015年第5期。

第十七篇　市场经济期盼法治
——基于法制报告文学精选之二《蜕变》的讨论

一、作品梗概

法制报告文学精选之二《蜕变》出版于20世纪80年代末期。文集共精心选编了18篇优秀法制报告文学，以下选取其中的《天堂与地狱之间》《海南倒卖汽车狂潮》和《硕鼠》三篇报告文学进行讨论。

《天堂与地狱之间》（以下简称"晋江假药案"）讲述晋江县地处闽南一角，东临台湾海峡，地理位置得天独厚，当时已有侨居海外的华侨、华裔及港澳同胞约80万人，分布世界三十多个国家和地区，侨汇占全省的五分之一，同时作为对外开放的前沿阵地，晋江成了商品经济的一个重要基地，商品经济的观念有较深的群众基础。而陈埭镇在历经农村经济改革后，具备发展乡镇企业的基本生产要素，各类私营经济竞相迸发，形成陈埭镇企业年生产总值一枝独秀的盛景，镇党委书记陈注升、工商组负责人丁国标、中共晋江县委委员兼镇党委书记蔡绍利、宝鸡制药厂晋江分厂厂长陈泗川等或为了追求GDP过亿的政绩以便"升官"，或纯粹为了追求金钱利益，抑或两者兼有，知法犯法，无视《刑法》《药品管理法》等法律法规的规定，盗取、伪造药品批文，生产没有任何疗效的各类"冲剂"，不经药检销往全国各地，这些违法犯罪行为最终都受到了法律的制裁。

《海南倒卖汽车狂潮》（以下简称"海南倒卖汽车案"）讲述以海南行政区党委书记姚文绪、区人民政府主要负责人雷宇及分管对外经济工作的行政区负责人陈玉益等为代表的干部，在实行中共中央和国务院批转的《加快海南岛开发建设问题讨论纪要》时，逐渐变成为个人私利目的，对其中关于限制进口商品向岛外流通的规定置若罔闻，盲目迷信某司长的会议发言，从1984年初到1985年3月，竟共批准进口明知用于销往内地的汽车8.9万多辆，最终损害了公权力,造成国家利益损失。

《硕鼠》(简称"蚌埠转圈粮案")讲述固镇县城北区唐南乡粮食分站站长孟昭凯、唐南粮油议价公司经理杨国华、唐南乡乡办企业经联委副主任薛元礼等人利用国家粮食统购政策的漏洞,订立购销合同,空卖空买,虚购虚销,转的不是粮食而仅仅是账面上的数字而已,从而套取国家财政补贴款,造成国家巨额财产损失。

虽然本文仅选取以上三篇文章,但《蜕变》中的每篇作品都语言诙谐、逻辑较强、针砭时弊,以文学方式记录各类真实法制事件,虽然内容各异,但都集中反映了我国从沿海开放区到内陆变革区,从城市工业社会到农村乡土社会,从国有企业到私营经济等等在对内改革对外开放的大背景下,所历经的经济、政治和文化等各方面的一系列"新陈代谢"的巨变。在讨论法律问题的同时,既体现我国法治建设的丰硕成果,也反映出所存在的一些历史遗留及现实问题,以大众普遍推崇的方式让法治观念进一步深入人心,从而助力我国法治建设。

二、作品中的法律问题

(一) 法律问题的揭示

《蜕变》中的"晋江假药案""海南倒卖汽车案"和"蚌埠转圈粮案"这三篇作品,在以文学方式记录了三件我国改革开放大背景下发生的重要涉法事件的同时,也传达了作者对当时一些法律问题的关切。

如"晋江假药案"中,作者提到了有些行政单位存在随意地对企业进行盘剥的现象,有的工商所还兴办企业,公务人员投资入股公司等,反映当时在法律实施中所存在的问题;又如"蚌埠转圈粮案"一文中,就审判案件时提到"情节严重的要追究党纪政纪,以致法律责任。建议抓住几个典型严办""严正的审判"等字句,反映出对司法活动中法律用语不规范问题的关注;又如"海南倒卖汽车案"提到中央文件规定不许出岛,陈玉益等人明知以某司长的会议讲话为行政依据签了8.9万多辆进口汽车的批文,反映各级干部领导行政、执法过程是否依法的问题,以及诸如法律规定与实践是否契合、公民参与社会生活是否遵守法律、法律与非法律文件的平衡性等法律问题。由此可知作者关注的法律问题之广泛。以下结合故事情节,总结作者提出的改革开放历程中我国法治建设的四点有关法律的制定和遵守法律方面的问题。

1. 立法缺位

首先是法律与社会实践的不适应性问题。以"晋江假药案""海南倒卖汽车案"为例,文中各级公务人员不知法、不学法、不懂法、不守法,从有利于满足自身对政绩和金钱需求的"通知""决定"甚至某某人的"讲话"入手,为自己追名逐利的违法犯罪行为寻求自以为的"合法性"依据,归根结底还是法律规定对社会生活的适用性不够,而一些非法律文件或许更契合当时快速变化的社会发展需求,一些领导干部迷信其背后的权力支撑,而也就无所谓是否合法的问题了。关于这一点,笔者结合当时的法治工作也可得到一些实践依据。1979年,全国人大加紧立法,先后通过了《刑法》《刑事诉讼法》等刑事法律规范,立法成绩斐然。但我国第一部《刑法》是以1950年起开始起草的刑法草案为蓝本的,未有大规模地修改,且从1979年恢复刑法起草工作至同年7月1日正式颁布,只有四个月的时间,无论从立法背景还是时间的合理性来论证,1979年《刑法》与时代的契合度是不够的。实施八年之后,全国人大常委会法制工作委员会开始修改《刑法》,并草拟了《中华人民共和国刑法(修改稿)》也恰恰印证了这一点[①]。如《刑法》第一百一十八条规定:"以走私、投机倒把为常业的,走私、投机倒把数额巨大的或者走私、投机倒把集团的首要分子,处三年以上十年以下有期徒刑,可以并处没收财产。"20世纪80年代"改革开放"与"发展经济"是主旋律,这些法律规范无疑会给社会发展以无形的枷锁,形成经济发展与法律规范之间难以调和的矛盾,导致"有法不依"、以"政策法"为"法律"论等一系列严重破坏法律威信的恶性后果并最终走向违法犯罪[②]。

其次是立法的滞后性即"无法可依"。"晋江假药案"中提到,各级行政单位随意盘剥国家税收、工商所兴办企业、公务人员投资入股等财税、执政乱象[③],固然成因复杂,归根结底还是法律在规制整体社会生活方面的缺位,导致法与非法存在模糊界限的关系,有些"聪明人"自以为把握其中关窍,走向犯罪道路。结合当时的法治实践也可印证,1978年12月,十一届三中全会确立中国开始实行对内改革、对外开放的政策,1979年,党中央、国务院批准广东、福

---

① 参见陈兴良:《从以立法为中心到以司法为中心——刑法学研究四十年回顾与前瞻》,载《检察日报》2018年1月15日。
② 关于当时轻法律重政策的社会现状,参见法制报告文学精选之二《蜕变》,春秋出版社1988年版,第93、161页等。
③ 关于法律缺位后的"无法即可为"的表现,参见法制报告文学精选之二《蜕变》,春秋出版社1988年版,第93、99及127页等。

建在对外经济活动中实行"特殊政策、灵活措施",决定试办经济特区,逐步开放港口城市,开辟经济特开放区等,并于党的十四大确立建设社会主义市场经济体制改革的目标。社会发展日新月异,当时立法的指导思想是坚持从实践出发,同时作为意识形态的法律总是会滞后于社会基本矛盾的发展,故遇到复杂的社会问题,立法工作多表现为被动反映,不可避免存在一定的滞后性。

2. 以"政策法"为"法律"论

所谓"政策法",是指一种不稳定的法律实践状态,即在管理国家和社会生活的过程中,重视党和国家的政策,相对轻视法律的职能,法律服务于政策并为其表现手段,当法与政策冲突时,以政策办事[①]。

具体分析"政策法"在《蜕变》中出现的问题。首先从法律政策的角度看,因为其较之于法律条文更为抽象,适用范围广且弹性大,无具体规则依据,故其呈现不稳定性和"人治"的外在表征,如"蚌埠转圈粮案"中,在审判案件中提到"情节严重的要追究党纪政纪,以致法律责任。建议抓住几个典型严办""严正的审判"等字句,体现"历史问题从宽,现行问题从严""主犯从严"等刑事法律政策[②]。这些政策意见可以远程指导任何案件,或"从严"或"从宽",未形成"罪刑法定"的指导原则,影响司法公正,一旦形成判例,等于以司法代替立法,破坏法律稳定和权威。

其次从法律文件角度分析,例如在"海南倒卖汽车案"中,国家文件规定的不准销售出岛的海南进口汽车得以销往内地的依据,竟然是国家工商行政管理局市场司的一位副司长在某次会议上的讲话,后经广东省工商行政管理局形成正式文件,被海南的地方领导当作新的规定优先于在先的中央文件适用。在此,各种表现形式的"政策法"适用位阶出现了解释学意义上的逻辑疏忽,即为实现政策为发展保驾护航的目的,片面武断地新规定优先于旧文件,而按照当时规定,副司长的讲话不具有红头文件的权威,中央关于海南的开发建设的文件才是正轨。而基于上述种种原因,行为人已经不具备这些基本的逻辑判断,只选择为自己行为寻求自认为的合法依据,不可避免最终走向违法犯罪的道路[③]。

---

① 参见武树臣:《从"阶级本位·政策法"时代到"国、民本位·混合法"时代——中国法律文化六十年》,载《法学杂志》2009年第9期。
② 参见法制报告文学精选之二《蜕变》,春秋出版社1988年版,第186页。
③ 参见法制报告文学精选之二《蜕变》,春秋出版社1988年版,第160—162页。

结合当时法治实践分析上述现象，1978年全面恢复立法工作后全国人大及常委会立法任务繁重，仅凭立法机关制定法律难以适应社会经济发展，全国人大及其常委会授权行政机关立法的模式切实可行。又因未明确规定行政机关立法的具体形式，故法律文件形式多样甚至扩大到非法律文件如通知、讲话、会议纪要等。又由于这些"政策法"既是依靠党的领导机关制定的，又是有赖于党和国家各级公务人员去执行的，这种既当"裁判员"又是"运动员"的立法与执法模式，因缺少监督，极易产生表现为人治和个人权威特点的"创造性类法文件"，故在选择适用上易因个人逻辑思维缺陷产生位阶颠倒的问题。面对经济快速发展，机会转瞬即逝，传统产业转化成经济效益较缓慢，而新兴产业又急需合法化的政策支持的局面，如何打破这一局面，有人选择依法办事、逐步推进工作，有人选择自主释法，一切向"钱"看。

从我国法治思想的发展看，迷信"政策法"这一问题，既有中华法系自古崇尚"人法"的历史传统原因，也与建国初期至改革开放时期，在党带领人民"摸着石头过河"逐步建立发展社会主义中国的社会实践中形成的治理理念有关。作为党长期实践产物的政策文件，与社会生活有较高的契合度，也有群众的认知基础，自然广泛适应社会各领域，但究其根源还是法律的缺位，导致以法律政策和决定、通知及会议纪要等法律文件为主要表现形式的"政策法"占据指导社会生活的主导地位。长此以往易强化"人治"而逐渐弱化"法治"，形成恶性循环，使得本就来之不易的成文法律规范如一纸空文，束之高阁，难以发挥法的指引、评价、教育及强制等功能。

3. 多"头"执"法"

多"头"执"法"即多部门执法或者类法性文件，"晋江假药案"中，镇党委书记陈注升之所以不遵守法律规定的药品要药检的规定的指引的原因，就是因为他崇尚的各级领导没有告诫他冲剂是假药不能生产，而真正对食品药品安全负有监管职能的卫生行政部门的告诫却在晋江没有话语权了[①]。以陈注升为代表的国内各级基层公务人员将上级党委、政府等公务机关领导的个人意见、指示视若珍宝、依例遵循，一方面是有我国党政部门权力范围较广且各部门内部及部门之间职能划分不清的历史原因使然，另一方面在社会改革期，各部门甚至领导个人都可以创设各种类法性文件并依次各自执法，又缺少对执

---

① 关于多部门执法，参见法制报告文学精选之二《蜕变》，春秋出版社1988年版，第97、111页。

行权的监督机构,不难预见这些都会导致出现执法依据不同、意见不一的局面,最终显而易见引向了法律遵守困境的问题,即要不要守法和守谁的法?

4. 法律遵守的困境

法律遵守是法治运行和法治建设的重要组成部分,而任何的社会现象都不是单一形成的,是"无数个力的平行四边形"作用而成,法律遵守困境也正是在我们上述分析的几点法制建设问题的基础作用下形成的,以"晋江假药案"为例,不管是在先的《药政管理条例(试行)》还是后来公布的《药品管理法》都规定药品要药检,作者将以公社领导陈注升为代表的基层干部的违法行为的原因用"糊涂"一词概括①,"海南倒卖汽车案"中,中央文件规定进口汽车不许出岛,陈玉益等人明知是用于进口销往内地的汽车仍然以发展经济为名签了近十万辆进口汽车的批文②。笔者探究,这不是仅仅"糊涂"一词即可解释的,从文本中我们可以找到依据。海南岛行政区党委书记姚文绪这位工作经验丰富的老干部、区人民政府负责人雷宇是难得的高知干部、行政区负责人陈玉益是本土的优秀领导,我们的党政机关公务人员都是拔尖人才,能不知法、不懂法、不守法吗?最根源的问题还是不信法,即没有形成对法律的信仰,倒推一番,是因为多部门执行法律或相关文件,执行依据是部门经授权可立法也可制定相关文件,追本溯源还是法律制定的缺位,导致了一系列法治建设的问题。改革开放使问题凸显也同时促进我国法制建设的变迁,倒逼法治发展。

基于上述分析,这四点问题呈现层层递进关系,形成问题链,首先因为历史及现实原因致使立法的缺位,从而使一些类法性文件如政策、决议、会议纪要等填补规制社会生活的功能;其次因各级政府、单位甚至个人都可以形成类法性文件,由此陷入了多部门执法和法律遵守的困境,因此这些问题并不是独立存在的,其有内在的因果关系,且归结的根本问题还是立法缺位。通过对案件细节的叙述,传达作者思考的同时也激发不同时代读者的思考,故以下依据一些学者从不同角度对我国当时法治状况的讨论,一方面或验证或反思作者所提出的法律问题,另一方面也从中求得当代法治建设的箴言。

---

① 关于法律遵守的困境,参见法制报告文学精选之二《蜕变》,春秋出版社1988年版,第95—97页等。
② 关于海南进口汽车的中央文件、地方政策及批文情况,参见法制报告文学精选之二《蜕变》,春秋出版社1988年版,第160—167页。

（二）学术界讨论

首先，就改革开放的前十多年我国的法制体系建设的评价而言，学术界观点各异。有学者将其划分为中国特色社会主义法律体系起步阶段，肯定这一阶段立法工作的瞩目成就，总结该时期法律体系的特点为以数量扩张为主、重点突出、与改革开放的进程相适应[1]。较之于此种肯定的看法，有一种观点认为，评价我国是否已经建立了一个较为完备的、以宪法为核心的、具有现代形态的法律制度体系，应综合考虑法律制度和原则所体现的意志是否同社会发展需要相一致，且当前较为混乱的商品经济秩序也说明并未建立适应经济发展的法律约束机制，并从法律规范仍停留在传统体制的基础、权利义务的设定对象及结构方面给予论证，以说明法制建设事实上存在滞后性[2]。

其次，在改革与法制的关系方面也存有争议。有学者认为，立法的科学性和稳定性要求与改革不相适应，故应放慢立法，不应强调法制。不同于此，有学者提出改革与法制是相辅相成之关系，法制保障改革、改革推动法制，不是非此即彼，所以法制与改革应该并行[3]。又论及具体的立法问题，也是讨论颇多，如与改革密切相关的经济立法，有学者提出立法应追求时间效益即法律应及时颁布以调整新的社会关系、经济效益即提高立法活动开放、民主和科学化、社会效益即立法应适应社会发展需要以实现调整社会关系的功能[4]。

通过整理阐释一些学者从不同角度对我国改革前数十年法制建设的评价，一方面，作者可能因受报告文学文体所限，虽然在叙述法制案件时并未同各位学者一般具体完整阐明法律问题的原因机制、逻辑关系及应对之道等各个方面，但就上述总结提出的四点层层递进的法律问题而言，不难发现，作者和学者们都是立足改革开放的时代大背景，结合当时我国法制工作的实践，客观评价法制状况，探究其根本原因，最终都是为了下一阶段的法制建设建言献策。如都指出改革时期立法工作的滞后性不能调整新型的社会关系，且学者进一步指出滞后表现为法律内容、权利义务的设定对象及结构等方面；又如都强调应加强立法工作、立法和改革并行，并对立法的意图、效益及程序等方面也提出一些新思路，例如提高立法活动的开放性，提高立法参与度，以实现更

---

[1] 参见周叶中、伊士国：《中国特色社会主义法律体系的发展与回顾——改革开放30年中国立法检视》，载《法学论坛》2008年第4期。
[2] 参见李中圣：《应当客观评价我国现行法律制度》，载《当代法学》1989年第2期。
[3] 参见乐空：《论社会主义初级阶段的法制建设》，载《法学评论》1988年。
[4] 参见俞梅荪：《孙林·经济立法的效益原则初探》，载《法学》1989年。

高的社会效益目标。另一方面,立足法治发展的客观规律,其中有些学者的建言甚至符合现代化法治要求即体现自由、民主及平等等新时期我国的核心价值标准[①],例如提出立法草案应当广泛听取意见,以立法的民主和公开提高立法的群众基础,又如为实现法律制度符合社会发展的需求的意图,应做好前期立法预测、实践工作,以提高立法的经济效益等等。虽然只是一些方向性建议,但对今天的法治发展依然具有警醒的意义。

三、评价

(一) 作品对法律问题的讨论对当时社会的价值

法治即根据法律治理国家,其范围包括立法、执法、司法以及法治理念等方面的内容。观察法制报告文学所记录的法治事件,结合20世纪70年代末恢复法治工作的实践,不难发现我国法治建设各方面都取得一定成果,笔者选取法律制定和法治思想两个角度谈谈这一问题。

1. 立法工作的进步

首先从文本出发,我们即可观察到在对外开放、对内改革时期,尽管立法不可避免有缺位,但立法工作也逐步恢复正常并迈入正轨,如"晋江假药案"中关于药品应药检、食品需要卫检的规定,仅从作者叙述中,即可发现国家相继制定出台的1983年《食品卫生法》《药政管理条例》、1984年《药品管理法》中都分别有规定[②],其中关于本案的关键词"假药"的概念,经1984年《中华人民共和国药品管理法》第三十三条第二款规定后,至今三十四年,该法经三次修正,而关于假药的概念在1984年的基础上也仅仅从四类扩大到六类,即增加了关于必须批准生产、进口而未经批注的、必经检验而未经检验销售的以及产品标明的适用症状和范围超出规定范围的,从这个侧面,可见立法成果斐然的同时,立法的质量有一定的保证。

其次结合当时我国法治实践观察,随着对外开放及对内改革的不断深化和扩大,一方面,我国的立法成果从初期数量较少发展到逐步完善并自成体系。如为规制经济发展中出现的个人及各种所有制企业的税收缴纳行为和规范税务机关的税收征收标准,《个人所得税法》和《中外合资经营企业所得税

---

① 关于现代法治,参见张文显:《法治与国家治理现代化》,载《中国法学》2014年第4期。
② 关于"晋江假药案"中药品需药检、食品应卫检的规定,参见法制报告文学精选之二《蜕变》,春秋出版社1988年版,第96—97页。

法》于 1980 年相继制定颁布,并于 1981 年 12 月出台《外国企业所得税法》,至此,逐步建立起我国税法制度,1984 年初步构建了工商税收体系,并在此基础上增加收入再分配制度如低保等社会救助、城乡及跨区域调节制度如城市反哺农村和西部振兴等计划的内容,建立现代化的税收体系。另一方面,法律制定不再是单纯的闭门造法和一成不变的,更关注公众参与、法学专家的论证并随社会经济的发展变化应时调整,避免法律与实践可能产生较大的不适应性,以及时调整发挥法律的规制功能及维护法律的权威。如与我们每个人的生活息息相关的《中华人民共和国个人所得税法》,从 1980 年制定出台经全国人大常委会七次修正,于 2018 年 8 月 31 日第十三届全国人大常委会第五次会议通过《关于修改〈中华人民共和国个人所得税法〉的决定》,近四十年,七次修正,个税起征点从 800 元提高到 5 000 元,并首次提出子女教育支出、继续教育支出、大病医疗支出、住房贷款利息及住房利息等专项附加扣除。除去其他相关因素,从数据和内容对比,不难发现改革开放后,居民收入水平不断提高,同时新时期人民日益增长的物质文化需求同发展不平衡不充分存在矛盾。基于上述两点事实,税法制定时,从人民利益出发,注重发挥税收制度的调控功能,如以税收调节收入分配、产业结构、协调地域发展等,以促进社会再分配的公平和效率,并且此次《中华人民共和国税法修正案(草案)》也在中国人大网公布,公众可以直接查阅,并可以向全国人大常委会法制工作委员会提出意见,以此促进公众参与并监督立法。

2. 法治思想的发展

我国法治思想是历经从人治到法制、再到法治的转变的,从内涵上看,后者含义更为广泛,法治强调的自由、人权及民主等实质价值是法制所不具备的,以下论述主要涉及从法制到法治的发展历程。

首先观察"海南倒卖汽车案"可以发现,作者特别提到被告人陈注升等人的辩护律师充分行使阐述了辩护意见并且法庭也充分听取[①],审判时间为 1985 年,虽然距离 1979 年制定颁布《刑事诉讼法》只有六年,但是此处至少可见我国司法实践由法制甚至人治向法治的转变,保护被告人的辩护权,尊重律师的辩护意见,注重法庭的审理程序,对一个在当时社会可能普遍唾弃的犯罪

---

① 关于"晋江假药案"中陈注升等人的辩护律师意见,参见法制报告文学精选之二《蜕变》,春秋出版社 1988 年版,第 104 页。

嫌疑人都可以给予平等的法律保护,维护其基本权利,并未因"大案""要案"可能的关注度影响有所影响,体现法治强调人权、平等等内在价值理念。

其次从国家立法的宏观实践的角度上看,一方面,立法的指导思想直观反映国家法治思想的发展,我国1999年《宪法》第十三条修正案规定"中华人民共和国实行依法治国,建设社会主义法治国家",十七大报告中指出"科学发展观,第一要义是发展,核心是以人为本","必须坚持以人为本","发展社会主义民主政治"等具有法治精神实质内涵的指导思想,2012年党的十八大报告明确提出的要"全面推进依法治国",十八届三中全会通过的《中共中央关于全面深化改革若干重大问题的决定》和十八届四中全会通过的《中共中央关于全面推进依法治国若干重大问题的决定》,提出全面推进依法治国必须坚持走中国特色社会主义道路,明确了建设中国特色社会主义法治体系的现实意义和深远的历史意义。另一方面,法治思想的发展在成文法上的反映也是显而易见的,1986年的《民法通则》《土地管理法》、1989年的《行政诉讼法》、1994年的《劳动法》、1999年的《合同法》等一系列立法,既有涵盖法治的实质价值内涵即民主、自由及人权等,如对公民个人权利和利益的关注和保护、对劳动者权利的保护等,也体现法治的形式价值内涵即调解法律行为维护社会秩序,包括对民事行为的调整、对行政诉讼权的确定、对合同行为的规制等。

再从法律工作者的微观角度分析,20世纪70年代末期与80年代初期,我国恢复法制建设,法学家等法律工作者,在批判继承落后的如"阶级本位"的法治观同时,也在通过教研活动发现并宣传新的法治思想。特别是经"文革"后,对公民人身权和财产权的保护受到重视,强调法治而非人治、平等适用法律而非差别对待、法治国家等法治观点,并创作了一大批优秀法制文学如报告文学作品、电影及电视作品等,以大众易接受的方式宣传法制文化、弘扬法制精神,一定程度上促进全社会形成了知法守法信法的风尚。

(二)作品对法律问题的讨论对当代中国法治建设的价值

以上从报告文学文本出发并结合历史实践,以发展今天现代化法治的高度评述当时法律制定和遵守方面的不足之处,不禁反思,我们应如何以史为鉴,在当代实践中注意这些问题。

1. 做好法律制定工作

为应对改革期的社会变迁而做好法律制定工作,首先,我们应理清改革与法治之间的关系,有学者从社会学的角度解释法律,认为法律的功能不在于变革社会,而在于建立和保持一种可以大致确定的预期,以便利人们的相互交往行为①。笔者理解,此处虽只从法治的一个侧面即法律运行的角度反映法治与改革的关系问题,但似乎又在回答我们,改革与法治的关系到底是什么并不重要,而是否可以考虑以发挥法律的不确定性为改革留有空间,缓和两者可能存在的矛盾冲突。而我国实践,更多的情形是由经济较发达地区采取"先行先试"的方式,这是符合实事求是的立法原则的,但同时我们也应思考如何避免可能因此产生的"良性违宪"或者导致法的不确定性等问题。因为"先行先试"既包括中央授权的也有地方自主型的②,如在自贸区可能存在需要排除适用部分法律法规的情形,如何解决这一难题,更多的可能在于实践问题,而非理论论证即可得出处理方案,在此提出,希望引起重视,今后在实践中努力解决。

其次,要做好法律制定工作,避免和解决立法缺位、"政策法"为"法律"论和多"头"执法的问题,其根源即如何保证地方性法规、规章的指引、评价等功能的发挥,在地方行使授权立法权时,我们应从传统注重前期的理论论证和实证调研的单向立法模式,转向同后期追踪评估并重的复合立法模式。经宪法授权的省、直辖市及设区的市的人大及常委会在制定及颁布地方性法规及经法律、行政法规、决定、命令授权的省、自治区、直辖市和设区的市、自治州的人民政府在制定、发布规章后,应开展法治评估,最重要的是怎样设计法治评估指标体系。鉴于有些地方已经先行试验了法治评估工作③,故各地区在选择制定评估指数时,既要立足区域法治发展的实际情况,也应学习借鉴其他地区的现行实践经验,同时也可有扬弃地吸收世界其他区域的评估指数。从具体操作上看,在评估模式上,有学者提出循序渐进式的探索发展,先可选择若干一级指标对法治政府、司法文件等进行专项法治评估,如对人大及常委会等立法部门的立法评估、对法院及检察院等司法部门的司法评估,等等,即在地区开展专项先行先试,待条件成熟,再建立起综合评估指标系统④。在评估方式上,

---

① 参见苏力:《变法、法治建设及其本土资源》,载《中外法学》1995 年第 5 期。
② 参见封丽霞:《地方"先行先试"的法治困境》,载葛洪义主编《法律方法与法律思维(第 6 辑)》,法律出版社 2010 年版,第 14—15 页。
③ 关于地方立法评估,如 2005 年上海市对《上海市历史文化风貌区和优秀历史建筑保护条例》的立法后评估,被视为首次对地方性法规进行立法后评估;2007 年,上海市人大开发建立系统的立法后评估体系,对上海现行有效的 142 件地方性法规进行全面和系统评估。
④ 参见张文显:《变革时代区域法治发展的基本共识》,载公丕祥主编《法制现代化研究(2013 年卷)》,法律出版社 2014 年版,第 28 页。

有学者提出法治工作绩效评估和法治指数评估两种方式,并呈现前者向后者的转变,政府工作绩效制度以监测法治建设进程为落脚点,包括监测内容有法治政府或依法行政,法治指数注重对地方性法规及规章颁布后的社会整体效果的评估[①]。虽然已有地方党委政府试行或法治工作绩效评估或法治指数评估,但离我们最终建成各地特色的法治评估指标体系还有较大距离,同时由谁制定、谁来执行、是否需要监督这一系统的运行等等一系列问题都亟待解决。

2. 形成全民守法、依法办事的法治惯性

应关注法治运行中的全民守法和各机关依法办事问题,回到报告文学文本,"晋江假药案""海南倒卖汽车案""蚌埠转圈粮案"其实都存在或行政或司法机关执法问题,如各级税务机关随意克扣税款、法院司法活动易受到政治因素影响,等等,以下结合我国近年来几件社会关注度较高的案件谈谈守法问题。

近几个月引起较大关注的某明星的"逃税案",江苏省税务局最终做出责令按期缴纳税款、滞纳金罚款的行政处罚决定。而如此复杂的案件不是首先从地方税务机关基于行政职能发现、立案调查开始的,而是从某知名微博主的微博爆料发酵的,行政机关是否存在渎职,不能因这一最终的行政处罚决定令全国人民满意就匆匆掩过,而要以此为契机提高税务机关整体的执法能力和水平。另一方面,2018年全国人大也听取了国务院机构改革方案的说明,其中包括省级和省级以下国地税机构合并,实行以国家税务总局为主与省级(区、市)人民政府双重领导管理体制,并于2018年6月统一挂牌。这也反映面对全国各地区各异的税收征纳情况,以机构改革提高税收征管效率、降低征纳成本、理清税收征收流程的现实需要,同时实行双重管理体制,或许一定程度上可减少税收征纳的地域差异。

又如2018年2月,保监会对安邦保险集团股份有限公司(以下简称安邦保险公司)依法做出接管决定、公布具体接管实施办法并会同有关方组成接管工作组,则是近年来行政机关能够及时依法作为的一个较好的示范案例。另一方面,又因2018年3月,十三届全国人大一次会议表决通过了关于国务院机构改革方案的决定,设立中国银行保险监督管理委员会,也可以印证,面对现代经济核心——金融业,国家行政机构也意识到执法机关也应顺势而变,以

---

① 参见付子堂、张善根:《地方法治建设及其评估机制探析》,载《中国社会科学》2014年第11期。

机构改革提高依法行政的整体效率和能力。

  习近平总书记指出："必须适应国家现代化总进程,提高党科学执政、民主执政、依法执政水平,提高国家机构的履职能力,提高人民群众依法管理国家事务、经济社会文化事务、自身事务的能力,实现党、国家、社会各项事务治理制度化、规范化、程序化,不断提高运用中国特色社会主义制度有效治理国家的能力。"①再结合以上近期的法治案例,更让我们必须回答如何依法办事的问题,避免"执法难"的问题。因为我们需要的不是一些微博大 V、微信公众号及新闻媒体以正义之名或许也是为正义之实的爆料,而是让我国已经建立的较完备的社会主义法律制度真正落到社会生活的方方面面,包括普通公民的守法活动和各机关依法执法的活动。而提到依法治国、依法行政、依法执政,理论和实践中可能更多从完善监督机制方面入手,但回到问题本身,或许建立现代法治国家,我们更应从治理主体出发,提高司法机关、行政机关运用法治思维和法治方法治国理政的能力,把法治理念、法治精神、法治原则、法治方法运用到管理社会生活的实践中去,形成全民守法、依法办事的法治惯性,这对处于全面深化改革的现代中国,面对法治与改革的历史课题,确实是不能忽略的重中之重。而包括法律职业资格考试等内容在内的国家司法改革的推进也表明问题得到了关注并尝试探寻解决之道,即以司法机关的深化法治的改革带动整体治理机关的法治能力。

---

① 习近平:《完善和发展中国特色社会主义制度　推进国家治理体系和治理能力现代化》,载《人民日报》2014年2月18日,第1版。

第十八篇　重视基层体制机制的完善

——基于小说《天府之国魔与道》的讨论

一、作品梗概

纪实文学《天府之国魔与道》用惊心动魄的情节和生动的"魔"与"道"①相互较量的故事，讲述了20世纪90年代以熊晓华为代表的四川、重庆公安干警对以刘诗万、郑海、叶贯武、罗阳、王建宾等为代表的犯罪团伙实施的系列暴力犯罪的侦破过程。

小说从出生四川内江郊区农村的罗阳说起，倒腾正经生意的他认为要想在城市站得住脚就得走黑道之路，其深信能够靠着"凶狠不怕死"而打下一片天地，于是网罗了一帮游手好闲的农村青年实施他的"农村包围城市"的策略。在90年代经济活动黑白两道都要走的环境下，企业和个体户都需要往这些黑恶势力身上派钱或者花钱请他们摆平一些所谓的"江湖"问题，罗阳为首的一方势力也得到些"好处"，势力慢慢壮大。后来罗阳因为遭受当地城区恶霸势力代表孙涛一记耳光与其结下梁子，在罗阳与孙涛斗气斗狠、火拼"打江山"的过程中，罗阳逐步实施恐吓、蓄意伤害等一系列暴力行为，并于白天公开持枪伤人而名声大噪，但同时也引起了当地公安机关的注意，从此拉开了以熊晓华为代表的公安干警对地方暴力犯罪团伙进行打击的序幕。后罗阳与孙涛的怨恨戏剧性地得以暂时平息，但是罗阳因心狠手辣又讲江湖道义，被当地靠非法经营、敲诈勒索等邪恶勾当敛财的黑恶势力刘诗万收买，罗阳自此得到"贵人相助"，在犯罪道路上"扶摇直上"。激动又兴奋的罗阳，急于向这位"仁义大哥"表忠心，在交通乡工程承包问题上处理不当、擦枪走火，开枪连伤数人捅了娄子，该事件也成了公安机关抓捕罗阳等暴力犯罪分子并与刘诗万及其背后

---

① "魔"与"道"是本文作者对于纪实故事中犯罪分子与打击力量的比喻。

的"保护伞"进行斗争的起点。

罗阳等歹徒为避风头逃到成都,内江也得以暂时恢复平静。但后来,刘诗万与刘长奎为抢夺工程引发寻衅恶斗,并且斗争方式愈演愈烈,在打斗过程中刘诗万手下竟实施爆炸行为伤亡数人,而内江地区另一方强大势力叶贯武的心腹孙涛又替刘长奎撑腰,此后刘诗万召回罗阳等人,为防止对方暴露己方、削弱对方势力,而在医院公然将叶贯武的心腹孙涛枪杀。而此时,顶着巨大压力的办案民警也迅速展开了行动,经过勘察现场、细致的调查与询问,初步查明了爆炸案和枪杀案的基本犯罪事实,锁定了犯罪嫌疑人,后省、市、区三级相关部门召开专门会议,对该地区建国以来这起罕见的黑社会性质的重大案件高度重视,并表态竭尽全力、不惜代价打击刑事犯罪。后经过多方配合展开全面翔实的调查后,开启抓捕收网,但孰料因内部腐化蜕变干部泄密而一次次竹篮打水。后以刑警队长熊小华、政委魏常平为代表的侦查力量,不屈不挠,越挫越勇,在先前调查逐步掌握的线索基础上,以刘诗万犯罪团伙中的年轻、涉世不深、改造可能性大的从犯周英为突破口,成功地劝诫其成为"卧底"戴罪立功,并通过群众举报所获线索,逐步顺藤摸瓜抓获部分犯罪团伙成员。

二、作品中的法律问题

"魔"与"道"的故事带我们了解了 20 世纪 90 年代我国的黑社会性质组织犯罪现象和当时的地方基层特点,再现了当时的基层社会生态,同时暴露出基层体制机制存在的种种弊病。由于体制机制不健全放任了诸多不良问题,缺乏民主的决策机制导致权力滥用、以权压法等问题突出,监督体制不严使得政治生态污浊,黑恶势力腐蚀基层政权,甚至与黑恶势力沆瀣一气、官商勾结,违法犯罪行为得以包庇,社会治安形势不容乐观,使得社会乱象丛生。

(一)基层政治生态污浊

"魔"与"道"的故事是 90 年代我国基层社会面貌的真实体现,与之并存的不得不说是"严打"问题,90 年代"严打"的背景是犯罪活动频发,带有黑社会性质的犯罪势力十分猖獗。这些团伙体系完整、分工明确,犯罪团伙朝着企业化、建立实体经济的方向发展并形成稳定的组织体系,许多带有黑社会性质的犯罪团伙头目已身为公司的经理、董事长或者企业家,不仅具备了经济实力,也拥有了合法的社会地位,而且倾力打造其自身所谓的"社会地位"和"口碑",

并通过金钱、娱乐等形式,输送利益,拉拢部分基层党政官员,通过千丝万缕的社会关系编织起保护网并且逐步染指政治。受到黑恶势力金钱以及奢靡风气熏染腐蚀的基层干部,为了保持他们被黑恶势力带入的利益,也逐渐与黑恶势力形成了步步深入、层层叠进、千丝万缕的联系,他们一道享受着酒场、舞场和麻将牌场等纸醉金迷的乐趣。有了保护伞的作用,基层黑恶势力便目无法纪、聚众作案,动辄持枪杀人,使得治安环境恶化、营商发展受到影响。比如一些利益关系本应由相关主管部门来管理和调控,可由于这些部门管控不力,部分资源或者利益便由黑恶势力掌控,一些人转而求助于黑恶势力,黑恶势力趁机壮大。而且这些社会问题或者犯罪问题,得不到查处或者遏制,就像故事中,蜕变分子不惜冒着责任风险而向犯罪分子泄露抓捕信息,给侦查工作带来很大的麻烦,更不惜丢失党性故意为办案同仁提供虚假信息,让办案人员远离一线,帮助犯罪分子潜逃,想方设法将办案的核心力量排挤出体制之外。另一方面,黑恶势力的"保护伞"也逐步陷入不能自拔的境地,实施贪污、受贿、滥用职权等系列犯罪,沦为党和国家的罪人。对于公务人员的侵蚀腐化也严重危及着基层干部队伍的纯洁性,对于办案人员来说使其面临极其险恶的执法处境,政府的公信力、强制力被拉低到了群众心中的低位,从某种层面来说已经危及国家基层政权的稳定。

(二) 基层法治程度不高

故事中,两个对立的黑社会性质团伙均是有各自的公司背景的,例如"仁义大哥"靠的是他在当地小社会的经营积累,也是靠其对于在他们之间约定俗成的所谓"黑道"规则的遵守和不良示范。在这种人治至上的强权团伙中,其对于犯罪行为的分工与命令,是凌驾于法律之上的,也是凌驾于他人的生命、社会的安全之上的。从故事中的蜕变分子B领导身上,我们看到了"为政在人"的积习,他的行为也是基于他与黑恶势力的不正当联系而产生的无任何理性的行为,在排挤办案核心人员的过程中发挥着极其强大的作用,企图用个人意志超越法治。以上角色身上体现的问题,是当时基层人物代表的典型体现,他们依仗着自身手中的权力或者势力实现自身发展,并在发展过程中形成一套潜规则,以维护所谓体系的稳定,而若个人意志凌驾于法治之上,那么反复无常的人为治理和重义轻法的规则,将对基层政权运行、基层社会秩序的维护和法治社会的形成都会形成巨大的反作用力。

(三)基层约束机制和监督机制不健全

故事中,在公安系统有一定领导职务的 A、B 包庇了犯罪甚至为犯罪分子通风报信、提供帮助,给办案造成了难以想象的困难,同时也带来了巨大的损失,因此这里需要老生常谈的是权力应关在制度的笼子里。因为制度的缺失使得体制内的蜕变分子有机可乘,如果存在完善的监督和责任束缚,执法者进行执法或者裁量时均不会没有内心衡量的尺度,也不会忽视了责任的存在。若建立了完善的、权责统一的执法责任和免责制度,加之全面而有效的执法监督手段,坚持用制度管权、管人、管事,建立健全执行权和监督权相互制约又相互协调的运行机制,保证国家机关及其工作人员按照法定的权限和程序行使权力,同时发挥好失职惩戒规范的威慑力、问责制度的约束力和外部监督的作用,执法者在行使权力或者进行其他职务行为时就会有强烈的责任意识和责任担当,防微杜渐式的执法者内心约束会对其产生规范性的约束,权力滥用或者不当扩张导致的问题就会逐渐减少。

(四)基层群众素质缺乏和教育失位

社会中的个人,在自己的素质和所处环境之下,通过日常行为或者经历的积累形成了自己的人格,而在自己选择的社会集群中,他人的行为会对自身产生密切的影响。故事中,每个犯罪人必然受到外界的不良熏染,而不论是个人恩怨、团伙斗争还是逃跑过程中的肆意伤害,更多在于其自身人格的缺乏导致内心的认知不足。故事中罗阳对其个人发展路径的错误选择、有不良历史的部分团伙成员没有寻求合理的方式面对生存而继续从事非法行为,或者一些小问题小摩擦就可以引发刑事伤害而非选择理性地看待和忍让,均是犯罪人人格缺乏和道德不健全所致。在不当利益的驱动和法律权威真空的双重效应下,又导致社会发生"失范综合征"①,使得隐藏在社会和人心中的享乐主义、奢靡攀比、不劳而获思想、消极腐败现象再度复生。而犯罪人格的形成和道德不健全,可以通过教育补正,通过重新形成正确的认知,最典型的体现就是犯罪矫正,犯罪矫正的核心原则是教育和挽救,教育手段又是首要和最为根本的改造方式,故事中对于周英的教育和挽救就是社会教育和家庭教育共同作用的

---

① 参见单勇、吴飞飞的会议论文《中国犯罪治理模式的文化研究——运动式治罪的式微与日常性治理的兴起》。

结果。当下的转型阶段,社会问题多发、法治程度不高、治理手段不足、人的认知普遍不足,若不管是对于社会改造人员还是普通基层群众均有全方位的配套教育与约束机制,通过家庭教育、学校教育和社会教育全方位培育或者挽救,就会促使群众适格人格的形成,从而于本源上阻止不良动机的产生,从源头杜绝基层社会的不良问题。

三、评价

以文学艺术方式所提出必须重视我国基层体制机制建设与完善的问题,是这部小说重要价值所在。当下中国处于社会转型和变迁的过程中,核心内容是体制机制的转轨、社会利益的调整和人们观念的转变,而种种变化在基层中体现最为明显。为了预防体制机制转轨过程中类似问题的发生,基层体制机制建设与完善尤为重要,这是需要深刻探讨的问题。20世纪90年代,体制上政社分开的呼声高涨,基层政府与基层群众自治组织权力拉扯紧张,基层治理深陷自我矛盾之中,社会现象上体现为干群关系紧张、群体性事件多发,学界普遍认为基层群众自治应做到政社分开。而当今,基层群众的政治自主性不断增强,基层对于基层政府的控制抵抗不断激化,基层政府与自治组织逐渐脱节,而在强化社会综合治理、一体化改革的当下,需要重视我国基层体制机制的改革。当下,基层社会矛盾突出、利益关系错综复杂,甚至不乏基层恶霸当官、垄断资源的现象,黑恶势力潜伏,违法犯罪问题多发,同时基层管理体制又相对薄弱,教育及配套缺乏,资源倾斜不够,偏向于事后治理,而缺乏事前预防手段等。笔者仅就本作品的借鉴意义角度,从配套实现、提升基层群众素质、体制机制与法治完善方面,谈谈自身对于完善基层体制机制的认识。

(一)通过扫黑除恶,为基层体制机制改革清路

基层体制机制改革完善,首先要形成制度性基础和有利的外部环境。90年代的犯罪治理,主要针对是暴力性犯罪问题,而现阶段的扫黑除恶有着不同的类型和特征,现阶段的扫黑除恶是全方位、全领域、全天候、更为广泛开展的专项斗争。现阶段基层杂乱问题突出、人员较难管理,尤其是刑满释放人员、社会闲散人员以及一些没有生活来源的社会边缘人矫正不延续,集中于乡镇、街道或者相对庞大的市场等基层区域,基层群众之间又有着沾亲带故、朋友交织等或近或远的复杂关系,加之基层纠纷解决机制不健全或者法治意识

不强,导致基层群众信奉"拳头"、所谓的"关系"而不信法。比如由于治安控制不力,一些业主雇佣"黑道人物"提供保护;由于执行难,一些债权人雇佣"黑道大哥"为其讨债;由于诉讼难,一些民事、刑事案件当事人往往就请"黑道人物"出面。一些弱者,就是这样逐渐蜕变为恶者的。

扫黑除恶针对的两个类型的违法和犯罪问题,即"恶"与层次更深的"黑"两个方面。一般来说"黑"是恶的递进和演变,恶势力犯罪通常是临时、突发犯罪为多,而黑社会性质犯罪组织具有稳定性、严密性和有组织地实施犯罪的特征,扫黑除恶要坚持依法治理、科学合理。对于扫黑除恶及其保护伞的清除要从严从快,也要打早打小、打准打实。无论是扫黑还是除恶,需要形成综合治理的常态化机制,通过行政权力机构改革、执法体制完善打基础,治理科学化:第一,机构改革应科学合理配置公权力,形成对于权力的制约和监督,防止基层政权持有者权力失衡、缺乏监督;第二,从执法体制改革的角度来考量,需要办案责任制和执法免责相结合,强化执法指引、净化执法队伍、完善治理手段、提升治理水平,强化执法队伍建设;第三,扫黑除恶应与现阶段反腐败"打虎拍蝇"、包括黑恶势力"保护伞",或者基层公职人员工作不力等重点督查等手段协调配合,防止部分干部被腐蚀成为保护伞。对于保护伞问题应重点督查,并在此过程中依靠群众、走广泛的获取线索和摸清民情之路,坚决清除扫黑除恶存在的根基与外部环境;第四,加强对于"软暴力"违法犯罪的打击,例如非法放贷、讨债类的犯罪活动,需要严格区分并识别民事纠纷解决与刑事犯罪目的,形成对于软暴力的压制和清除。总之,当下扫黑除恶专项斗争的开展,不仅需要思维和模式的转变,也需坚持法律的原则和法定路径实现,同时要避免成为运动式治理,避免实体与程序的失衡。除此之外,要更加重视社会治理、日常治理和综合治理,将基层治理的功能最大化,规避违法和犯罪现象的产生。在对主体完成净化基础上,选择素质高、能力强、作风好的干部和热情高、负责任的群众参与基层制度建设,为基层体制机制的完善打造干部队伍,形成基础条件。

(二)加强思想文化对基层群众行为的规制和导向

能否遵循规则、政策和法律的主要决定性因素在于个人思想文化的认知,而认知决定着行为。一旦形成了错误的意识,就需要把其思想和行为引导至顺应社会发展的正确轨道上,若没有正确的引导,错误的意识必然指引着自身从事错误行为。面对基层群众素质缺乏和教育失位问题，固然需要国家长期的素质教育实施，同时更加需要加强思想文化建设。针对基层人口的城乡流动性特点，通过乡村和城市联动打造，实现对其素质的提高、优秀人格的培育以及心理素质的教育，从而尽可能地显现根源治理。

加强基层思想文化建设，应侧重思想认知、心理能力以及规则意识三个基本方面：第一，思想教育认知的形成。思想教育认知的形成，主要依托在校教育、传统文化的传播、大众传媒、场馆教育等，教育内容上有爱国和集体主义精神、社会主义价值观念、道德观念，还需将思想教育的功能延伸到社会治理和日常治理中，使得积极向上的价值观念和正确的科学的意识指引，抵抗基层社会群众普遍的消极认知、错误的思想文化尤其是法制文化的缺乏所带来的冲击，在不利冲击面前保持自我和净化自身周围的基层环境，以期取得良好的社会效果；第二，心理素质的培育。对于家庭、学校或者外界的阴暗面和消极因素等带来的不利影响，应通过社会公益机构和心理矫正机构提供的疏导、矫正，包括心理疏导在疏导性、抢救性和惩戒性的预防，通过引导基层群众形成正确的压力认知，实现外部消极因素的困扰化解。除此之外，还可以通过文化下乡、书屋、文化活动等，在人文理念和情操的培养方面增强价值型认知、进行精神韧性的锻炼和心理素质的提升，以利于基层群众更好地应对高速、转型发展阶段所面临的高节奏、高压力、高竞争的社会生活所带来的冲击和考验。第三，规则意识和法律观念的培养。行为规范导向按照规则、法纪的准则和要求进行导向，通过调整基层群众的行为规范的具体的法律法规、章程、条例、道德的教育和执行、监督检查，教育群众通过维护法律的权威和规则的遵守来保证社会的有序运行，并通过道德教育和法制教育增强道德责任感和规则、法律意识，在犯罪改造方面同样注重思想文化、心理素质、规则和法纪意识提升等多个方面，通过全方位、深入透彻的改造、提升避免回流人员的问题消除，实现改造后回归基层并造福基层社会的终极目标。

（三）基层治理尤其需要完善体制机制与法制

基层体制机制完善任重道远，长久以来基层制度、管理体系缺位导致问题多发。由于改革开放后社会经济的快速发展、城乡分化的加大，加之行政管理权与群众性自治组织的边界不清，产生了一些基层组织相对弱化和基层管理机制薄弱等问题。地方基层组织相对弱化和社会管理机制的薄弱就催生了其他灰色救济途径以及潜在的社会规则,而这些社会规则某种程度上来说是背离的,这与法律至上原则是相悖的,不论是故事中的暴力犯罪问题,还是黑恶势力滋扰基层等问题,对此都有反映。

对于基层体制机制的薄弱问题,需完善基层体制机制,尤其是将行政管理重心下沉,建立立体化的社会防控体系,并将群众的力量发挥到极致。首先,要形成政社关系的良好协调,党建领导体制与行政机构设置合理平衡;其次,是要根据不同的区域特点进行行政管理资源的下沉,推进集中管辖改革和综合执法,推行社区化管理,加强社区工作者队伍建设;再次,是要吸收外来人口进行管理,加大该类人员在村居、业委会等相关单元的参与度;最后,在犯罪的矫正、基层治安、调解、监督等方面,都可以让广大群众参与到社区矫正、帮扶、纠纷化解、违法犯罪发现的工作中去,从而更好地预防违法或者演化型犯罪的出现。全面提升社区的分工与社会组织、群众的参与,形成政府治理结构促进社会治理体系建立,社会治理促进社会走向自治,社会自治净化社会问题的良性循环。除此之外,在开展体制机制改革的过程中,巩固成果的方式是要进行依法立法、形成法制保障。基层体制机制完善,需要将基层治理主体队伍建设与管理、政务与村居事务公开、监督机构与问责机制、社区机构和志愿者参与等建章立制,用法制手段巩固探索成果,并用法制方式为各主体的参与提供依法保障。

总之,重视我国基层体制机制,基层治理迫在眉睫,现阶段,我们需要将基层治理和基层建设相结合,用基层治理为基层改革奠定基础,依托对人的教育和规范来进行源头规避,并通过体制机制完善提供良好的外部环境,通过扫黑除恶净化基层社会环境,通过思想文化建设提高人的素质,通过完善基层体制机制和法制保障,我们能够提升基层管理主体水平和素质,增强基层群众的自我约束和自我管理的意识,完善基层管理的手段和方式,并且形成完善的基层治理的规范制度体系。

第十九篇　以法治的方式解决宗教生活的问题
——基于报告文学《佛家第 N 条戒律》的讨论

一、作品梗概

《佛家第 N 条戒律》是一本法制报告文学集,作品中涉及一些曾震惊数省乃至国家公安部的重大要案疑案。

如曾惊动县、地、省乃至国家公安部的"女同性恋案件":若干年前,在长江北岸的小镇上,发生了一起怪诞的女同性恋案件,一方当事人的家长给当地政法委、公安局写了一封控告信,要求对另一方当事人从快从严惩处,鉴于控告人的强烈要求与信中所言之严重情况,当地政法委机关及公安机关十分重视,甚至有一名公安局副局长指出:"如果信件情况反映属实,要对当事人按流氓罪处理。"如果不是惊动了公安部,当事人可能会平白遭受囹圄之苦。

又如发生在九华山的诸多寺庙的"九华山历史文物盗窃案":青年女子黄林莺为盗取九华山历史文物,编造凄惨身世,假装皈依佛门,欺骗住持收纳其为佛门弟子,该女子凭借其出入九华山寺庙的便利,伙同姘夫盗取九华山历史文物馆十二件珍贵文物。

再如"回香阁应观法师被杀案":还俗弟子因生活窘迫,为盗取住持保管的香火钱,残忍地将德高望重、信赖并器重他的住持杀害,造成恶劣影响。

作者李夏以热情笔触讴歌了公安民警大智大勇、聪敏睿智、勇擒案犯、妙破疑案的神勇风采,也有关怀罪犯、发扬人道主义精神的温暖柔情,同时亦以犀利的笔锋,对犯罪的复杂成因,对罪犯的人生经历、灵魂的畸变进行了深入的剖析。书中不仅对人生的原罪进行了深刻的解构,亦对历史的积淀进行了深切的透视,对人生对社会均具有较深的启迪与警示作用。

法治思想在文学作品中的推进

二、作品中的法律问题

(一) 宗教文化与法治思想的撞击

1. 思想撞击导致行为失控

20世纪末,随着改革开放进程的不断深入,人民生活水平及思想都有了翻天覆地的变化,一些信仰宗教尤其是佛教教义的信徒与寺庙中的个别僧侣极度渴望俗世的花花世界,也想切身感受体验改革发放带来新变化,而原有佛家"五戒""十善"与此刻新思潮产生激烈碰撞。或许是改革开放的趋势,使佛界也打破了封闭的定势,致使管理上存在漏洞,在寺庙这块净土上,也常闹出一些波澜。

例如震惊中外的"九华山历史文物盗窃案",青年女子黄林莺为盗取九华山历史文物,编造凄惨身世,假装皈依佛门,欺骗住持收纳其为佛门弟子,该女子凭借其出入九华山寺庙的便利,伙同姘夫盗取九华山历史文物馆十二件珍贵文物;在金地藏祭日庙会上大放异彩的佛家弟子竟是甘肃大学恶性凶杀案中的杀人犯,该罪犯痛哭流涕地跪在圣富法师面前,编造身世,利用法师的同情心,在寺庙中躲避警察追捕;佛学院《敦煌大藏经》失盗案的主犯竟是校副教务长、办公室副主任,该罪犯蛰伏几年之久,只为盗取佛学院经典书籍。此时此刻的管理者,虽发现了问题,但也不能避免因其滞后性而导致与社会新思潮的脱节。佛家戒律的松动与滞后法律之间产生的间隔,使得一些僧侣与信徒有机可乘。做着违法违规的事情,却幻想着盗用佛家慈悲为怀理念进行自我宽解与安慰,把寺庙当作藏污纳垢之处,行为恶劣,思想愚昧。就像《佛国大盗与汽车大盗齐聚九华山》一文中描述的那样:"当江洋大盗被戴上手铐时说了一句话:'我当了和尚,还不放过我吗?'"这或许是江湖电影看多了,又或是对江湖作品太入迷了,遁入空门不是对抗法律、逃脱责任的方式。又如《被清单的佛家叛逆》一文中写到的"犯罪人之前就奸污过女性,后出家,由于能说会道,兼任寺中义务消防员,但他却常以防火为名,到女香客房中查铺,用金钱引诱与其姘宿,最后事情败露,被寺院除名"这样的恶徒,竟然只是清单除名而已,寺庙对僧侣的管束,过于宽松了些。在《天台寺疑案》一文中,作者李夏写出家的尼姑与当家尼姑不和,用金钱失盗的方式嫁祸陷害,后被刑警们识破而无颜离开。这样的事情发生在神圣的佛家寺庙,是对其平日里教导人们惩恶扬善、摒弃私欲行为的巨大嘲讽。

李夏通过对案例的深入了解与思考,发现了佛家戒律甚至是宗教文化的软肋,并且大胆地提出,这在当时是非常有勇气与魄力的,时至20世纪末主流意识才对宗教文化有了深刻觉醒与反思,李夏的反思无疑具有超前性与预见性。佛家戒律作为宗教文化的重要组成部分,对平民百姓及社会都产生了深远的影响。佛教文化作为中国传统文化的重要组成部分,对中国的伦理思想、道德意识、法律、民俗等诸多方面产生了深刻的影响。我国是人民民主专政的社会主义国家,我们党既是执政党,也是坚定的无神论、唯物主义的拥护者,因此即便是宗教文化在我国有重要影响,但我们绝对不允许宗教高于主权、教规高于法律。

2. 宗教戒律的现实漏洞

阅读《佛家第N条戒律》更发现,当作者李夏采访时竟然有一些声誉在外的大法师,一方面出于个人对僧侣信徒的偏爱,一方面因自我胸怀佛家教义,竟希望用佛家真诚去感化犯罪的信徒及僧侣。笔者认为这正中了恶人下怀,被其利用。像作品中描写的那几起案件一样:当家住持被恶人的谎话、哀求与眼泪所打动,不经查实就收为徒弟的,其中不乏杀人犯、江洋大盗等。尤其是在"九华山历史文物盗窃案"中,当家住持被女香客的身世感动,动了恻隐之心,没想到却是引狼入室,导致九华山文物馆十二件文物被盗,在当时产生了极为恶劣的影响。笔者认为佛家戒律在某些时候不但不能使坏人变好,却可能使坏人变得更坏。佛法无边,只是对善人而言,宽容大量也是只能为善人而行,对那些穷凶极恶的歹徒,决不能心慈手软,必须拿起法律武器才能了却他们的贪欲与恶根。

3. 传统道德文化与法治思想的冲突

自20世纪80年代以来,世界各发达国家和地区先后承认了同性恋和同性婚姻合法地位,同性恋群体对于婚姻的渴望终究实现。这个已经在西方世界热议了近100年的话题在近些年来才引起中国学者的关注。笔者认为李夏作为一名人民警察,能够积极主动地观察当时社会存在的思想风潮变动,主张以宽容态度处理同性恋群体,对后来我国的同性恋研究、尤其是同性婚姻合法化研究极具意义。

"就女同性恋而言,精神分析论认为其本质是一种精神变态,而非属于一般的道德败坏之列。"[①]李夏引用精神分析论的观点,表达出对惊动公安部的

---

① 李夏:《佛家第N条戒律》,安徽文艺出版社1998年版,第45—46页。

"女同性恋案件"的看法。惊动县、地、省乃至国家公安部的"女同性恋案件",李夏站在20世纪末所处的历史背景下,对同性恋案件的定性是具有时代超前性的。案件发生在一个小镇,社会安定,民风淳朴,思想观念传统。出现女同性恋的事件,不能被社会与群众接受,同样不能被传统道德文化接受。民风淳朴的小镇出了这样事情,就是道德破坏,损害社会风俗。人们急切关注、努力劝说甚至冷嘲嘲讽,连当事人的父母都报了警,希望公安部门给予处理,案件关注度与日俱增,直至当年公安部给予回应:"目前法律暂无明文规定,原则不受理,也不宜以流氓行为给予治安处罚。"人们将同性恋视为异己,社会风俗将同性恋视为败俗者,连基层公安机关也认为这是社会道德的破坏者,差点像对待犯罪分子一样,用行政权力去打击。李夏认为:"纵观整个社会的发展历史,当一个时代出现与时代背景相背离的新生事物时,用道德或者主流的价值去评判好坏是最为恰当的,可能会出错,但结果却能让大众接受,维护统治者的统治。"

《佛家第N条戒律》中描述20世纪末屡次发生的同性恋事件,笔者认为这不仅反映出当时社会出现的新问题、新思潮,更能反映出当时社会习俗、传统道德文化的包容度。李夏对待同性恋事件的态度,无疑是宽容的,与保守、苛刻的社会氛围格格不入,当时李夏也承担着相当大的压力,而今日学界与实务界有层出不穷的学者或实践者在为同性恋爱或婚姻而努力,这或多或少也受到李夏文中描写的同性恋事件的影响,这也是对当年作者做出呐喊的更好回应。传统道德文化对于异己的出现,应显示出更多的包容。若他们是错的,那么我们更应该包容宽恕、施以援手,而不是站在道德的制高点去批评;若他们是对的,我们更应该改善自我、予以适应。出现新思潮、新风向、新动态,我们不能片面地去对待,不能老想着去扼杀、去扑灭,而应更多分析问题背后的原因,只有这样才能更好地解决问题,而不是激化矛盾。

4. 法治化方式处理宗教工作中的问题

佛界净土不是安乐世界,也不是世外桃源,李夏主张寺庙管理必须在法治社会建设中进行,寺庙管理也必须纳入整个社会治理体系中加以考虑,这不仅与主流观点相一致,也与当前我国社会主义精神文明建设、法治社会建设的目标与内容不谋而合。主流价值观点认为:法治社会的建设应当是全方位的,寺庙也不能置身事外,习近平总书记也曾强调:"法治中国要提高宗教工作法治化水平,用法律规范政府管理宗教事务的行为,用法律调节涉及宗教的各种社会关系。"①由此可见,寺庙管理纳入社会治理、用法治方式处理宗教事务是社会主义法治建设发展的必然,李夏在 20 年的设想在今朝得到实现。

在我国,法治社会必然涵盖全社会,也必当涉及方方面面,虽然佛家净土是特殊个体存在,但也不能例外,仍旧要在全社会法治建设中接受管理、统辖与领导。纵观中国宗教历史发展,从封建时期开始,宗教尤其是佛教就主张不涉世俗,任凭统治者的更迭,尽量将自己处在世俗权力统治之外。《宪法》是我国根本大法,也是法治建设的根基,《宪法》中就明确表明公民有信仰宗教自由,在民刑等部门法中也都对公民信仰宗教自由作了明确、具体规定。我们的社会主义法律给予公民最大信仰自由,也切实保护公民信仰权利。任何国家机关、社会组织和个人都不得强迫公民信仰或不信仰宗教,也不得强迫公民信仰这种或那种宗教,更不得歧视信仰或不信仰宗教的公民。但是要明确的是,在我们这样一个社会主义大国,更尤其我们的执政党还是坚定的唯物主义信仰者与守护者,虽然我们实行宗教信仰自由政策,但并不意味着鼓励发展宗教,社会主义精神文明建设仍旧要将对广大人民群众进行唯物主义、无神论教育作为重中之重。同样全国宗教事务也必须在党和国家的领导下发展,不能逾越、触碰这条红线。而我国法治社会建设不是一蹴而就的,因此在发展的某个阶段出现以佛界净土、不涉世俗来抵抗世俗法治也是可能存在的。正如《佛家第 N 条戒律》中提到的犯罪者希望在寺庙中出家做和尚,以此免除公安机关的追捕、逃避法律的处罚,虽然这些想法是非常可笑的,但也提醒我们对人民群众的法治教育任重而道远。随着社会发展,佛界也早打破远离尘世、闭目静修的传统方式。随着改革开放不断深入,对外交流活动日益频繁,出家入寺的僧侣成分愈加复杂,寺庙的管理水平、管理质量暴露出的问题也日渐增多。单靠"五戒""十善"已远不能满足时代发展的要求,一些老传统、老风俗、老手段如绝水绝饭绝觉等种类的体罚、如剥夺自由的禁闭等方式,也与现代社会及法治思想脱节。尤其自媒体时代发展愈加快速,稍不留意,就可能造成严重的舆论影响。这些内外因及存在的问题更加需要寺庙摆正自我管理与法治社会建设的关系,将自我管理、自我约束自觉纳入社会法治建设中去,才能更好地发展。

---

① 习近平在 2016 年 4 月召开的全国宗教工作会议上的讲话,参阅《发展中国特色社会主义宗教理论,全面提高新形势下宗教工作水平》,《人民日报》2016 年 4 月 24 日,第 1 版。

(二) 自由、权力与法律约束之间的矛盾

1. 法无禁止即自由

我们要做到无规矩不成方圆,但更重要的是法无禁止即可为。法无禁止即自由,指只要不违反法律的强制性规定,公权机关就不能任意干涉公民权利的行使。自由作为一种基本的人生价值,在人类社会中所起的作用是十分重要的,但自由究竟是什么,古往今来,人们对于它的理解充满了分歧,时至今日也很难有一个确切的定论。就像恋爱自由,若法律没有明令禁止,与谁恋爱都是我们的权利与自由。但相比于现在,20世纪末李夏在作品中描绘的"女同性恋的案件",主人公却没能像现在这般自由。原本涉及个人感情生活的事情,却要被行政机关去干涉管理甚至要处以拘留处罚,当地政法部门、公安机关面对当事人同性恋的行为甚至要按流氓罪来处理。以与时俱进的眼光审视故事发生时公权力机关的处理方式,这就是行政权力干预个人生活的典型表现。得益于公安部门的慎重决断,否则在法治进程的过程中,该案将成为划时代意义的案件。同性恋婚姻合法化运动自20世纪80年代以来席卷了全世界五十多个国家和地区,很多国家先后承认了同性婚姻合法化,并施以法律加以调整。而中国同性恋群体的隐忍性导致了中国同性婚姻合法化进程缓慢,同性婚姻的立法缺失造成了一系列社会问题和法律问题。我国时至今日也没有哪一个法律是调整同性恋关系的,更不存在任何关于同性婚姻合法化的立法模式。这也是当今法治与法制不断完善中的不足之处。

2. 法无明文规定即禁止

"法治不仅是一种制度设计和运行机制,更是一种秩序状态和生活方式,它虽然没有一个固定不变的统一模式,然而,'把权力关进制度的笼子'里却是它的根本标志。"[1]法无明文的规定即禁止,指的是行政机关或行使公权力的机关,在没有法律法规的明确规定或授权下,是不得行使公权的。这是对公权力的限制,也是对公民权益的维护。回首我国四十多年来的法治进程,其实就是一段权力自我斗争、自我约束的过程。李夏描写的"曾惊动县、地、省乃至国家公安部的女同性恋案件"就是对行政权力干预个人私生活的深入披露,虽然作者没有直抒胸臆,但字里行间仍旧表达出对20世纪行政机关强势干预个人生活的不认同。"把权力关进制度的牢笼"既不是新命题,也不是在某个时期存

---

[1] 马长山:《"法治中国"建设的问题与出路》,载《法制与社会发展(双月刊)》2014年第3期。

在,对权力行使的约束与监督是长期课题且不能松懈。

三、评价

(一)作品对法律问题的讨论对当代中国法治建设的价值

1. 引导执法者更关注犯罪成因

通读《佛家第 N 条戒律》不难发现,相对于犯罪案件的刑事处罚而言,李夏关注更多的是对犯罪成因的分析,这在法律文学方面更是一种尝试与突破。法治建设不是一帆风顺的,只有不断探析问题的成因才能更好地去解决问题,进而推进法治更好地发展。李夏在"夏正龙、朱颖华相约自杀案"中的分析便是最好的佐证。李夏对于犯罪分子夏正龙深恶痛绝,对于夏正龙以故意伤害罪判处无期徒刑、剥夺政治权利终身的判决也拍手称赞,但相对于案件本身言,李夏更多的是关注夏正龙犯罪成因,包括犯罪动机,如:分析夏正龙过往混乱不堪的私生活判断其是诱骗他人自杀、描绘夏正龙犯罪心里揭示其是虚伪做作之人、分析罪犯犯罪手段描绘出罪犯的泯灭人性、细致描写犯罪过程给大家以警示以及对犯罪分子平日生活与人际交往、工作表现揭露人物性格,等等,力图通过分析犯罪成因去剖析犯罪分子的犯罪活动。法治建设也许会遇到林林总总的问题,我们的政府、执法者应更多地去分析问题成因,从根源上解决问题、消灭问题。不要总想着当好一名灭火员去四处灭火,而要想着当好一名防火员将火灾扼杀在摇篮。

另一个具体表现是在"玛梯尔与神秘的跛脚人"中的分析描述。李夏通过案件中涉及的一本杂志,分析犯罪人像杂志故事中的玛梯尔一样,有着同样的犯罪动机、犯罪心理与犯罪规律。通过分析犯罪人高考落榜、工作难找、生意被骗、父母失望、邻居讥笑等跌宕起伏的人生经历的内因,分析犯罪人极端扭曲的心理与缺乏关怀的内心被国外犯罪故事所填补的外因,所有这些外因使得犯罪人在日常生活与人际交往中迷失自我,最终走上犯罪道路。没有人天生就是罪犯,探讨犯罪起因,比探讨犯罪结果更有价值。就像我们的法治建设,遇到问题并不可怕,不知道缘由才更为可惧。

2. 引导治理者更关注社会积淀与历史背景

佛教兴起距今已有两千五百多年,自公元纪元前后就已正式传入中国。佛教教义尤其戒律已深深影响着大众百姓,有些教义甚至被法律所采纳。佛教戒律是佛教最大的特色产物,其是佛教弟子的日常行为规范,与道德、法律之间关系密切,在社会控制功能上具有相同之处,但戒律的持守更注重于内心的自律。戒律的制定有两个目的:一是约束和指导个人的思想和行为,二是维护僧团的和合共处。佛教戒律以其鲜明特色长期根植于中国社会,对普通百姓造成巨大影响,对于虔诚的教徒而言,法律对他们的威慑力还不如戒律。

尤其是20世纪末,物质生活得到极大满足,许多人就寄托于宗教信仰,李夏的《佛家第N条戒律》就是在这种社会背景下完成的。作品通过对九华山发生的多起刑事案件进行分析,寻根问底地找出了宗教寺庙管理混乱与脱节的问题,并提出了将寺庙管理纳入社会法治治理之中。在佛教信徒众多的中国社会而言,尤其在寺庙净土观念日入人心的情况下,发现问题并将其提出来是十分有魄力的,法律和宗教都属于社会规范,是社会控制的重要手段。处理好宗教规范和国家法律的关系,关乎宗教信仰自由政策的贯彻,关乎国家主权的维护,关乎政教关系的和谐,关乎法治国家的建设,关乎宗教团体的自身建设。因此,笔者认为李夏分析犯罪行为背后的社会积淀与历史背景方式对于研究我国法治进程出现的问题具有重要借鉴价值,同样我国的法治建设应当是全面而细致的,没有净土,也没有例外。宗教信仰自由是法律规定的一项公民的基本权利,在当代中国,宗教信仰自由受到《宪法》及相关法律的明确保护,但法律也规定公民在享有宗教信仰自由权利的同时,不得侵犯国家和社会利益,不得侵犯社会公共秩序,不得侵犯公民基本权利,不得侵犯依法登记合法活动。

3. 引导社会更关注个人的权利与自由

中华人民共和国的成立与人民民主专政的建立,为中国公民权利的理论与实践铺就了一条崭新的法治之路。然而,建国后很长一段时间里,公民权利意识的发展并不是一帆风顺的。其中经历了很多坎坷与挫折,但这也是一个必然的过程。改革开放以后,公民权利意识得到了明显的提高,但还是存在着一定的缺陷。20世纪末是中国公民权利意识觉醒和提升的关键时期,这势必与原有的行政管理模式产生明显矛盾。

正如李夏在《佛家第N条戒律》中对同性恋案件的描述,他虽未针对公安机关干涉私人恋爱自由提出相应的法律探讨与解决措施,但至少能看出他对当时公安机关处理方式存在诸多异议。他认为同性恋是病,并提出"既然是病,当然不能简单地运用处罚的方式来解决,理应得到社会的关怀与救治"。在当时的社会背景下,作者敢于将同性恋婚姻合法化的问题提出来,就是很大的思想突破与革新,是对同性恋群体充满人道关怀而非世俗的排斥与鄙夷,这与当时将同性恋妖魔化的社会习俗相比,也是巨大的进步。笔者认为,李夏提出该问题,更是对当时已有的行政模式的质疑、对公民权利保护的关切。

对于同性恋爱的问题,本文不作过多涉及,只是想由此提出公民权利行使与行政机关管理之间的关系。婚恋自由是《宪法》赋予我们每个公民的权利与自由,《宪法》及法律也未对公民选择配偶或恋爱对象的性别做出规定,那是否就可认为同性之间的婚恋,只要不触犯法律,行政机关也就无权干涉?众所周知,婚姻登记是行政确认行为,且我国《婚姻法》第八条规定:"要求结婚的男女双方必须亲自到婚姻登记机关进行结婚登记。符合本法规定的,予以登记,发给结婚证。取得结婚证,即确立夫妻关系。"即明确了登记结婚的双方必须是异性,将同性排除在外,但这只是说明同性婚姻不受法律保护,并未将其视为违法行为。但随着时代与社会经济的发展,人们的婚恋观也发生变化,法律不能忽视同性恋群体的存在,行政机关也不能忽视同性恋群体的存在。公权力机关如何有效管理、保护同性恋群体利益,越发成为考量一个政府的法治与社会治理能力的重要因素。李夏可能不是同性恋群体法律研究的鼻祖,但其将该问题披露出来,加上其特殊身份,必将对我国法治进程中部分领域给予重大冲击。

4. 引导政府更关注法治思想教育宣传与人性关怀

法治思想教育是将法律传递给人民群众,使人民群众能够知法、守法、懂法、用法,遇到自身权益受到侵害时,或国家和社会利益遭受破坏时,能够拿起法律武器,同一切违法行为作斗争,保障公民自身合法的利益,同时也要维护宪法、法律的权威和尊严。

李夏在《佛家第 N 条戒律》中,针对罪犯所处的判决、所应受的刑罚都并未花费大量篇幅进行描写,也未对刑罚及罪名有过多的阐述。相对于法律处罚而言,其更关注的是法治思想宣传以及对受害人的人性关怀。凶手罪大恶极,接受惩罚是罪有应得,李夏引导我们更多去关注活着的人们和继续生活的人们。在法治进程的大背景下,尤其是 20 世纪末,拜金主义、享乐主义的风潮盛行,对真善美有了不同于主流价值的看法,尤其是长期以来对物质的追求,使许多人在精神层面迷失了自我,违背社会契约,违法行为盛行。李夏希望用一个个生动的案例去感染人们,引导人们遵纪守法,倡导人们维护公平正义,支持人们关爱弱小,关怀被害者家属,甚至要以一种积极、善良的态度去对待罪犯的家属。尤其是在《警察与死囚之子》一文中作者向读者表达社会应当对罪犯家人有更多的关怀与宽容，毕竟他们也是受害者，却仍旧要遭受左邻右舍甚至社会的讥讽、歧视。我们的法治进程不是冰冷无情的，也不是机械重复的，我们需要温度，更需要宽容与关怀，这是李夏在采访过许多犯罪人及其家属后得到的结论。

纵观我们长期以来的法制宣传实践与主导的人文关怀工作表明，法治思想教育与人文关怀工作是能够适应经济、政治和社会发展需要的并且是需要大力发展的社会系统工程。通过法治思想教育与开展人文关怀工作，在全社会范围内实现传播法律、普及健康心理知识、培养法治理念与思维、树立高尚道德情操、营造法治氛围树立良好风，尤其是引导未成年健康成长都具有良好作用。法治思想教育与人文关怀工作的价值，是潜移默化的内隐性与守法依法外显性相表里，是以公民为主体的个体性与形成社会法治环境的群体性相伴生①。笔者认为这些就是李夏在《佛家第 N 条戒律》中最想表达之意，也是给我们法治进程最大的启示。

（二）作品观点存在的不足

1. 文学性高于法律专业性

《佛家第 N 条戒律》中李夏更多的是用艺术的语言去回忆案情、去生动描述案发现场，作为一本法律文学集，文学性修饰明显大于法律性。法律讲究严谨，而文学讲究生动、富有感情，在笔者看来两者虽然可以相结合，但仍旧不能脱离法律的严谨性。通读全书，笔者的第一感受像是在读一本探案作品，真正能拿出来推敲的专业法律问题少之又少，作为一本法律文学作品不免有一丝缺憾。

2. 涉及大量个人隐私

现在普通大众的权利意识增强，大家对隐私权也比较看重。《佛家第 N 条戒律》有大量篇幅描绘个人的心理活动、生活等隐私，尤其涉及犯罪人的姓名、家庭住址甚至家庭成员的个人信息，这可能在一定程度上会给当事人及家属带来烦恼，同时作品中还大量描绘了公安机关办案人员的审讯、侦查、追捕、破案等细节，对于刑事案件，信息的保密是必须的。

3. 书名与内容有出入

通读《佛家第 N 条戒律》，《忧患净土》《佛家第 N 条戒律》是写佛家寺庙里

---

① 王进义：《法制宣传教育的性质、价值及创新初探》，载《中国司法》2004 年第 10 期。

发生的刑事案件,反映出佛家在新形势下、在法治进程中的现状,而书中更多的篇幅是记述作者从警十几年所写的警察故事,更多的是在做人性思考与法治教育的宣传,书名与内容结合得不够密切,且应更多地考虑法律的价值与作用,引导大家去正确认识、看待佛法戒律。

(三) 当代中国法治建设的超越

1. 引导全社会弘扬传统道德文化,积极做好传承工作

中华文化博大精深,传统道德文化是集大成者。当前的社会治理主要靠的是法治与德治,两者密切相关,相得益彰,共同支撑当前社会治理的大变化、大格局。但纵观法治建设中对传统道德文化的传承工作,长期以来有两种大相径庭的错误思路:一种是全盘否定,片面扩大了传统道德文化的消极影响,对"爱国、诚信"等对法治建设有积极作用的因素选择忽视与抹杀;一种是全盘接受,过度宣扬传统道德文化中的"忠肝义胆",不分青红皂白,不分精华糟粕。当代中国法治建设要实现新的超越,基于道德文化的基本特征,必须积极做好传承工作,笔者认为当代中国法治建设实现超越包括以下三个层次:

(1) 继承。诸如:爱国,"苟利国家,不求富贵";明志,"非淡泊无以明志,非宁静无以致远";持节,"富贵不能淫,贫贱不能移,威武不能屈";自强,"天行健,君子以自强不息";诚信,"一诺千金",等等,优秀传统道德文化精髓都要求我们继承、弘扬。而当代中国法治建设很好地引领社会去继承这些优秀传统道德文化,使传统道德文化发挥了较强的现实价值,不仅有些内容被纳入社会主义道德文化之中,更有些内容还直接到上升到法律层面。

(2) 摒弃。当代中国法治建设中对传统道德文化的批判继承,区别与以往的做法——将扬长避短作为批判继承的着力点。当代中国法治建设在做好扬弃的同时,最重要的是做好了摒弃。传统道德文化源远流长,经历了奴隶制、封建制、资本制到今天,经历了从萌芽、到成形、再到根深蒂固,其是集精华糟粕于一身的集合。当代中国法治建设引导人们要摒弃与现今法治国家、法治社会不符的糟粕,如死忠、愚孝以及狭隘的民族观,等等。

(3) 改造。传统道德文化能否被改造?答案是肯定的。那改造的标准如何?当代中国法治建设做出了很好诠释:第一,站在建设法治社会、建设社会主义法治文化的高度来接纳改造传统美德;第二,根据社会主义法治文化的内在要求,对早就根深蒂固的传统伦理道德概念如礼、义、廉等重新赋予新时代

的内涵与意义。

2. 积极引导宗教健康发展

"佛教戒律通过因果报应和六道轮回的学说来督促和监督佛教信徒遵守戒律的自觉性,因为佛教强调善有善报、恶有恶报、善恶报应的主体是自己,并将因果报应放在了彼岸世界,很难被证伪,所以具有很强的威慑力。"① 在佛教徒中已经形成的共识就是:如果自己能够恪守佛教戒律,那将获得因果殊胜;如果自己不能恪守或违背佛教戒律,本身甚至自己的家人也会遭受相应的惩罚。在新时代、新形势下、新格局大背景下,要想引领好宗教健康发展,当代中国法治建设主旋律就是坚持马克思主义理论,高举习近平新时代中国特色社会主义思想旗帜,用唯物主义的世界观、方法论去认识和对待宗教,发展好健康的宗教事业、健康的宗教文化,使全国宗教文化事业能够在我国法治建设的进程中积极前进,紧跟国家主旋律。

与此同时,发展好、引领好宗教文化,当代中国法治建设还要做到遵循宗教文化和宗教工作的基本规律,不搞一刀切,深入研究和实事求是地发现与解决宗教领域的各种问题,并结合新时代下我国宗教文化发展新变化、新实际,不断丰富宗教法治化、宗教中国化的理论内容,不断创新发展宗教文化的形式。尤其是在中国法治进程的大时代下,学会、会学、用会、会用法治理念、法治思想、法治方式解决宗教事务中,尤其是宗教文化发展中的重点、难点。宗教发展中国化、宗教文化法治化的方向能够最有成效坚持的前提保障就是宗教事务工作法治化水平的持续提升。正因如此,宗教事务法治化与宗教文化法治化才是相得益彰的。

3. 坚定不移地开展法治思想普及宣传

将成为新时代新形势下法治思想宣传教育蓬勃发展源泉与动力。

(1) 创新观念。法治思想宣传教育工作创新的根本是创新观念。当代中国法治建设在创新观念方面有两个超越:第一是树立以人为本的法治思想宣传教育观念。在法治思想宣传教育的内容上,以满足群众对法律法规,尤其将贴近生活、贴近实际需求作为法治思想宣传教育的根本出发点,同时还注重法治思想宣传教育的实际效果。第二要改变旧的政府主导观念。过去一提到法治宣传,就认为这是政府的工作。时至今日,政府职能已经发生巨大变化,公

---

① 彭瑞花:《浅议佛教戒律的现代价值》,载《宝鸡文理学院学报(社会科学版)》2015 年第 4 期。

众参与的方式得到发挥。法治思想的普及,同样需要普通群众的努力,建设法治社会,推进法治进程,需要更多社会力量参与。

(2)创新形式。当代中国法治建设在创新形式方面有两个超越:第一是发挥在新时代自媒体优势。在充分运用传统法治思想宣传教育手段如报纸、电视、广播、横幅标语等的基础上,更需要适应现代社会思想观念的发展变化,要运用新时代科学技术,创新发展宣传教育的形式。充分发挥自媒体的价值如微博朋友圈、微信公众号、抖音短视频等新兴传播形式,向社会大众传播积极健康的法治知识、培养法治习惯、培养法治氛围,使人民群众在自娱自乐中能够形成法治思维。第二是法治思想宣传教育与法治实践相结合。学法不是目的,用法才是关键,法律的生命在于实践。实现立法公开,指导公民积极参与国家立法,是法治思想宣传教育的有效途径;推进司法公开,目前法院在审判案件过程中会将部分案件进行视频直播、微博直播等,将司法过程呈现给社会、普通群众,这种变化,就是让人民群众参与法治实践的过程。

党的十八大以来,以习近平同志为核心的党中央全面推进依法治国、加快建设法治中国。在新的伟大实践中,创造性地形成了具有科学理论形态的"习近平法治思想",成为我国新时期全面依法治国的理论基础和指导思想。2018年对于党和国家,对于中国的经济、法治社会,对于我们每一个普通群众都是非常重要的,这不仅是因为改革开放在各领域取得的巨大成就,更重要的是我们每一个人能作为这个国家公民,都能从改革开放这场巨大革命中获益。习近平同志曾提到过"忘记历史意味着背叛",时隔多年,我们以马克思主义的法治观点为前提,以习近平法治思想为指导,再一次重温经典、重读法律文学著作,目的就是为了在法治建设中,不忘初心,要牢记使命,秉持公平、正义,弘扬传统美德,在新时期走出一条富有中国特色的法治之路。总之,在法治进程不断发展的今天,党和政府运用各种可行的手段激励广大人民群众,自觉地参与到法治建设的进程中,使人民群众能切身感受到法治建设取得的成果。

第二十篇　重视对犯罪心理的研究
——基于纪实作品《梦醒魂不归——深圳"7·11"大案探微》的讨论

一、作品梗概

《梦醒魂不归——深圳"7·11"大案探微》讲述的是"在改革开放的时代背景下，围绕着一笔不义之财，那么多五颜六色的人，在欲望的驱使下，那样失去理智的群魔乱舞般的表演，而最后不但竹篮打水一场空，还不得不以身家性命为这场闹剧画上一个句号的故事中的一个个人的表演和异化"[1]。更加难得的是，作品分析了这些罪犯的行为和思想，并分析了犯罪发生的致罪因素及犯罪心理。

"深圳7·11"案是公司内外人员勾结联手盗取公司巨额财产的案件，主要有三个犯罪人员：陈宏伟、陈万富、姚丹。

姚丹在深圳机场油料公司工作，公司有一笔170万元的存款存在她私人账户上，这在当时是比较普遍的做法。姚丹与陈宏伟是情人关系，姚丹虽然有着一份稳定的工作，但是各方面花销都很大，手头很紧，加上陈宏伟吸毒，对金钱的需求很大，所以他们一合计就打起了姚丹账上这笔钱的主意。他们联手香港人陈万富，将姚丹存放在公司保险箱的存折取出来，并且分散到各个网点取钱。拿到这笔巨款，大家分好钱后，姚丹想逃到香港去，在逃往香港的船上，姚丹被贪婪的同伙杀死。经过公安机关的追捕，所有犯罪人员都被抓捕归案，得到应有的惩罚。

这部作品少有地关注了罪犯的犯罪心理，分析了三个主要犯罪人员犯罪心理形成的原因。

---

[1] 杨黎光、蔡志明：《梦醒魂不归——深圳"7·11"大案探微》，群众出版社1998年版，第139页。

陈宏伟,是一个狡诈、自私、无情无义、善于表演的罪犯,物质生活的长期匮乏使他产生了对美好生活的无限渴望。这种对物质的渴望是正常的。我们每个人奋斗的动力都是为了过上更好的生活,这也是社会前进的动力。社会的进步和发展就是不断满足人们对物质生活和精神生活更高的需要。改革开放以来,物质生活的丰富也刺激着人们内心的欲望急遽地攀升、膨胀。陈宏伟及时行乐的人生哲学,使他只注重结果和现实,并不会考虑手段是否符合道德、法律。

陈万富,出生于江苏扬州,8岁时全家随父亲移居香港。陈万富只有小学文化程度,其犯罪的原因是他极度的贪欲。陈万富14岁进入香港的黑社会"14K",黑社会都是凭借偏门如卖淫、赌博等行业捞钱,并不需要付出辛勤劳动,在这样的环境下成长,陈万富染上了恶习——赌博。1992年,陈万富来到内地,在当时的历史机遇期,陈万富凭借港商的身份以及他一定的资本、渠道,是可以借着内地改革开放的东风发家致富的。陈万富跟前妻本来感情很好,前妻也多次劝他退出黑社会,但是黑社会一旦加入就难以退出。直到后来,陈万富为了帮兄弟顶包,因为抢劫罪进入监狱,前妻也对他失望而离开了他,后来他的女儿又不幸患上白血病,离开人世。家庭的不幸,使陈万富更加注重物质的享受,没有了其他任何的自我约束,物欲占据了他的全部。他的心里只有不惜一切地获取横财,用"人为财死"来形容他最贴切了。

姚丹是案件中最令人意外的,也是结局最悲惨的。姚丹在求学时期,在心理学上是人生成长最不稳定的青春期,长期情感方面的缺陷使她的性格倾向得到了定型,其具体表现就是没有什么知心朋友,也从来不向人坦露自己的内心世界,同时也形成了较强的自我实现欲和良好的自我感觉。姚丹在对婚姻的处理上,也多多少少包含有这种成分在内。成长时期感情缺乏和婚姻的不幸,导致了一个女人通过婚姻来达成自我实现这个目标的失败,同时也使她产生了寻求感情慰藉的现实需要。自我封闭、压抑的性格特征,使她自我排解、自我控制能力受到极大的限制。感情的必然宣泄以及巧遇善于接纳和心理安抚的陈宏伟,使她受到暂时的迷惑和安慰而自甘堕落下去,当她真正走到那一步时,她在同案犯的威逼利诱下已经不能自拔了。她只有走下去,解决她现实经济状况的困境。姚丹过度膨胀的金钱欲望所产生的极度贪婪心态,最终将她送上了地狱之路。

综上所述,这三个小故事都分析了犯罪发生的原因,剖析了犯罪发生的致罪因素中的犯罪心理因素,其中蕴含的法律问题在于犯罪心理是如何形成的。

二、作品中的法律问题

（一）学术界关于犯罪心理形成问题的讨论

有学者指出,犯罪心理学的研究对治理犯罪及其刑事一体化发挥着重要的作用,不仅对治理犯罪具有重要的理论价值,而且具有重要的实践功用。二十多年来,我国犯罪心理学的研究取得了很大的发展和成绩,但也存在不足。我国犯罪心理学的研究应进一步明确学科性质与定位,准确界定学科概念,对基础理论与实际应用问题的研究并重,加强与有关学科的联系和沟通,以深化学科研究,推动学科发展①。

有学者从群体犯罪的角度出发,探讨了群体犯罪的犯罪心理。群体犯罪是犯罪的一种特殊表现形式。这类犯罪牵涉面广、腐蚀性强、危害性大,严重地威胁着人民的生命财产安全,破坏社会治安秩序,败坏社会风气,是我国刑法打击的重点。最近几年,群体犯罪的研究越来越受到重视,已经取得了不少成果。但是,从犯罪心理学的角度进行专门的研究,还没有真正起步,科学的、系统的、符合我国国情的群体犯罪心理的理论尚待充实和发展②。

有学者从犯罪心理科学性角度出发,认为自19世纪犯罪心理学作为一门独立的学科在西方国家产生以来,经历了从初步发展到繁荣,从不成熟到形成了一个完整的学科体系的过程。犯罪心理学之所以能够不断发展,其根本原因就在于它具有深厚的科学基础,而实践则是检验犯罪心理学科学性的标准③。

有学者从青少年犯罪的角度出发,研究其犯罪心理的形成过程,认为青少年犯罪是我国当前突出的社会问题之一,未成年人犯罪心理形成的原因是多方面的,其中,家庭生活、学校教育、社会居住环境和情境不良因素的影响是未成年人犯罪心理形成的决定性客观因素,应有针对性地采取有效措施,以防止和减少未成年人形成犯罪的心理,走向犯罪④。

有学者认为,犯罪心理是犯罪行为生成的前提,也是行为人承担刑事责任

---

① 孙秋杰:《对我国犯罪心理学研究中若干问题的思考》,载《甘肃政法学院学报》2007年第95期。
② 栗克元:《群体犯罪心理初探》,载《河南大学学报(社会科学版)》1993年第6期。
③ 刘柏纯、罗大华:《论犯罪心理学的科学基础》,载《河北法学》2005年第12期。
④ 苏英:《青少年犯罪的心理形成因素———典型个案之分析》,载《中国青年政治学院学报》2002年第6期。

的主观依据。犯罪心理的产生应该是一个极为复杂的系统,它是个体在与客观环境交融过程中,个体因素、社会因素互相融合、互相诱导、互相作用的结果,这种交融的方式是立体的、多维的,其转化的机制和结果也是复杂多变的。其进一步认为,影响个体犯罪心理形成的因素大致可以分为两类,即个体因素和环境因素,也即有的学者所称主体内外因素[①]。

(二) 作品中的犯罪心理学应用

犯罪心理学主导了案件的侦查过程,在与犯罪分子的斗智斗勇中,公安侦查人员将犯罪嫌疑人一一捉拿归案,并且通过犯罪心理学的博弈,剖析犯罪嫌疑人的犯罪心理,还原犯罪发生的前因后果,为后续收集证据、提起公诉提供极大的帮助。

案件发生初始,侦查人员被误导了,以为是外部偷窃集团所为,但是通过侦查人员的分析,如果是外部盗窃团伙进入,必然对所有的保险箱入手,不可能留着一个保险箱不动手,这一反常行为下面必然隐藏着猫腻。并且财务室人员进出频繁,只有午间很短的时间里没有人,如果不是熟知内情的人不可能精准地选在这个时间段动手,如果不熟悉内情,这样的行为风险太高,因此财务室内部肯定有内鬼。公安侦查人员决定采取打草惊蛇的方式,再次询问财务室内的工作人员。刚刚经历过如此大案的犯罪嫌疑人,面对公安侦查人员的询问,不可能镇定自若。果然,犯罪嫌疑人露出了破绽。姚丹的内心无法平静了,她已经坐不住了。姚丹逃跑了,公安侦查人员一下子打开了突破口,锁定了其中一名犯罪嫌疑人。

通过对案件的分析,对姚丹本人的家庭、性格的分析,公安侦查人员得出结论,姚丹本人不可能是案件的主谋。姚丹作为一个女子,平时虽然有点虚荣,但是总体给人的感觉很安静,并且家庭条件也不错,父亲是东北某省驻深圳办事处的官员,丈夫是香港人,工资全部交给她支配。本案涉及金额巨大,需要多人同时取钱,并且需要熟悉银行内部流程,需要多人参与,是一个策划缜密的案件,姚丹只可能在其中担任协助角色,以其性格、能力、心理不可能担任主谋,姚丹背后肯定还有更大的主谋在主导这一切。

公安侦查人员分析后,决定挖掘姚丹背后的社会关系,找出这个背后主

---

① 张玉:《论犯罪心理形成的相关因素》,载《求实》2009年第2期。

谋。通过调查,发现陈宏伟有重大嫌疑。陈宏伟是无业人员,坑蒙拐骗,尤其是骗女人有一手,很多女人被骗之后还是对他死心塌地,出钱供他娱乐花销。这样的男人接触姚丹的目的不可能单纯。姚丹本身社会经历少,比较单纯,而且作为财务人员,自己掌握数额巨大的金钱,很可能成为陈宏伟这样的老狐狸的目标,随即公安侦查人员就展开对陈宏伟的追踪抓捕,但以无果而告终。

陈宏伟反侦查能力很强,很会利用侦查人员的心理和思维惯性误导侦查。通过给家里打电话等方式,误导侦查人员以为他在东莞、广州等地做生意,公安侦查人员因此次次扑空。在陈宏伟的老家辽宁,侦查人员与陈宏伟打起了心理战。侦查人员故意不出现,在大范围调查后撤出调查人员,只留一两个侦查人员盯着,但是陈宏伟非常耐得住性子,一直没有出现。事后陈宏伟回忆说,他知道侦查人员就在他家周围,忍耐没有出现,因此侦查人员又扑空了。但是随着同伙的落网,陈宏伟的躲藏之处越来越少,在公安侦查人员的穷追不舍下,惊弓之鸟的生活让陈宏伟再也无法镇定,在一个机缘巧合之下被侦查人员意外撞见而被捕。

陈万富的被捕没有任何出奇之处,但是公安侦查人员一开始并没有将其作为怀疑对象,只为作为一般相关人员关押。但是随着案件的侦查进展以及对陈万富的审讯,公安侦查人员发现了端倪。陈万富是香港人,早年曾经进入香港黑社会,反侦查应对审讯经验丰富,透露给侦查人员的信息真真假假,有很大的迷惑性。侦查人员将计就计,通过审讯让陈万富透露更多的信息,因为信息透露得越多,他的破绽就越大。一句谎言需要用一千句谎言来弥补,因此只要陈万富说得越多,越会漏出破绽。同时侦查人员通过讲解内地的政策,任何犯罪行为只要发生在我国境内,都会受到法律的制裁,打破陈万富以为其身为香港人就不受法律制裁的心理防线,并且通过查证陈万富的陈述是否属实,步步紧逼,突破其心理防线。

本案最终告破,所有犯罪嫌疑人全部落网,但是姚丹也死于非命,死于她的贪婪。

三、评价

《梦醒魂不归——深圳"7·11"大案探微》成书于 20 世纪 90 年代,不仅仅是一本记录犯罪侦破过程的纪实文学,更难得的是分析了犯罪发生的原因,剖析了犯罪发生的致罪因素中犯罪心理因素。本文以管窥豹,分析改革开放

40年来,我国犯罪学及犯罪心理学的发展变化。当然作品中还存在很多的不足,犯罪心理学研究者应当继续砥砺前行,为中国法治建设添砖加瓦。

(一)作品对法治中国建设的价值

本书成书于20世纪90年代,却少有地从犯罪心理的角度来分析犯罪,并且分析了犯罪心理成因的影响因素——环境。20世纪90年代,我国改革开放不过十多年,对犯罪的研究还处于萌芽阶段,对犯罪的成因都没有透彻的研究,更不要说分析犯罪心理的成因。作者却通过大量的实践调查走访,了解陈宏伟、姚丹的成长历程,分析他们成长中的心理变化,进而推理姚丹、陈宏伟进入犯罪的心理状态,深刻地揭示了犯罪的形成原因,对于犯罪的剖析和预防具有重要意义。

1. 跳出了传统的性恶观及天生犯罪人的偏见

作者跳出了传统的性恶观及天生犯罪人的偏见。一些传统理念认为,罪犯天生就是罪犯,生下来就是一个潜在的罪犯,不管什么人生经历都没有效果,最终他们都会走上犯罪的道路。近现代意大利犯罪学家龙勃卢梭就认为,罪犯是天生的,他们的骨相与常人不同,犯罪是一种返祖现象。我们的传统观点也有这种看法,认为有些罪犯骨子里面就很坏,似乎从小时候就注定了他们未来的犯罪结果。但作者跳出了这些偏见,理性地分析犯罪背后的心理因素,比如分析了姚丹对于金钱的极度贪欲以及自我封闭的性格。对金钱的贪婪这样的心理来源于姚丹的家庭,姚丹出身干部家庭,对自己要求很高,认为自己应当获得一定的社会地位和经济地位。在当时的深圳,经济发展很快,金钱对人的驱动力很大,姚丹在当时的环境下不能免俗,金钱至上的观点也影响了她。如果换一种环境,这个事情就不一定会发生了。

2. 不同环境下的犯罪心理形成的对比

作者还几次提到了环境会改变人,如果姚丹一直留在沈阳,对金钱的渴望就不会那么强烈。因为在当时,深圳是特区,经济发展迅速,似乎遍地是金钱,物欲横流,金钱至上,物欲裹挟着个人。作者深刻认识到了环境对于一个人的影响,不管是陈宏伟童年贫困的生活,还是姚丹从初中开始的独自生活,都对他们的性格产生了不可磨灭的影响,这也影响到了他们犯罪过程中的心理变化。环境对人的影响在作品中可以对比看出,作者也有意识地拿出不同环境下的人进行对比。同样是在一个厂里面开车的同事,阿倪留在经济活力欠缺的东北,性格上老实,而南下深圳的陈宏伟就油嘴滑舌,阿倪也承认,如果到深圳去,在那样的环境下,也不知道能不能坚守住自己的内心。

(二)作品中犯罪心理学理论存在的不足

作品的作者虽然认识到了犯罪成因中犯罪心理是很大的因素,犯罪心理决定了犯罪行为,决定罪犯选择哪一条犯罪道路以及犯罪的方式。但是处于那样的时代,毕竟存在时代局限性。

1. 忽略犯罪心理发生的社会因素

作品分析了犯罪发生的内在因素——犯罪心理,但是没有认识到犯罪发生的社会因素。在姚丹工作的单位,出于当时的惯例和工作需要,公司的部分钱款是存放在姚丹私人账户里的,这为她及同伙的犯罪提供了可能。如果没有这样便利的条件和制度漏洞,姚丹他们就不会这么轻易地得手。如果钱是存放在公司的公账上,姚丹无法通过私人账户取钱,虽然他们还是会试图通过其他方式弄到钱,但是补上制度的漏洞让姚丹他们失去了犯罪的环境,最起码本案就不会发生,而且这提高了犯罪的难度,姚丹作为一个都市白领,较高的犯罪风险可能就会让她知难而退。而且如果钱不是在姚丹账户上,陈宏伟也不会打这笔钱的注意,即使发生其他的案子,跟姚丹的关联也就少了很多,姚丹也不会在本案中成为主犯并最终死于非命。

分析犯罪的社会因素并不是为罪犯脱罪。在我们的传统观念中,犯罪是令人羞耻的,因为犯罪了是因为这个人本性很坏,违反道德和法律。其实,根据现在的理论,潜在罪犯是一直存在的,不管通过什么方法,多么严苛的法律,多么深入的教化。当潜在罪犯、被害人在同一个空间,出现合适的犯罪环境时,犯罪就发生了,而这三个因素是动态变化的。环境因素在其中影响很大。就像抢劫案,在夜晚发生的概率就比白天高很多,在野外、树林、偏僻无人的地方就比闹市区的大街上发生的概率高很多。在本案中也是一样,深圳机场油料公司存在很大的制度漏洞,公司的钱款存放在私人账户上,这简直是一个天大的诱惑,就像把大把的钱放在一个人的面前,引诱其去拿,这如同放在狼面前的肉,想指望狼不咬这块肉是不可能的。即使姚丹是一个高尚的人,不动这笔钱,换成另外一个人呢?李丹、王丹,总会有一个人忍不住要动这笔钱。事实证明,在没有陈宏伟、陈万富引诱姚丹时,姚丹已经挪用了几万元公款去支付买房的首付了。极大的诱惑以及很小的风险,给犯罪提供了很好的环境。

因此,完善制度,提升监管水平,消除犯罪发生的环境也是一个重要途径。比如在城市里要弥补监控的摄像头,消除城市的死角,让犯罪环境的土壤减少,这也是预防犯罪的重要方式。

2. 忽略犯罪心理是动态可变的

犯罪心理不是一成不变的。其实很多犯罪具有偶然性和特发性,而不具有必然性。按照作者的描述,似乎姚丹和陈宏伟已经登上了驶往一条不归路的列车。其实在实际生活中,罪犯的犯罪心理是不断变化的,真可谓善恶只在一念之间。姚丹虽然是对金钱有贪婪的欲望,但并不是一开始就试图通过非法犯罪途径获取金钱的。姚丹一开始试图通过婚姻的发生钓上金龟婿,可惜她失败了;后来姚丹试图通过自我奋斗,通过炒股、做生意赚钱,但是社会经历的缺乏让她很快亏掉了本钱。即使是遇到陈宏伟、陈万富,姚丹也不是一开始就想走上犯罪这条路的,在陈万富的胁迫下,在陈宏伟的诱骗下,姚丹不得不配合,她的内心是非常挣扎的。

3. 忽略致罪因素到犯罪行为的发展过程

笔者认为,本作品有一个小缺陷,那就是没有认识到致罪因素到犯罪行为实施间的发展过程。作品分析了主要罪犯的犯罪心理,并且分析了犯罪心理形成的原因,但并没有涉及从意识到行为是如何变化的。犯罪形成的第一个阶段是犯罪意识的产生,客观决定主观,当一个人"自我"在现实中受到打击,情感上受到挫折,为了追求情感的平衡,"本我"就不再克制,理性在选择丧失下反而放纵,犯罪意识也就产生了。犯罪意思在萌芽阶段后,需要吸收、消化、沉淀,这个时候犯罪意识并不占据主导地位,仅仅是一个心理。这个时候心理有很大的对犯罪后果的恐惧,犯罪意识仅仅是内心的想法,是情感的宣泄,很多人都有,但绝大多数人都不会付诸实施。为了获得集体的认同,个人会认同集体规范,但是如果个人不再需要获得社会、集体的认同,对于共同的规范,他就不会再遵守,个人就会在犯罪意识的作用下采用非法手段满足自我,犯罪意识最终产生。第二阶段是犯罪决意的形成。社会会设定目标,给成功下定义。在姚丹所处的时代和社会,在当时的深圳,金钱的富有是成功的标志,金钱就是社会给姚丹们设立的目标,但是姚丹通过个人努力没办法达成这一目标。面对没有达到目标的挫折,姚丹只有三种选择:安于现状、奋发图强、非法手段。姚丹是一个自傲的女人,绝对不会安于现状,她通过婚姻、个人奋斗均没办法实现自己的成功目标,留给她的只有一条路,即通过非法手段来实现目标、消除自己的挫败感。同时个人状况产生相对剥离感,犯罪能力持续积蓄。姚丹为了追求物质享受,嫁给了香港打工仔何志明,但是随着深圳经济的发展,原先落在自己后面的身边人纷纷追赶上来并超越自己,同时他们没有家庭的不幸和烦恼,这让姚丹产生强烈的对比心理,对社会、个人不满的情绪累积,犯罪的动力持续增强。犯罪能量饱和,犯罪决意形成。第三阶段是犯罪行为实施。随着社会控制弱化、便利的环境条件以及被害人相对弱势三个条件的成熟,犯罪进入实施阶段。作品所阐述的案件中,因为深圳机场油料公司的管理制度存在漏洞,其实社会控制弱化、便利的环境条件、被害人相对弱势三个条件同时具备了,姚丹们想要实施犯罪易如反掌,犯罪也就发生了。

(三) 当代中国犯罪心理学的超越

改革开放40年,随着社会经济的发展,物质、精神获得极大的丰富,犯罪并没有减少,反而是变得更多,类型更加复杂,形式更加隐蔽。犯罪学、犯罪心理学的发展也从原来的萌芽长成了大树,进步非常明显。但是我们要更加努力,研究犯罪是为了更好地预防犯罪、减少犯罪的发生,在这条路上任重而道远,需要大家携手一起努力奋进。目前我国犯罪心理学的发展和超越需要做到以下几点:

1. 犯罪心理学语言重构

我国犯罪心理学学科的定义还不明确,犯罪心理学是犯罪学和心理学的交叉学科,其落脚点是心理学还是犯罪学?这一定义关系到学科的发展,到底是研究犯罪行为相关的心理学还是研究心理方面的犯罪学?这些需要犯罪心理学工作者来界定,这是犯罪心理学发展的基础。

2. 实证主义科学的提倡

我国犯罪心理学比较注重理论研究,实践运用过少。本书中记录一件大案的侦破应用到犯罪心理学的知识,但是公安侦查人员并没有系统应用犯罪心理学的知识,有时候只是经验主义,并没有对相关知识做系统的培训,这方面美国走在了前面。美国的一部电视连续剧《犯罪心理》中,侦查人员就是应用犯罪心理学的知识来侦破案件的,而我国在这方面应用太少,特别是一线侦查人员缺乏相应的知识。今后我国应当加大对公安侦查一线人员的犯罪心理学培训,并提高他们的犯罪心理学应用水平。

3. 以操作性为核心

正因为我国犯罪心理学研究者注重理论研究、轻视实证研究,因此犯罪心理学在操作性上比较缺乏。犯罪心理学这一门学科不同于其他学科,应当有很强的操作性和应用性。犯罪心理学只有实践应用到案件侦查中才能发挥其作用。因此,犯罪心理学的研究者应当以操作性为核心,以实证主义为抓手,赋予犯罪心理学更多的可操作性。

第二十一篇　基层民主政治建设的新思考
——基于报告文学《让百姓做主——琴坛村罢免村主任纪事》的讨论

一、作品梗概

《让百姓做主——琴坛村罢免村主任纪事》是由朱晓军与李英合作的报告文学，刊载于《北京文学》2011年第4期。这篇报告文学的故事是基于一桩新闻事件而改编的：浙江省一个偏僻的乡村里发生的村民联合起来罢免村主任的大新闻。

故事发生在金华市婺城区箬阳乡琴坛村，琴坛村是浙西偏僻贫穷的小山村，海拔1 000多米，地势较高，山势险峻，在金华市素有"小西藏"之称。琴坛村像名字一样美，依山傍水，风景秀丽，但却是箬阳乡最偏远的村。在经济发达的浙江，像别墅区似的村庄随处可见，琴坛村却像20世纪80年代似的一片破旧的土屋。村里三分之一的人在金华或经商、或打工，剩下的老弱妇孺靠种茶叶和高山蔬菜维生。

故事并没有真正意义上的主人公，更像是一个群像作品。情节也并不复杂，主要矛盾冲突起源于村主任邓士明擅自做主将集体资源龙潭溪廉价承包了出去。廖祥海、张明华等在外谋生的年轻人听说这一消息后，感到无比愤怒，曾经受到过一定的法治教育，使他们想到了维权，便联合起来，发起对村主任邓士明的罢免活动。于是，像一声惊雷，劈入了这个偏僻而封闭的小山村。当然，这一罢免的壮举，马上迎来来自四面八方的阻力，从以邓士明为首的反罢免派，到村子中漠不关己的中立派，再到饱受压力、陆续有人退出的罢免同乡会。最终，在箬阳乡乡长张士达等领导的指导下，这个因一时激愤而团结起来的年轻团体联合广大村民，通过法定的罢免程序，罢免了邓士明，选举产生了新一任的村主任。

《让百姓做主》中有许多令人深思的细节。在故事的一开始,这批年轻人团结在一起,感慨村主任邓士明的无能,同时也深深懊悔选举时不重视选票的他们,竟或被收买、或送人情地将选票投给了邓士明,从而导致了如今的局面。在事件展开的过程,这批年轻人不时饱受村民们的冷眼,更要担心邓氏一系人的报复,即便如此,这批年轻人却坚韧不拔地说服着众人,顽强地对抗着承包龙潭溪的有钱老板的压力。贯穿故事的更有原村主任邓士明的变化,从一开始的领着支持者找麻烦,到最终,在罢免之势无法抵挡的情形下,发出的一声叹息般的感慨:"好歹也算当了一回村主任。以后就是给我皇帝也不当了!"

写以村主任邓士明为代表的旧势力——反罢免派的过程中,作者还探笔于宗族势力的深广渊源,它如同一张大网,将每个村民都拴系在一个个网扣上。邓士明因此借势登上了政坛——村主任。到此,宗族势力与政权结合而强大的现实,揭示明晰。但作者并未止笔的是现实中另一新特点,引导着思路的更深探寻,即外来资本势力与宗族势力的结合,以及钱和权结成的联盟等,肆意发力,他们始终策划并参与反罢免的行动,成为当前农村政治改革中顽固的阻力。

年轻人组成的罢免派成为与这种旧势力对峙的力量。作者起笔就着力于描写年轻人政治意识的觉醒,矛头直指村中权力的变异。他们有组织,有纲领,并寻求法律规范;他们崇尚团结;他们在被挫败时能自救,并重新集结;他们面对自身的宗族拴束,勇敢突围。

从人物经历的转折点中,开掘其精神世界,以人物塑造的深度,支撑作品整体的文学深度。报告文学的写作,常在现场感和真实性的矛盾中游移,从而限制了人物形象的塑造。于是,重笔于人物转折点的深掘,倒有了避短扬长的优势。人物经历的转折点,就是成败进退的取舍乃至生命攸关之时。

在《让百姓做主》中,作者选准人物经历的拐点,下力深掘,探到人物心灵深处之"神"。比如,反罢免派的灵魂人物邓老师——村主任之兄,宗族势力之深和师道尊严之威,双重支持着他的言行。作者只勾画了他在三个拐点的举动,就使他心灵深处的"神"跃然而出:一是选举之初拉选票使其弟弟当选;二是罢免风波掀起时,罢免派多是他昔日的学生,他软硬相兼,毫不规避;最后是罢免大会即将召开时,他恳求村民不要投罢免票。三处坎阶,皆是村中大事的关口,邓老师直到决定命运的钟声敲响才罢了手。

另一个人物是村主任的母亲。从起初为儿子当选烧香拜佛,到面对罢免派的一跪一叩头,母爱的深沉如海和被宗族化的变异,都在母亲的形象中留下难言之笔。而全不知政治风险的村主任邓士明,面对罢免派,只有柴刀相向的狂暴;在最后的一幕时,竟以"好歹也算当了一回村主任"自嘲,并不知作为一个村主任,自己应尽的义务和职责。

写新生力量,考验着作者对这支未成熟队伍的掌控。他们年轻,因而具有活力,但这个活力需要通过团结一致,才可以实现。作者准确地把握了这个着力点。所以,通过显示年轻人的个性并由此形成的合力,是作者值得我们关注的一个点。最抢眼的人物是廖士勇。这个经历显赫、能力过人的年轻人,是罢免起事之初公推的领军人物。但他因"区里领导"的一个电话,突然退出同乡会,使年轻人突然没有了领头人。作者直面他的卓然才能与心底自私,揭示了新生力量也根基于现实的复杂化。标杆人物,当属廖祥海。他生意忙碌,收入可观,又与村主任是堂兄弟。在这几道藩篱的围挡中,他始终与新生力量生死与共;和他并肩而立的是在前任会长退出后的低潮中,毅然承担会长之职的张明华,他顶住大老板的威胁,在罢免事件中,沉着应对各方压力,一步步推进了罢免派的行动。

作者为了说明小乡村发生的这一事件具有重大意义,特别将这次事件与中国改革开放之初发生在安徽小岗村农民按手印承包土地的事件进行比照,认为"今天琴坛村民同样用按红手印的方式表达了政治民主的诉求。一个是经济,一个是政治,都有里程碑意义!"议论虽不多,却有很重要的话语意义。作品以紧凑的情节、激烈的冲突、细致的文字,让阅读者感受到了村民们的觉悟和乡村基层民主政治正在发生的进步。

二、作品中的法律问题

《让百姓做主》通篇围绕着琴坛村村主任选举展开,从邓士明通过种种手段竞争村主任成功到村民们联合起来罢免并选出了新的村主任,体现的正是我国农村基层民主政治与基层民主选举。

农村基层民主建设是社会主义民主政治在我国农村的最广泛的实践,是基层民主建设的重中之重,关系到社会主义新农村建设的成功和中国特色社会主义民主政治的实现。目前我国农村的基层民主政治建设主要体现在"村民自治"上,包括村民委员会直接选举制度、村民代表会议制度和村务公开制度三个制度和民主选举、民主决策、民主管理和民主监督四个民主[1]。

(一) 我国基层民主政治制度的现状

在《让百姓做主》的故事中我们可以看到,当前我国农村基层民主建设仍然存在着大量制约民主发展的不利因素,农村基层民主的形式和内容还不统一,基层民主、村民自治的理念未能真正落到实处。其主要原因落在三个方面:

1. 村民整体素质不高,民主意识不强

列宁曾经指出:"文盲是站在政治之外的,必须先教他们识字,不识字就不能有政治,不识字只能有流言蜚语、传闻偏见,而没有政治。"[2]罗素也曾指出:"一个国家如果有许多人不识字,就不可能有现代化的民主。"[3]改革开放以来,随着教育事业的发展,我国农民素质有了很大提高,但整体水平仍然不高,农民自身素质问题制约着农村经济发展和农村基层民主政治建设。由于缺乏科学文化知识,农民的民主意识淡薄,对民主的意义和作用认识不到位,个别群众甚至曲解民主的含义,以为民主就是凡事由自己说了算,搞"大民主",在行动上出现极端个人主义甚至无政府主义,稍有不满就借题发挥,带头闹事,很容易引发群体性事件,致使个别村多年换届选举没能选出领导班子,村务管理长期处于瘫痪状态。

正如《让百姓做主》中对为维护全村利益奋斗的罢免派青年们冷眼相待、明哲保身的村民们一样,部分村民不关心政治,缺乏合作意识、公共意识,这样不仅直接影响了其民主政治的参与程度,而且在一定程度上滋长和纵容了某些村干部的官僚主义作风。农民整体素质低下导致了基层民主建设的水平低、层次低、参与自治的积极性低,还严重影响到村级民主管理和民主监督的发挥。

2. 村级民主决策、民主管理和民主监督未能真正落到实处

以没有听取村民们意见就擅自将龙潭溪承包出去的原村主任邓士明为典型,一些农村基层干部在工作中带有浓厚的封建家长制作风、封建式权威和专

---

[1] 王乐夫:《新时期农村基层民主政治建设的进程及其政治学分析》,载《江海学刊》2002年第3期。
[2] 列宁:《列宁全集(第37卷)》,人民出版社1967年版,第59页。
[3] 罗素:《社会改造原理》,上海人民出版社1987年版,第37页。

制思想。在决定一些重大村级事务时不召开村民大会,将村民大会以村委会委员碰头会、村委会和村党支部碰头会代替或由村主任、村支书个人拍板决定,使村民的民主管理、民主决策权利旁落。

更譬如在邓士明走马上任之前公饱私囊的前任村主任,在村务公开上,一些农村基层干部掩饰村财政实际收支,财务公开不实、不细,在财务支出上,许多大额支出没有标明去向及项目,非常笼统,使村民对村里财务、资金的使用、支配情况无法掌握,从而村民无法对村务行使监督权。

3. 村政治文明建设缺乏制度保障,执法监督力度不够

首先,我国对农村基层政治建设还缺乏相关法律和制度保障,这样导致乡镇行政与村委会和村两委之间关系难以理顺。从法律的角度看,我国现行的《刑法》《行政诉讼法》和《行政复议法》没有把农村村级民主政治权利列入调整和保护对象。由于现行法律对违反《村民委员会组织法》的行为在惩罚方面缺乏硬性规定,使得一些严重违法乱纪的行为得不到及时、有效的处理,给农村基层民主政治建设带来了很多负面影响①。

其次,村委会与村党支部关系紧张,具体表现为各管各的事、"书记管党务,主任管村务",村两委变成两驾马车,各唱各的调,村两委大事不讨论、小事不商量,遇事相互推诿、扯皮,影响了村级工作的顺利开展②。

改革开放不仅为我国农村经济的发展注入了新的活力和动力,同时也使得农民的生活发生了翻天覆地的变化。然而,因为历史原因和体制等方面因素的影响,目前,我国农村经济的发展与城市相比还存在巨大的差距,农村经济基础也较为薄弱。同时小农经济的存在也制约了农村经济的深度发展,由于受到市场经济体制政治逐步的成熟和完善、农村劳动生产率、剩余产品率较低等各方面因素的制约和影响,使得农村基层民主建设始终停滞不前,无法深入地开展和发展③。

(二) 对农村基层民主选举的思考

琴坛村只是个偏僻贫穷的小乡村,然而它迸发出的农村基层民主选举的热

---

① 王宏建:《当前我国农村基层民主建设存在的问题及对策》,载《信阳农业高等专科学校学报》2007年第1期。
② 黄红东:《新形势下我国农村基层民主建设存在的问题及对策》,载《中国井冈山干部学院学报》2009年9月第2卷第5期。
③ 宋州、江娅:《农村基层民主政治建设问题探讨》,载《中共山西省委党校学报》2016年第39期。

情却感染着关注基层民主的普通民众。社会主义民主的本质是人民当家做主。建设高度的社会主义民主,是社会主义现代化建设的根本任务和根本目标之一。

在社会主义民主的四个环节中,民主选举是基础,是充分体现广大人民群众意志的最重要的形式。我国《宪法》规定,全国人民代表大会是最高国家权力机关,地方各级人民代表大会是地方国家权力机关。人民通过民主选举产生人民代表,组成全国人民代表大会和地方各级人民代表大会。扩大农村基层民主,实行村民自治,是党领导亿万农民建设中国特色社会主义民主的伟大创举,它对促进我国全面建设小康社会产生了积极而深远的影响。改革开放以来,村委会换届选举作为中国农村民主建设的伟大实践,经过曲折的发展,逐步走上了规范化、法制化轨道。特别是《村民委员会组织法》颁布实施后的几次村委会换届选举,使村民自治更加规范化、法制化,它标志着农村基层民主建设进入了一个新的阶段。

改革开放以来,中国农村经历了八次村委会换届选举,从村民对村委会换届选举的关注度与参与度来看大致可分为四个阶段:

第一阶段:冷漠期。这一时期农民对民主的含义认识不足,对选举自己的带头人心存疑虑,缺少信任,总以为自己的选票不会起多少作用,任由上级党委和政府指定人选,因此,这一阶段前任当选占较大比例。

第二阶段:逆反期。这一时期县、乡两级党政部门尚没有在真正意义上放手,总担心老百姓选出的人不好指挥,加以工作方式方法上受计划经济影响,以致村民产生了诉求不能得到完全表达、选举岂不多此一举的反感思想,导致了无论是出于对上级圈定的候选人不满意还是故意和指定候选人作对,都使其不能全票或多票当选的不良结果。

第三阶段:参与期。这一时期的特点是,农村中一些综合素质较高、有一技之长和有创业激情的复转军人、外出务工经商人员以及家族势力较大的人员等开始参与竞选,此时,部分村镇也给这些竞选人员创造了机遇,搭建了平台。

第四阶段:主导期。这一时期是村民自治由自发转向自觉、从无序过渡为有序,属于由启蒙向成熟的转换时期。村民真正意识到村委会选举是实现村民自治的基础和核心,因此,选举时绝大多数村民都有了明确的主见和明智的抉择[①]。

---

① 牛菊英:《村委会换届选举与基层民主建设》,载《中共山西省委党校学报》2011年第1期。

在实践中,民主选举并不尽如人意,特别是在基层,选举形式化的现象比较严重,影响了民主选举的质量,挫伤了广大人民群众参政议政的积极性,在某种意义上阻碍了民主的进程。

1. 基层民主选举程序不规范

农村基层民主选举是广大村民依据自己的意愿直接选举出管理本村事务的村委会成员,选举出充分代表村民利益的领导班子,民主选举也充分阐释了"民主是人民当家作主"的地位。实践中由于各种主客观的条件制约,基层选举工作中存在明显的轻程序问题,未能按照相关的法定程序进行选举。不按程序成立选举委员会,不按程序推选出候选人,不按程序进行选举,选举工作就难以实现民主。选举程序的不合法、不公正以及不合理定会导致乡村民主选举的公信力缺失,村民利益难以得到有效的表达,程序趋于形式化。选举程序不规范也会从根源上会导致选举不民主,影响选举工作下一步的开展。

2. 政府权力的"越位"

乡镇人民政府拥有对自己所管辖的各个村落的指导、支持和帮助的权力,这并不意味着可以剥夺村民自治的权力。目前基层换届选举、县乡两级人大代表选举存在政府权力"越位"的现象,特别是乡村"两委"换届选举中,政府过多干预选举过程的事项,导致村民的"人民主体"地位和"人民主权"权力无法真正实现,也就无法保证"权为民所用,利为民所谋"的目标。政府权力的"越位"消减甚至剥夺了村民自治的权力,使民主选举成为一种"空有"的形式。

3. 村民民主意识薄弱

随着社会经济的不断发展,人们的观念已经发生了转变,从过去的"政治挂帅"已让位于今天的"以经济为中心",从而忽视了政治生活。农村人口流动也比较大,一些农村呈现"空心村"现象,村庄留下的大多数缺乏劳动力的老人和儿童,留守人口多数不懂得如何依照民主程序行使民主权利。对于外出务工人员,他们只关注自己的经济利益,政治参与热情不高,民主意识也极度缺乏,几年一度的换届选举对于外出的大多数村民来说完全是无所谓的态度,对于村民选举投票,选择不投或代投就不可避免发生,这将会严重影响乡村民主选举的质量。

4. 村民主体地位缺失

村民是农村民主治理的重要主体,民主治理缺少了村民的广泛参与,民主就无从谈起。村民主体地位缺失主要由两个方面的原因造成的:一是忽视了村民才是重要参与的主体。村委会是村民利益的代表,它在政府和村民之间起一种桥梁沟通的作用,然而在选举工作中,村委会主任及委员并没有通知到每位村民参与,并鼓励他们积极参与,间接地扼杀了村民行使民主的权利。二是村民不愿意参与。村民不愿参与有很多方面的原因:第一,紧张的干群关系,一些干部缺乏为村民服务、为村民办事的责任感,甚至产生影响村民直接利益的事,导致村民对村委会的极度不信任;第二,村民一般只关心与自己有关的直接利益和权利,对公共利益和权利漠不关心。村民主体地位的缺失,体现不了人民当家做主,从某种程度上也助长了选举过程中贿选的现象,无法真正落实从"乡政村治"到"乡村民主自治"的转变,无法实现真正的选举民主。

5. 农村宗族势力的影响

我们的格局不是一捆一捆扎清楚的柴,而是好像把一块石头丢在水面上所发生的一圈圈推出去的波纹。每个人都是他的社会影响所推出去的圈子的中心,被圈子波纹所推及的就发生联系。每一个网络有个"己"作为中心,各个网络中心都不同[1]。每一个网络就可能是由血缘关系或地缘关系所组成的一个强大的势力,就是我们所谓的宗族势力,这种农村社会交往形式是由乡村生产方式和村社会文化网络所决定的,在乡土社会当中是很难杜绝这种现象的发生。在农村由于这种势力的存在,基层选举工作的民主性会遭受严重影响[2]。

三、评价

朱晓军、李英的这篇报告文学尽量回避了过度的虚构,而是在叙述的时序安排上做文章,挖掘事件内在的情节要素,强化事件中的悬念,保持叙述的张力。这篇报告文学的文学性来自丰富生动的细节,而这些细节的充实得益于作者细致和充分的采访,而不是想当然的虚构,不仅具有生动性,而且更加夯实了报告文学真实性的根基。

报告文学的力量还在于思想性,《让百姓做主》能够超越新闻报道,应归功于它传达出来的思想深度。其实一篇文学作品的思想深度并不在于作者发了多少议论,而在于作者能够抓住叙述对象的核心,鲜明地点出事物的要害。这

---

[1] 张玉洁:《社区协商民主实践成效与限度研究——以深圳市文华社区居民议事会为例》,深圳大学硕士论文,2017年。
[2] 幸美玲:《农村基层民主选举中存在的问题及对策探析》,载《劳动保障世界》2018年第26期。

篇作品基本上是在客观叙述事件过程,很少发议论,只在叙述结尾点出了这一事件对中国农村变革的"里程碑的意义"。

作者之一朱晓军就说过:"真正的报告文学是来自时代前沿的、具有忧患意识和批判性的。"朱晓军始终是怀着这样的信念进行报告文学写作的,他的写作看上去不合潮流、不赶时尚,但他为了达到自己追求的目标,宁愿打一场"短平快"的战斗。因此他的作品多半都是篇幅短小的,也是真诚质朴、简洁明快的。但正是这种简洁明快,才能直截了当地揭示问题的症结,才能最有效地展现批判的锋芒。朱晓军报告文学中体现出的质朴精神,让我们感觉到一种回归,回归到报告文学最原初的意义上,回归到报告文学最火热的、最有社会影响的年代。

读完《让百姓做主》不难发现,琴坛的村民曾经以高票推选邓士明当村主任,但在两年不到的时间里还是这些村民又以高票罢免该村主任,这充分证明了"水能载舟,亦能覆舟"。百姓高票推举,是因为他们满怀着信任;百姓高票罢免,是因为他们满怀着怨怒。顺民意者昌,逆民意者亡。民意是天,民意不可违!

党的十八届三中全会《关于全面深化改革若干重大问题的决定》提出推进法治中国建设。基层是各类社会活动的主要场域,国家法律贯彻执行得如何,民主法制建设进展得怎样,基层是"晴雨表"。基层法治建设在法治中国建设中占有十分重要的地位,是法治中国建设整体推进的基础环节。

随着依法治国基本方略的确定和实施,我国基层法治建设不断加强,区域法治建设蓬勃发展。各地法治建设的实践探索,为法治中国建设积累了宝贵经验。当前,我国正处在改革攻坚期和深水区,各类社会矛盾叠加,经济形势错综复杂。面对一些法律制度尚待完善、法律权威还未真正确立的社会现实,强化法治观念,并注重从基层推进法治中国建设,具有重大而紧迫的现实意义。

作者从罢免与反罢免的事件中,看到的是当今乡土中国政治改革中两种势力的博弈,我们更可以从中总结出以下建设农村基层民主政治的路径:

首先,要加强乡村基层党组织的学习培训,用不同培训形式,来提高乡村基层党员对新形势的认识。依据乡村社会结构的变化来强化乡村基层党员建设的管理,对流动党员的管理工作要做到位。注重激发乡村基层党员队伍的活力,鼓励他们充分发挥党员的先锋作用,紧密联系广大乡村基层群众。

其次，《宪法》和相关法律仅对乡村基层法律法规进行了原则性规定和完善，在现实中，我国幅员辽阔，各地区经济、文化、宗教、风俗和地理条件都不相同。各区域在贯彻执行乡村基层民主建设时，应全力完善基层民主建设的地方法规。在遵守宪法和法律的原则性规定下，依据本地区的人口状况、经济文化以及地理条件等各个因素，来制定出适合本区域基层民主建设的地方法规，从而有利于提高乡村基层民主建设的落实程度。还应该积极完善乡村基层政治体制改革，明晰乡村基层干部的权利、责任、利益之间的关系，科学合理地分清乡村基层管理部门之间的关系，为乡村基层民主建设提供完善的制度保证。

党性高、文化素质强的乡村基层领导干部，是建设乡村基层民主重要的基础性力量，提高乡村基层干部党性和文化素质，是建设乡村基层民主进程中不容忽视的一步。所以，必须要加大对贫困、偏远地区的教育力度。除大力完善基础教育设施外，还要针对乡村基层干部进行党性教育，使他们不断强化先锋队意识，正确处理好个人利益和群众利益之间的关系。

再次，在乡村基层民主建设中，应该有针对性地加强完善《村民委员会组织法》并加大宣传力度，让村民知晓自己的权利并主动维护自己的权利。在针对重大村务的决策中，应该保证各项程序细致透明化，对参与群众的权利、责任、义务以及参与决策的规则都规范化，使基层村务透明化，促进乡村基层民主建设。

最后，积极对乡村基层群众普及民主法制教育，提升乡村基层群众的主人翁意识。教会他们在合法权益受到侵害后，该怎么运用法律武器来维护自己的合法权益。加强乡村基层群众依法参与管理的能力，使乡村基层群众主动行使自身权利，自觉履行自身义务，使乡村基层民主建设进程能够步入一个良性循环的轨道。

总体来说，我国乡村基层民主的建设是取得了巨大进步的，但纵观乡村基层民主建设过程与社会结构的问题研究，因各地区对政治观念的把握不同、经济文化发展不均衡等因素，导致一些问题亟待解决。只有解决乡村基层民主建设中的问题才能更加合理地完善乡村基层管理机构，完善相关基层管理机构的职能，从而建立起一个充满活力的社会主义新农村，实现全面建成小康社会的目标[①]。

---

① 邹腊敏、柯艺伟：《乡村基层民主建设面临哪些难题》，载《社会治理》2016年第26期。

程序公正是建设政治文明和现代法治社会的基石,也是实现结果公正的前提和保障。若缺乏科学的选举程序,民主选举不仅难以达到既定目的,甚至可能成为腐败的催化剂①。建设农村基层民主政治,要落实村民选举程序,使选举更加规范化。没有有序健康的基层选举,农民对村干部也就失去了监督约束的能力,村民自治、基层民主也就无从谈起。一是在成立选举委员会的过程中,要对选举委员会成员的素质进行严格的把控,避免宗族势力的存在以影响后续选举工作的民主性。二是确保大多数村民现场参与选举,保证其公平合理性。对于外出打工村民,应拟定合理的规章制度,防止其选举权与被选举权被剥夺;对于其委托投票行为,对委托代投的数量及手续要做出严格的规定。三是对选举过程中可能会出现的贿选等违规行为,要采取"零懈怠,零容忍"的态度进行严格把控,若发现贿选等违规行为应采取严格的惩罚措施,并公开宣布以警示后人。

要通过教育培训,培养村民的政治素质。因此需要加强农村教育,培养村民的政治素质:一是加强政治科学知识的普及,澄清村民对政治生活的误解和偏见。也要从根本上纠正一些村干部对于政治权力的滥用,如试图用金钱影响和支配政治。二是培养村民的法律意识,充分利用互联网等新媒体,大力向村民宣传党在农村民主政治建设方面的所出台的政策方针和法律法规,加强村民的民主法律意识的教育,使村民学法知法懂法守法和用法,从而减少或杜绝基层干部行政违法的发生。三是转变传统不愿表达自己意愿和利益的民主权利观念,提高作为民主政治主体的主体意识、平等意识、权利意识和竞争意识,拥有强烈的政治责任感。

要利用各方力量,加强选举监督力度。村民委员会的权力来自村民授权,并接受村民的监督。公共权力来源于人民并接受人民监督可以说是村民自治的精髓,也充分体现了民主的价值取向。但目前村民监督选举的渠道并不完善,导致村民监督缺位。因此,一是要加强政府对选举的监督。村民自治是农村特有的治理模式,但乡镇政府对乡村治理也拥有指导、支持和帮助的权力,因此对于乡村民主选举应进行全面的监督。当然这并不意味着政府可以"越位"对村民民主选举进行干预,政府应加强对委托投票行为的监管,对村委会是否严格按照正规程序进行选举的督促等,更好地保障村民的知情权和监督

---

① 刘卫常:《完善农村基层民主选举的几点思考》,载《党政论坛》2018年第10期。

权。二是加强村民对选举的监督。在村委会提前宣传选举工作,让村民充分了解候选人信息,实行对选举过程的全面监督。三是加强社会舆论监督。利用新闻媒体或社会机构等参与村委会换届选举,对选举的各个环节进行有效的监督,让权力在阳光下运行,确保选举过程组织规范、选举结果公正有效。

我国农村基层民主选举的发展完善,不是一蹴而就的,而是一个长期而复杂的过程,我们不能因为存在问题就全盘否定基层民主选举制度,而是应该通过村民选举制度创新,提高村民选举的规范化程度,使村民选举有序进行,村民的意志能够得到尊重,最终实现村民自治①。乡村民主选举在乡村民主治理中发挥基础性作用,为实现乡村民主选举的更好发展,我们必须坚持共建共治共享的农村社会治理新格局,引领村民积极参与治理,共同为新农村发展出力,发展成果为每个人所共享。

《让百姓做主》用质朴的文字反映的正是我国基层民主建设面临的重重困境,可是作者想要表达的不仅仅于此,这个故事圆满的结局同时也预示着基层民主选举与政治建设的新篇章与新未来。村民对于民主的认识不断深入,对自身权利的保障意识逐渐成长,让学者们看到了基层民主政治的新希望,更是作者想要表明的完善基层民主政治的根本途径。

---

① 余培:《浅析农村基层民主选举的路径创新》,载《法制与社会》2018年第9期。

第二十二篇　法治社会离不开公正执法
——基于小说《漫天芦花》的讨论

一、作品梗概

《漫天芦花》①主要讲述在中国某县城苏家发生的事情。苏家是当地有名的书香之家，家风清廉。作为这家的掌门人父亲苏几何是一位中学校长，这"苏几何"实际是绰号，因为他特别擅长几何，时间长了，很多人反而忘记了他的大名。苏校长有三个孩子，大女儿静秋在当地中学毕业后考入复旦大学，二儿子明秋上了清华大学，故事就发生在老三白秋的身上。

老三白秋当时正读高三，是班上的学习尖子。老三白秋初中毕业那年，以全县最高分考上了一所中专，但后来还是继续读高中学习，因为他有个目标，想进北京大学。老三白秋是高三的孩子王，所有男生都服他，也是不少女生对他有说不明白的味道。老三白秋最要好的同学是王了一，这位同学很聪明但体弱多病，长得有些女孩气。王了一同学有个妹妹叫王白一，是个盲人。

高三学生以在学校寄宿为多，一般星期六才准回家住一晚，星期天晚上就要赶回学校自习。某个星期天，王了一回学校的途中被街头的小混混三猴子一些人误以为是女孩而调戏了一番，后来发现他是男孩觉得扫了面子，便把了一揍了一顿。苏校长和同学们为此事报了警，叫来了派出所的所长马有道，但

---

① 《漫天芦花》是王跃文的中篇小说之一。王跃文，湖南溆浦县人。现任湖南省作家协会主席、党组副书记，湖南省政协文教卫体和文史委员会副主任，中国作协主席团委员。曾荣获第六届鲁迅文学奖、2006 年度湖南省青年文学奖，多次获《当代》《作品选刊》《中篇作品选刊》等刊物文学奖。曾被授予"湖南省德艺双馨文艺家"，被推为湖南省 2010 年度十大文化人物。主要作品有：长篇作品《国画》《梅次故事》《朝夕之间》《爱历元年》《西州月》《大清相国》《亡魂鸟》《苍黄》；中篇作品集《漫水》《无雪之冬》；散文随笔集《幽默的代价》；访谈录作品《王跃文文学回忆录》《无违》等。其作品既有对现实矛盾的锐利揭示，又有对历史长河的人文发现，也有对故乡的深情回望。

一个多星期过去了,派出所对此事却不做解决。老三白秋和其他同学心里很不平,年轻人往往血气方刚,有一位朱又文同学就与老三白秋商量,说干脆我们同学们自己找到三猴子们揍上一顿。大家一合计,事情就定了下来。

这天晚自习,朱又文开小差到街上闲逛,发现了三猴子和他的女朋友秀儿以及他的小跟班红眼珠在南极冰屋喝冷饮,便带着一帮同学把三猴子们狠揍了一顿。随后三猴子带了一帮人堵在学校门口,叫嚣要踏平学校,马所长赶到后才算平息了事态。第二天,马所长黑着脸来到学校,说要处理几个人,却没有具体细说便走了。苏校长痛心疾首,觉得自己的孩子老三白秋也参与了此事,便不顾老婆和其他同事的反对,硬揪着老三白秋去了派出所,并同马所长说好,将他拘留一个星期。

老两口在家火急火燎地熬过了一个星期,但到苏校长去看守所接儿子时,却没承想看守所不肯放人了。马所长的解释是,三猴子、红眼珠的伤都很重。特别是三猴子,还失去了生育能力。他们在没有对这个案子做深入调查的情况下,就主观认定老三白秋是主犯,否则苏校长不会这样积极地把他带进看守所。苏校长又无力自白。老三白秋被送劳教所劳教三年,自然也失去了参加高考的机会。

三年之后白秋回到了家。家里一切如故,只是多了几栋高房子。但他的那些同学早已各奔东西,有的在大学就读,有的已参加了工作。了一在上海交大上大四,朱又文在银行上班。社会对老三白秋这样的人,基本不闻不问。他为劳教的事情一直记恨父亲,这时苏几何已退休这家,父子俩无法交谈。

白秋时常出门在街上闲逛。不想遇见了老虎,老虎是他在劳教农场的兄弟,一年前放出来的。两人闲扯了一下,老虎要请白秋下馆子,也许因为苏家太知名,白秋在饭馆里生剥活蛇、生吃蛇胆的事很快在县城流传开来,而且越传越神。有人说,白秋关了几年,胆子更加大了,心也更加狠了,手也更加辣了,杀了蛇吃生的。好心的人就为白秋可惜,说一个好苗子,就这么毁了。在老虎的安排下,白秋还认识了城西桃花酒家老板芳姐,两人产生了懵懂的情愫。

但白秋总想着如何报复三猴子和当时作为派出所所长的马有道。他认为,他沦落到现在这般地步,全是他二人所致。随后的一段时间,白秋伙同老虎利用人们对蛇的迷信,把三猴子的天霸酒家整倒闭了并接手过来,更名为"天都酒家"。白秋名声越来越大,县城几乎所有人都知道天都酒家的白秀才。

又有在劳教所同他共过患难的兄弟出来了,都投到他的门下。城里的混混有很多派系,有些老大不仁义,他们的手下也来投靠白秋。白秋对他们都以兄弟相待,并没有充老大的意思。他越是这样,人家越是服他。老虎名义上带着一帮兄弟,可连老虎在内,都听白秋的。

一天,县城关派出所的副所长老刘找到白秋,他与马有道共事多年,发生不少摩擦,老刘找白秋要他帮些忙。十多天后传出爆炸性新闻:作为县公安局副局长的马有道在宏达宾馆嫖娼,被城关派出所当场抓获。县有线电视台的记者等也跟了去,将整个过程都录了像。后来有消息传出,是白秋安排侦破了此事。马有道平时口碑不太好,于是人们便很佩服白秋。

白秋在社会上的名气越来越响。就有社会上的一些帮派提议,开个会将各派联合起来并推选一个头儿。白秋原本不想凑这个热闹,无奈拗不过老虎,只得前去观望一下。白秋在心里从来不认为自己是老大,只是拥有一些很好的兄弟而已。谁承想大家却一致推选他做头。尽管白秋拒绝了这个提议,但此后,城里的其他兄弟已经将他视为老大。

某天早上,朱又文找到白秋想让他帮个忙。原来朱又文爸爸在公安系统工作,但他的配枪被人偷了,不敢报案,只能让白秋身边的朋友帮帮忙。白秋本来不想帮这个忙,朱又文虽然是他同学,但做事没有担当,不够朋友。但经不起朱又文的一再恳求,白秋便答应试试。几天以后,朱又文的家人清早在自家阳台上发现了丢失的手枪。可是谁也没有料到的事情发生了。就在这天下午,刑警队来人带走了白秋,老虎和红眼珠也被抓了起来。原来,朱又文爸爸朱开福见自己的枪果然被送了回来,大吃一惊,就同几个县领导碰了下头,认定县里存在所谓黑社会势力,决定要快速整治一番。

在没有实际证据的情况下,就凭一些人的说辞,白秋被认定是当地黑社会头号老大,有严密的组织系统。已发生的多起犯罪案子都与他有关,还涉嫌几桩命案。尽管他做了解释,但无人认真听他的解释,最终白秋被处以死刑。

二、作品中的法律问题

笔者试图通过小说所描述的故事情节就法治社会离不开公正执法进行论述。

（一）执法不公影响法治社会的稳定

法治社会的内涵指的是社会所有主体在自觉遵守国家法律和相关领域社会规范的同时，参与到非政治性的公共生活和私人生活，由此而形成高度规范化和法治化的社会。法治社会的主体不仅包含了国家，还包括各种社会主体和个人等所有主体，非政治性的公共生活和私人生活是其主要的活动领域，法治社会的规范涵盖国家法律和各种有益的社会规范。法治社会具有自觉性，主要体现在法治的深入人心和自觉遵循。

执法，又称为法的执行，是指国家行政机关和法律授权、委托的组织及其工作人员按照法定职权和程序执行法律的活动[1]。法治社会稳定的关键在于法律能否得到公正执行，公正执法是维系正义的重要关口，也是法治社会的基本要求；必须严格执行法律，准确适用法律，实现实体公正和程序公正，做到防错防漏，不枉不纵，保证法律的天平永远不倾斜。因此，在执法中不得搞关系执法、人情执法、态度执法。但当前在执法过程中仍不同程度地存在着多层执法、多头执法、以权谋私等问题，影响了执法的公正性，也影响了法治社会的稳定。

就这部小说而言，首先，三猴子之所以这么有恃无恐，是因为他姐夫在当地公安部门，县公安局也不便把他怎么样，有时他闹得太不像话了，抓进去关几天又只得放了人。这说明部分执法部门没有严格依法办事，滥用法律赋予的权力，乱执法，甚至擅自越权执法；还有部分执法人员不严格执法，不认真履行职责，敷衍草率，使违法者有可乘之机，进行违法活动，扰乱社会秩序，致使受害人的合法权益受损。

其次，白秋发现执法机关完全把他当成了白河县城黑社会的头号老大，而且有严密的组织，似乎很多起犯罪都与他有关，还涉嫌几桩命案。这也表明法律丧失了应有的权威，执法力度不够，执法环境较差，使得很多违法者得不到应有的制裁；同时，由于执法机构过多，一个违法行为，可能会触犯多个法规，几个部门进行执法都有自己的法规依据。于是一些执法部门为了自身的利益，对有利的事情争着管，违反"一事不再罚"原则，重复处罚；而无利的事情则嫌麻烦，互相推诿不愿意管。甚至对于许多的无头悬案，迫于多方面的压力，不得不找一个替死鬼，最终形成冤案。

---

[1] 李瑜青：《法理学》，科学出版社2008年版，第149页。

最后，香香这一伙人的生存之道也正是利用了执法随意性大这一漏洞，因为有的执法人员在对执法对象执法时不是依照违法的程度处理，而常常以态度来决定执法力度。如在检查同类场所、办理同一起案件、处理同案当事人中，不是法律面前人人平等，而是凭个人关系、感情、好恶，"灵活"地运用法律，或者钻法律的空子，在法定幅度内畸重畸轻；在同等条件下办理审批同样的法定手续，有的一路顺风，有的处处卡壳；在进行监督检查指导时，有的必须立即整改，有的却限期整改，限期整改时间有的很长，有的很短，有的甚至仅口头提提。

（二）法治社会离不开公正执法

1. 行政执法公正的内涵

行政执法的内涵在理论界和法律实物界存在着争议。主流观点认为，行政执法，从广义的角度理解，是相对于立法、司法而言的，是指国家行政机关对法律的执行和实施，包括整个行政行为[1]；而狭义的行政执法，仅指行政机关实施的行政处理行为，是相对于行政立法如行政机关制定行政机关法规和规章的行为、行政司法如行政机关裁决争议和纠纷的行为而言的，不包括行政立法和行政司法[2]；在特定的场合，最狭义的行政执法，甚至仅指行政监察检查和行政处罚行为，不包括行政审批、许可、行政征收、行政给付等其他行政处理行为[3]。本文所说的行政执法，采用的是狭义的概念。

公正的概念涉及社会各个领域、跨越多个学科，具有丰富的历史内涵。《辞海》对于公正的解释是："不偏私，正直。"[4]《现代汉语词典》中"公正"是指公平正直、没有偏私[5]。古今中外的哲学家、法学家曾经对"公正"下过不同的定义。亚里士多德认为：公正是一种完全的德性，不公正是违法而不均的，公正则是守法和均等的。他将公正分为两类：一类表现在财物和荣誉的分配中；另一类是在交往中提供是非的标准[6]。公正与我们是如此的紧密，以至于常常忽视它深邃的内涵，当我们仔细研究并试图给它下个定义时，发现正如博登海

---

[1] 张志诚：《行政执法与行政诉讼》，新华出版社1990年版，第50页。
[2] 许崇德：《新中国行政法学研究综述》，法律出版社1991年版，第293页。
[3] 姜明安：《行政执法研究》，北京大学出版社2004年版，第7页。
[4] 《辞海》，上海辞书出版1997年版，第263页。
[5] 《现代汉语词典》，商务印书馆1996年版，第437页。
[6] 王德胜：《中国中学教学百科全书——政治卷》，沈阳出版社1990年版，第170页。

默所说的:"正义具有一张普洛透斯似的脸,变幻无常,随时可呈现出不同形状,并具有极不相同的面貌。当我们仔细看这张脸并试图解开隐藏其表面之后的秘密时,我们往往会深感迷惑。"①

笔者认为,所谓行政执法公正指的是行政机关在实施行政行为中,使得人与人之间的权利或利益得到合理分配。

2. 公正执法是时代的要求

脱离计划经济进入市场经济体制以后,法规制度成了经济运行和人们生活的基本法则,人们的法制意识普遍加强,随着改革开放的深化、经济、文化与国际交流的拓展,无论是在小说所描述的时空还是在当下,公正执法已成为人们普遍关注的一个社会热点。执法机关的公正执法需要每一名干部身体力行,要注意从以下四个方面发挥积极的作用:

(1) 树立公正执法形象。

目前,在以法治为基础的社会中,社会的安定和良好秩序的建立主要取决于行政机关的执法活动是否能普遍受到人民群众的信赖、尊重。水能载舟,亦能覆舟。人们往往从事物的外部现象获取第一信息作出直接的判断。因此,形象可以昭示于人,获取公信力;也可以使之丧失信任,产生怀疑。

执法公正是不容受到任何怀疑的,公正应是个无争的事实。这样才有说服力,才能显示法律的威严。如果当事人或群众有理由怀疑行政人员未能以公正的态度处理案件,那么"有失公正"的舆论就会形成,对执法活动的异议就会产生。所以,每一名行政干部的言行都关系到公正执法形象。

公正执法,首先要树立公正的执法形象。除了职务行为的公正性,还要注意和规范自己平时的非职务行为。执法干部个人的非职务行为在群众、当事人眼中是与执法公正联系在一起的。行政干部一定要有这种意识和觉悟,在工作、生活中注意检点自己的行为举止。注意举手投足与执法公正的关系,懂得细微之处见精神的道理。要注意加强道德修养,处理好家庭关系、邻里关系和社会生活中的各种关系。执法人员因职业的需要应从某些社交场合退出,以避免履行职责时可能产生的误解和尴尬。

---

① [美]博登海默:《法理学——法哲学及其方法》,邓正来、姬敬武译,华夏出版社 1987 年版,第 238 页。

法治思想在文学作品中的推进

（2）确保程序公正和实体公正。

行政机关只有严格依法，坚定而明确地恪守行政工作特有的方式，才能赢得社会普遍的信赖和尊重。执法讲程序、办事讲规则应是执法公正的基础。程序是对执法空间、时间、方法所作的规定和限制，并以法律的形式加以固定，以此保证执法结果的公正。过去，我们重执法结果，忽视执法的过程，比如在工作中，无论用什么方法，只要获取到证据或者查获了犯罪就认为是成绩。现在反思，这种做法是很不全面的，是法制意识不强的表现。现实生活中，违反程序也有可能获取真实的证据，查获犯罪，但决不能提倡。我们没有权力去讨论或评价任何违反程序而获得结果的真实性，在追求公正与结果时，任何违反程序而产生的结果，都没有法律上的意义，在任何情况下都不能被接受，这应成为我们牢不可破的执法观念。法律事实与生活事实不是等同的概念，两者完美结合，是我们理想的结果，但往往也有不尽如人意的时候，执法者应效忠于法律事实，不能以情感或扭曲执法来追求某种"公正"。执法应当原汁原味、十分本色地反映立法的意图和法律的后果，绝不能凭借执法机关的意志和利益在执法中搞变通。法律的积极效果应当通过执法体现，法律不尽完善的瑕疵，也应通过执法反映出来，留给立法机关去弥补、更改。唯此，法律才会更科学、公正、进步。

同时更应确保适用法律公正。这既取决于事实查清和适用法律正确这两个前提，也取决于执法人员的职业道德与业务素质，这就要求执法人员必须摆脱实际上可能影响案件公正处理的各种干扰。清除任何不良的偏见和倾向，而不论当事人的职业、民族、性格等各种情况均平等对待。其次，行政官员要钻研法律，学习各种知识，提高业务素质。

（3）完善法律监督机制。

完善对执法的监督，是保障执法机关公正执法的根本和关键。执法主体在执法中的主动性和不平等性，导致了执法队伍的特殊地位，再加上制度不健全和没有完善的监管措施，也是产生执法不公的重要因素。因此，"要进一步加强和改进人民代表大会的监督工作，增强监督实效。"[①]"坚决纠正有法不依、执法不严、违法不究的行为，坚决纠正以言代法、以情枉法、以权压法的问题，

[①] 胡锦涛：《在首都各界纪念全国人民代表大会成立50周年大会上的讲话》，2004年9月15日，中国人大网，http://www.npc.gov.cn/wxzl/gongbao/2004-12/26/content_5337547.htm。

维护国家法制的尊严。要以依法行政、公正司法为主要内容,进一步健全监督机制、完善监督制度,增强对行政机关、审判机关、检察机关工作监督的针对性和实效性,支持和督促它们严格按照法定的权限和程序办事,保证把人民赋予的权力真正用来为人民谋利益。"①

所以为确保执法主体公正执法,必须加强执法监督制度建设,完善监督标准,健全监督程序,建立执法责任追究制度:一是要加强权力机关对地方各级人民政府和对行政机关及其工作人员执法行为的监督;二是要加强司法机关对行政执法的监督;三是要加强行政主体对自身行政执法的监督,通过对执法行为实施责任追究制度,最大限度地在机关内部防止执法不公;四是要建立协调、统一的执法监督机制。

三、评价

尽管经过改革开放 40 年的发展,整个中国都已迈入法治社会,但类似于白秋这样因执法不公使得合法权利遭受损害的例子比比皆是。从他身上可以发现,我们在公正执法的道路上还有很长的路要走,但是可以从以下三个方面入手,从而加快我们的步伐:

(一) 真正做到程序公正与实体公正的统一

所谓实体公正,追求的是主、客观相统一,即查清强加在白秋身上的那些所谓的"血案";而程序公正,追求的是行政执法的主体与对象之间、当事人之间的平衡。程序公正虽然不是实体公正的必要条件,但就个案而言,行政执法主体在处理过程中程序的不公正成分越多,其造成不公正结果的可能性也就越大。并且即便是个案最终在实体上是公正的,但是由于程序上的不公正,势必会引起广大的执法对象和当事人对实体处理结果的不信任,不利于案件的最终执行。若个别的问题转变成为倾向性的、普遍性的问题,执法活动整体的公正性也就难以保证。从整体上而言,行政执法的程序公正是实体公正的前提,而实体公正是程序公正的目标。因此,在执法实践中,特别要防止和克服"重实体、轻程序"的错误观念,要把程序公正视为实体公正的基础,

---

① 胡锦涛:《在首都各界纪念全国人民代表大会成立 50 周年大会上的讲话》,2004 年 9 月 15 日,中国人大网,http://www.npc.gov.cn/wxzl/gongbao/2004-12/26/content_5337547.htm。

在处理个案的过程中只要出现程序不公正的情形就要推定实体上也存在不公正性。

（二）充分表达法律意义上的公正并正确行使自由裁量权

法治是以人们普遍认为的"良法"为前提的，而"良法"是对社会公正的全面涵盖和合理肯定，体现为国家正义。执法就是要把法律内涵的正义充分地表达出来，使公平、正义得以实现。但是法律总会赋予行政执法主体一定的自由裁量权，使执法主体能根据个案的具体情况做出合理的裁决。然而自由裁量并不是自由心证，而是执法主体依据案情所做出的理性判断，若要得到当事人和执法对象所认同，就要把充分表达法律内涵的正义与正确行使自由裁量权有机地统一起来，这样，所做出的裁决才能兼顾合法性与合理性。

（三）做到个别公正与整体公正相统一

个别公正是整体公正的基础。在法治国家，没有对一个个案件的公正处理，就不可能有整个社会的公正。但是整体公正并不是个别公正的简单累积。在市场经济条件下，法律既是一种社会控制手段，又是一种社会资源。谁能得到法律更多的保护，谁就可能在激烈的市场竞争中赢得先机。法律作为一种社会资源，并不是充公而是相对稀缺的，往往要配置到有利于经济发展和整体公正的方面。这种配置在立法和执法环节都能得到体现。就行政执法环节而言，行政执法机关每年必须明确行政执法工作的重点，并且从人力、物力等各方面优先保障。因此，在个案的处理上必须依法公正裁决，平等保护当事人的合法权益交往，维护执法对象的诉权。而作为一种社会资源的法律，必须按照"三个有利于"的原则，从改革、发展和稳定的大局观出发进行配置，这样才能把个别公正和整体公平有机地统一起来，这也是"效率优先，兼顾公平"在行政执法实践中的具体体现。

后　记

本书是"纪念改革开放40年法律社会学研究丛书"之一。中国改革开放事业之所以伟大，是中国在这短短40年内走完了其他国家要几个世纪走完的路，中国由独立而变得富裕、强盛。法治中国的发展伴随着这整个的过程。在纪念中华人民共和国建国70周年之际，我们推出这套法律社会学的研究丛书，是要通过深入的探讨去发现中国法治理论及实践所内含的发展逻辑。

本书由李瑜青领衔的研究团队集体所创作。李瑜青、刘捷对本书总体在题材选择、表达的方式、结构的安排等方面做了设计。初稿撰写的安排是：第一篇"对法律意识与法治关系的思考"、第二篇"刑法规避制度的思考"、第六篇"反腐败实践的一个思考"、第九篇"法治社会建设要重视新犯罪类型研究"、第十篇"对警察职业保障制度的呼唤"，由张放承担；第三篇"法治政府何以可能"，由李思杭、彭佳欣承担；第四篇"'官本位'向'民本位'转换是法治进程必然路径"、第七篇"权力制衡的法治化路径探讨"，由彭佳欣承担；第五篇"我国妇女婚姻家庭权益保护问题的研究"、第十四篇"中国律师执业的困境与出路"、第十五篇"确立对法律敬畏的观念"，由时彭承担；第八篇"遏制腐败要从生活的点滴入手"、第十六篇"从严治党是中国法治建设的基础"、第二十二篇"法治社会离不开公正执法"，由田潇洋承担；第十一篇"基层民众上访的困境"，由陈兵兵承担；第十二篇"抓住'关键少数'，全面推进依法治国"，由王义坤、张放承担；第十三篇"政府信息公开运行中的一个问题"，由杨光承担；第十七篇"市场经济期盼法治"，由沈晓旭承担；第十八篇"重视基层体制机制的完善"，由刘洪明承担；第十九篇"以法治的方式解决宗教生活的问题"，由石韶玮承担；第二十篇"重视对犯罪心理的研究"，由周志鹏承担；第二十一篇"基层民主政治建设的新思考"，由仇叶承担。初稿形成后由李瑜青、刘捷对稿件一一提出修改意见。李瑜青对每篇书稿做了具体修稿、统稿工作。彭佳欣、张放协助李瑜青做了大量联络事宜，并对稿件格式等做了统一。张建在本书形成过程中亦做出一定贡献。

  本书的出版得到了上海市新闻出版局的支持，在此表示深切的谢意！上海大学出版社傅玉芳老师在本书的出版等各方面都给予了具体帮助与指导，在此表示深切的谢意！

李瑜青

2019 年 3 月 1 日